次世代に伝えたい新しい古典

——「令和」の言語文化の享受と継承に向けて

井上次夫／高木史人／東原伸明／山下太郎 編
Inoue Tsugio　Takagi Fumito　Higashihara Nobuaki　Yamashita Tarō

武蔵野書院

はじめに

いま、大学は二一世紀生まれの世代を受け入れ始めています。一方、大学教員といえば二〇世紀、その多くは昭和世代です。二つの世代に共通するのは、ともに今世紀、そして令和の時代を生き、学問を行っているという点でしょうか。さて、その令和は、初代の大化から数えて平成に次ぐ二四八代目の新しい元号です。日本の元号は、ここに至って初めて、従来の中国の古典（四書五経）ではなく、日本の古典（『万葉集』）を出典としました。この意味でも令和は新しい元号ということができます。すなわち、「新しい元号」というときの「新しい」という語には、「それより前（平成）の後。その次」という意味と、「それ（平成）まで見られなかった、従来とは質的に異なっている」という意味を認めることができるのです。

こうして新しい令和の時代に入ったいま、学校教育においては平成に告示された新しい学習指導要領が次年度以降、小学校から順次、実施されていきます。その中で、国語科は教科の目標を「言葉による見方・考え方を働かせ、言語活動を通して、国語で正確に理解し適切に表現する資質・能力を（略）育成することを目指す」（小学校・中学校）としています。また、古典についてみると、引き続き「我が国の言語文化に関する事項」の中で日本の伝統的な言語文化として位置付けています。このため、小学校・中学校での古典教育では、これまでと同様に昔話や神話などを聞くことから始め、文語調の文章や古典の音読・朗読・暗唱、歴史的背景に注意して読むことなどを通して古典の世界に親しむこと、そして、ことわざ・慣用句・故事成語を知り、古典の解説文、現代語訳や語注付きの古典を読んで先人のものの見方・考え方・感じ方について知ることが指導されていくことになります。そのような時宜を得て私たちはいま、本書『次世代に伝えたい新しい古典――「令和」の言語文化の享受と継承に向けて』を世に送り出すことになりました。そこで次に、この書名の意味に関して少し述べておきたいと思います。

そもそも「新しい」という語は、古語の「あらたし〈新〉」と「あたらし〈可惜〉」に由来する形容詞です。歴史的に見ると、上代語の「あらたし」が音変化して平安時代以降に「あたらし」へと語形変化しました。こうして生まれた「あたらし」という語は、もとの「あらたし〈新〉」の意味に加えて「あたらし〈可惜〉」に由来する意味、つまり、対象の中に〈すばらしさ〉が認められる状態をも表すようになりました。対象とは、本書では「古典」を指します。その「古典」の「典」という漢字は、「丌」すなわち机の上に「冊」すなわち書冊・書物を高く載せたさまを表す会意文字です。また、中国では「典常也。経也。」と考えられており、「古典」は古くて、しかも恒常性、永続性を持つ書物を指します。すると、「新しい」と「古典」が連結した「新しい古典」とは、古くても、それ以前には見られなかった、しかもその中に〈すばらしさ〉を見出すことができる書物、古今を貫いて変わらない価値を有する書物、さらに次代においても価値を有する書物ということになります。

では、具体的には、どの書物、どういった作品が「新しい古典」なのでしょうか。それらには、いったいどのような価値を見出すことができるのでしょうか。この問いに「次世代に伝えたい」という観点を添えて、新進気鋭の研究者から熟練の域に至るまでの研究者、教育者の方々に執筆をお願いしました。その中でも目を引くのは、

『万葉集』の語「隠沼」の訓読について論じたアメリカ人の万葉研究者・ローレン＝ウォーラー氏、明治の民権思想の啓蒙書『民権自由論』の表現について論じたベルギー人の日本文化研究者・ヨース＝ジョエル氏の論考です。両氏にとっては外国語である日本語で書かれたそれぞれの古典と正面から向き合い、その価値が日本の社会、そして日本人の中に内面化される様相を描出しています。両氏の存在はまた、これまでの日本の「古典」をこれからの「新しい古典」として創造し、継承していく一つの姿として銘記されるものといえます。

さて、以下に本書の構成と論考について簡単な説明をしておきます。

Ⅰ「古典文学」は、上代の『古事記』（七一二年）から近代の『土』（一九一〇年）までを対象とする一六の論考と古典漢文の視点による一つの論考、計一七の論考で構成しました。最初の論考では、「新しい古典」の意味を吟味した上で、正統派古典である『古事記』を対象に文字列を当形に即して読み解くことの必要を説いています。これに続く論考では、馴染みがある作品に対してはＬＧＢＴをはじめとする多様な現代的な視点から独自の照射が行われています。一方、馴染みが薄いと思われる作品に対してはその照射に加えて作品の内容や価値について懇切な分析が行われています。最後の論考では、日本の古典、我が国の伝統的な言語文化の理解にとって不可欠な古典漢文の素養を掘り起こす中で、次世代にそれが継承されていくことへの期待を述べています。

Ⅱ「国語教育」は、日本の学校教育における古典の位置付けとその学習指導に関する四つの論考で構成しました。そこでは、古典教材として小学校の昔話（「かぐや姫」）から中学校の『竹取物語』、高等学校では『更級日記』「門出」、『伊勢物語』「筒井筒」が挙げられています。特に中学校の古典教育では、小学校での昔話・神話などの学習と関連付けて導入し、高等学校での古典学習へ接続するという系統性の視点に基づく指導が重要になります。一方、高等学校では言語活動を重視した主体的・対話的な古典授業への転換が喫緊の課題となっています。

Ⅲ「日本文化」は、新しい古典が成立する基盤ともなる日本の社会に根付いている文化という視点による三つの論考で構成しました。そこでは、芥川龍之介によって再発見された『今昔物語集』の中の民衆世界、また、植木枝盛のリベラルな『民権自由論』によって近代の民衆に啓(ひら)かれた政治思想、そして昔語りや古典を聴くことで新たに獲得される学校社会での言語コミュニケーション能力について解き明かしています。

こうしてみると、いずれの論考においても、そこにはそれぞれの執筆者が取り上げた書物や作品、対象の中に捉えた発見とでもいうべきものを窺うことができます。それらは、必ずしもこれまでに見られなかった、まったく初めての「新たな発見（新発見）」とは限りませんが、少なくとも対象を再分析する中でもたらされた対象の内部（または執筆者の内部）における「改めての発見（再発見・再認識）」であるということができます。本書を通じて、読者がそういった発見に触れることで、これまで知らなかった、気づかなかった新たな古典の世界に興味・関心あるいは問題意識を持ち、本書に登場した古典を手に取ることがあるとすれば、編者としてこの上ない幸いです。また、読者自身による「新しい古典」の探索、そこにすばらしい出会いが訪れることを願います。というのも、そのことが古典なるものを古典たるものとして次世代に受け継いでいく契機になると信じるからです。

令和二年三月吉日

井上次夫

次世代に伝えたい新しい古典——「令和」の言語文化の享受と継承に向けて　目次

I

古典文学（上代・中古・中世・近世・近代）・古典漢文

1 新しい古典としての『古事記』

津田博幸

一 『古事記』は「新しい古典」か

「新しい古典」というのは一見矛盾した表現であるが正しい表現である。「古典」の「典」は、もともとは「聖人の教えが書かれた書物」の意の字であり（『説文解字』に「典、五帝之書也」、『爾雅』「釈言」に「典、経也」）、より一般化して、文字列が書かれた物（板・紙など）の集合体を意味する字である（同じく『説文解字』に「荘都説、典、大冊也」）。物体上の文字列は誰かが読んで意味化しない限りただの模様である。古典が意味を集蔵するとしても、それは誰かが読んで初めて意味となる。その意味は誰が読んでも同じとは限らない。読む人が替われば新たな意味が見出されることもある。そうすると古典の意味は更新される。つまり、「新しい古典」となる。逆に言えば、くり返し読みの更新をもたらす集蔵性、潜在的な力を持っている文献が「古典」として生き残ってきたとも言える。

では、『古事記』は新しい古典たりうるだろうか。――『古事記』は和銅五年（七一二）に成った、天皇家を中心とした歴史を書いた書物であるが、その名はこの書が「古事（ふること）」の「記（ふみ）」であることを意味する。つまり、八世紀初めの人々から見て古いことを書いた書であり、その点をとらえて言えば、この書は最初から「古典」であったことになる。このことは、同時代（養老四年〈七二〇〉）に成った（『古事記』とほぼ同じ歴史ストーリーを述べる）官撰史書『日本書紀』が「日本の史書」の意の名であるのとは趣を異にしている。

『古事記』の筆録者太安万侶が『古事記』に付した「序」によれば、この書は「潭く上古を探り」「明らかに先代を覩」たという天武天皇の発案によって作られた。天武は、「上古」「先代」の伝え（「帝皇日継及び先代旧辞」）は国家・天皇の政治の縦糸横糸、基盤（「邦家の経緯、王化の鴻基」）であるとして、正しい伝えを選び、それを後代に伝えるために『古事記』を編ませたという。つまり、国家＝天皇を基礎づける古い伝えというのが編纂者たちが考えた『古事記』の本質であった。

『古事記』が述べる歴史のストーリーは、天地が始まった頃の遠い神々の時代に、アマテラスとタカミムスヒが孫のニニギを高天原から地上の葦原の中つ国へと降臨させ、そのニニギの血を引く人間カムヤマトイハレヒコが初代の天皇になり、以来、同じ血筋の天皇家によって皇位が継承されてきたことをいう。それは端的に、天皇が日本国の王である由来を語り、その正統性を主張する物語としての歴史であり、序の述べる国家＝天皇を基礎づける古伝という本質に見合っている。このような意味で『古事記』はそもそも「古典」として自己を規定していた。

しかし、言うまでもなく神話は神話であり、それは現代においては天皇制の根拠にはなりえない。たとえば、『古事記』によれば、皇祖神アマテラスは父イザナキが禊ぎをして左目を洗った時に生まれた神、ニニギの父オシホミミはアマテラスの身を飾っていた玉を弟スサノオが口に含み、噛み砕いて吹き出した息吹の霧の中から生まれた神である。荒唐無稽としか言いようがない。

荒唐無稽だが、これらの皇祖神たちの誕生の仕方には神話なるものの面目躍如たるところがある。神話的思考は類比・類推・比喩という人間の思考様式を存分に解放する面を持つ。その意味で神話は詩的言語の親類でもある[1]。イザナキが目を洗うと日神が生まれたというのは、目と太陽の丸い形と輝くという性質の類比が基底にあるストーリー展開だし、アマテラスの玉がスサノオの口の中で噛み砕かれ唾液と混ざり合った流動物は精液、スサノオの口は子宮と相似の関係にあり、だからスサノオの口からオシホミミが生まれるのである。なお、「物実（ものざね）」（原料）がアマテラスの玉であったのでオシホミミはアマテラスの子となるというのは、子は子種の提供者の側に属するという男系的原理を示している。

皇祖神たちのこのような荒唐無稽な出生を記述する『古事記』は掛け値なしにおもしろいと私は思う。しかし、こうした、まさに神にしかなしえない生まれ方をした先祖たちを持つことが、そもそもすでに「人間宣言」をしている現代の天皇の正統性の根拠であるともし言うなら、それは冗談でしかないだろう。つまり、天皇の正統性を記述した「古典」という『古事記』の当初の本質は、現代においてはほぼ意味を失っていると言える。

では、『古事記』はどういう点で「古典」たりうるのか、以下に考えてみたい。

二　漢字文としての『古事記』

右に述べた『古事記』の神話のおもしろさは人間の創造的な言語運用能力を示すという点で貴重だが、神話や詩的言語一般に言えることであり、『古事記』に限った話ではない。それに『古事記』に記されているのは神話だけではない。『古事記』が「古典」として独自の価値を持ちうるか、という問いに対しては、もう少し別の角度から考える必要がある。

典籍はどのようなものであれ、その成った時代の歴史的条件に即している（縛られている）。『古事記』は八世紀の初頭に成ったが、この時代の文献にとっての歴史的条件とは、中国語を書くための文字である漢字しか文字が存在しなかったこと、そして、日本語でなされたであろう思考はたいていの場合漢文に翻訳されて書記されていたことである。そのような条件のもとで『古事記』は、漢文への翻訳を拒否して、漢字を用いて日本語の長い長い散文を書記した。同時代の類書（『日本書紀』『続日本紀』『古語拾遺』『日本霊異記』など）がいずれも漢文で書くことを選んだのに対して、これは稀な試みだと言える。ここに『古事記』の独自性がある（なお、同じ試みは『万葉集』の和歌の書記にも見える）。

たとえば、『古事記』の冒頭、未完成の世界の描写は次のように書かれている。〈　〉内は小字二行書きの自注である。

国稚如浮脂而久羅下那州多蛇用弊流之時〈流字以上十字以音〉

この文字列は「国稚（わか）く浮ける脂（あぶら）の如くしてくらげなす漂へる時」（国土が幼く水に浮いた脂のようでクラゲのように漂っている時）と読める（意味を取れる）。「国稚如浮脂而」はおそらく漢文としても読めるが、「久羅下那州多蛇用弊流之時」はまったく漢文ではない。だから自注を付けて「流」からの上の十字（久羅下那州多蛇用弊流）は（一字ずつ）音読みせよ（「音を以ゐよ」）と読者に指示している。「久」から「流」を音読みすると「くらげなすただよへる」という日本語の形に還元できるのである。その下の「之」は、漢文法で、ある語句が下接する名詞にかかることを示す語（字）である。つまり、漢文法をそのまま利用して「ただよへる」が「時」にかかることを示しているのだが、日本語として訓読する際は「之」（訓読み「の」）は不読になる（「くらげなすただよへるの時」とは訓読しない）。そもそも日本語としては「ただよへる」の「る（流）」は存続の助動詞「り」（「〜している」の意）の連体形（名詞にかかる形）だから下接する名詞「時」にかかることは自明である。それなのにわざわざ漢文法に拠って「之」を置いて語句のつながりを示すというのはやらずもがなの煩瑣な操作だと言える。このことは、当時、日本語を漢字で書くということが試行錯誤の中にあった（定型がなかった）ことを示していよう。

よく知られた文章だが、太安万侶は『古事記』の序文で次のように書いている。

> 上古の時、言意並びに朴にして、文を敷き句を構ふること、字に於きて即ち難し。已に訓に因りて述べたるは、詞心に逮ばず、全く音を以ちて連ねたるは、事の趣更に長し。是を以ちて今、或は一句の中に、音訓を交へ用ゐ、或は一事の内に、全く訓を以ちて録しぬ。

この安万侶の言挙げを信じて、『古事記』の漢字の文字面の向こうに「上古」の「朴」なる「言意」を見出そうとする読者が後を絶たない。代表は平安時代の日本紀講の博士や受講した貴族たち[2]、そして、江戸時代の国学者・本居宣長である。これも『古事記』の持つ古典としての魔力だと言ってよいだろう。ただし、だから『古事記』には「新しい古典」としての価値があると主張するつもりは本稿にはない。たとえば「くらげなすただよへる」が八世紀の安万侶にとっても「上古」的な語句であったとしても、それは、あくまで史料的な価値であり、古典としての価値とは言えないからである。

そもそも、『古事記』は「くらげなすただよへる」のように、音読みする字を並べて（漢字を借音仮名として用いて）日本語の語形を示す書き方（序の「全く音を以ちて連ねたる」）を散文箇所ではほとんど用いていない。安万侶が序文で言うように、それでは文字列が長くなるし、また、安万侶は書いていないが、それは平仮名だけで書いた文章と同じで語句の切れ目がわかりにくく文意を取りにくいからである。安万侶が大部分の箇所で採用したのは訓読みするべき字を並べて書く方法（序の「已に訓に因りて述べたる」）だった。安万侶にとってそれは「詞」（書記された漢字）が「心」（言いたいこと）に「逮ばず」と言わざるをえない不十分な方法だったろうが、彼はそのように書いた。ならば、後世の読者も、むしろ逆の発想をすべきだろう。『古事記』の訓主体表記された文字面を音声言語に還元することばかりにこだわらず、『古事記』を（テキストとして）構成する漢字の文字列それ自体を表現として読むのである。[3]

三 『古事記』の漢字による表現

『古事記』中巻、垂仁天皇記のサホビコの謀反記事を例に考えてみよう。垂仁天皇の后サホビメ（沙本毘売）には同母兄サホビコ（沙本毘古）がいた。兄は妹に天皇を殺して王権を奪うことをもちかけようとして妹に問う。「夫（＝天皇）と兄（＝サホビコ）とではどちらを愛しいと思うか」。妹は「兄が愛しい」と答える。そこで兄は「ならば私と一緒に天下を治めよう」と言い、紐の付いた小刀を渡して、天皇が寝ている時に刺し殺せと告げる。妹は言われた通り、天皇が自分の膝枕で寝ている時に件の小刀で天皇を刺し殺そうとする。しかし、「哀情」に忍びなく刺すことができず、涙を落としてしまう。顔に触れたその涙で目覚めた天皇はサホビメに不思議な夢を見ていたと話す。それは、沙本（さほ）（兄妹の本貫の地）の辺りから暴雨がやってきてわが顔を濡らし、また「錦色小蛇」（「紐小刀」を象徴する。刀に付いている紐が蛇に変換されていよう）がわが首にまとわりつくという夢だった。兄妹の謀反を告げる霊夢である。隠し通せないと覚ったサホビメは以下のように謀反を告白する。

以上の二箇所のやりとり（①兄と妹、②天皇と妃）が原文には以下のように書かれている（句読点・返り点を付し、会話文はカギ括弧で括って示す）。

①沙本毘売命之兄沙本毘古王問二其伊呂妹一曰「孰二愛夫与レ兄歟」。答曰「愛レ兄」。爾沙本毘古王謀曰「汝寔思レ愛レ我者、将三吾与レ汝治二天下二」。而即作二八塩折之紐小刀一、授二其妹一曰「以二此小刀一刺二殺天皇之寝二」。

②即白二天皇一言「妾兄沙本毘古王問レ妾曰『孰二愛夫与レ兄』。是不レ勝二面問一故、妾答曰『愛レ兄歟』。爾誂レ妾曰『吾与レ汝共治二天下一』。故、当レ殺二天皇二』云而、作二八鹽折之紐小刀一授レ妾。

②でサホビメは、①の兄との会話を再現して天皇に伝えている。しかし、『古事記』の文字面はそこに微妙な差異を表現している。傍線を付した箇所を比較すると、初め兄に「夫と兄とではどちらを愛しいと思うか」と問われたサホビメは「愛レ兄」と答えたとあり、いわば断言したように記されているが、②の天皇への告白ではそ

の自身の言葉が「愛レ兄歟」と疑問の語気を示す「歟」を付した形で創造的に引用されている。現代語で言えば半疑問文ということだろう。本気で「兄の方が愛しい」と言ったわけではないと天皇に訴えたい、そのサホビメの心情の表現になっているのである。[4]「歟」を訓読するなら「か」「や」両方の可能性があるが、そのことは考慮せずとも漢字の字面を見ただけで意味は伝わる。そして、天皇の面前で微妙に自身の言葉を変えて伝えるサホビメの弱さや詐術が読者に伝わるのである。同様のことは傍点を付した箇所、①で兄が「刺二殺天皇之寝一」と言ったのを、②でサホビメが天皇には「当レ殺二天皇一」と言われたと言い換えて伝えているところにも言える。「当〜」は「道理として当然〜しなければならない」の意を表す。そういう逃げようのない口調で兄に命じられたと弁解するサホビメの心情が読者に伝わろう。「当＋動詞」も日本語の語形に還元して訓読するなら当時は複数の訓(よ)みがありえたろう。しかし、そのこととは関係なく、字面から意味を汲み取るだけで読者に大事なポイントが伝わるように『古事記』は書かれているのである。

右に引いた『古事記』の原文は、実は波線を付した「伊呂妹」の「伊呂」(「同母」の意)にのみ日本語の語形が露出しているが、それ以外の箇所は漢文として読んでもほぼ読めるものである。表現のポイントである「歟」も「当」も漢語としての用法がそのまま利用されている。こうなると、漢字を利用して日本語を書いたと言っても、日本語を漢文に翻訳して書くのとほぼ同じだということになる。しかし、「伊呂」の露出は、やはり右の文字列が漢字で日本語を書いたものだということを示していよう。当時は漢字で日本語を書くとはこういう曖昧な領域で表現をすることだった。さらに、『古事記』が書かれた頃、漢文の訓読法に確立され社会的に共有された方法はなかったと考えられる。だから、当時としても（現代の『古事記』注釈書群が互いにそうであるように）一つの文字列にさまざまな訓読がありえた。そういう条件の中で『古事記』はできるだけ十全に表現の勘所が伝わるように書かれている。しかし、本居宣長の古語還元主義の影響もあり、多くの人々が『古事記』を日本語に還元（訓読）してから『古事記』について論じてきたため、この点は従来あまり注意されてこなかったように思われる。おそらく『古事記』の文字列にはまだ読み解かれていない意味が多く蓄蔵されている。その意味は、『古事記』が時代の条件に制約されつつ書かれた、その当の形に即して読むことから生まれる。『古事記』を「新しい古典」たらしめる一つの道がここにある。

〔付記〕 近年の注目される『古事記』論

本稿とは別の角度から『古事記』を新しい古典たらしめる道を示していると考えられる近年の論著を二冊紹介しておきたい。アンダソヴァ・マラル『古事記 変貌する世界』（二〇一四年、ミネルヴァ書房）は、『古事記』の神話的物語において世界はあたかもシャマンの霊界旅行体験のように流動的・生成的であり、『古事記』の表現はそのシャマン的体験を読者にもたらすように書かれていると主張する。猪股ときわ『異類に成る』（二〇一六年、森話社）は、『古事記』（特にその歌謡）の表現は、人と動植物の存在としての区別を流動化させ、両者が対等な関係を取り結ぶ時空を作り出していると主張する。いずれも、天皇の正統性を語る物語という『古事記』のもともとの本質を相対化してしまうような野生の思考を当の『古事記』が濃厚に含み持つことを『古事記』の表現の分析を通して指摘するもので、これからの『古事記』論にとってとても示唆的である。

注

（1）クロード・レヴィ＝ストロース「マルセル・モース論文集への序文」（一九五〇年初出、有地亨・伊藤昌司・山口俊夫訳、マルセル・モース『社会学と人類学Ⅰ』（弘文堂、一九七三年）。別訳に清水昭俊・菅野盾機訳「マルセル・モースの業績解題」、『マルセル・モースの世界』、みすず書房、一九七四年）、中沢新一『人類最古の哲学』（講談社、二〇〇二年）、拙稿「たま（魂）―言語論から考える―」（吉田修作編『ことばの呪力』、おうふう、二〇一八年）などを参照されたい。

（2）日本紀講は平安前期の宮廷で行われた『日本書紀』の講義。そこでは『日本書紀』の漢文を古語に還元して読むことが目指された。同時代に書かれた『古語拾遺』は、漢文で書かれているが、重要な語句に日本語の「古語」でそれを何というかを注し、日本紀講と同じことを指向している。日本紀講と『古語拾遺』については拙著『生成する古代文学』（森話社、二〇一四年）を参照されたい。

（3）このような『古事記』の読み方を最初に提唱したのは、亀井孝「古事記は よめるか」（『古事記大成　言語文字篇』、平凡社、一九五七年。『亀井孝論文集4』、一九八五年、吉川弘文館、再収）である。なお、この問題は拙稿「漢字文の相互参照性について―方法覚え書き―」（『国語と国文学』第九三巻第十一号、二〇一六年）で詳述した。参看を乞う。

（4）神野志隆光『漢字テキストとしての古事記』（東京大学出版会、二〇〇七年）一二八頁に、本稿とはやや異なる観点からだが、同様の指摘がある。

2 書物として見る古典文学の新しい解釈の行方

——萬葉語「隠沼」の歴史的変遷をめぐって——

ローレン・ウォーラー

一　はじめに

古典文学を教えることの困難は、現代の我々にとって古語が外国語にも等しく理解しにくいという点である。その上、文学作品は必ずしもわかりやすく書かれておらず、むしろ技巧的、比喩的に作られている。場合により作者の意図を超えた意味が現れてくることもある。なぜならば、作品は作者だけによって作られるのではなく、編集、書写、出版などに携わる者を通じ完成するからである。加えて言語の歴史的な特徴など、多くの偶然の過程も経て伝わる。本稿では、『萬葉集』に見える「隠沼」の表記と、その後の「誤読」によってできたとされる「カクレヌ」と、本来正しいとされる「コモリヌ」の訓読（訓み）について検討する。次に、西本願寺本『萬葉集』に見る三首の漢字本文と訓みの間に生じる問題を説き、書物の上において和歌を読むという行為の意義が現代と異なることを確かめる。

二 「隠沼」の訓みの歴史的変遷

『古今和歌集』には「かくれぬ」という語があり、それは『萬葉集』の誤読によって生まれた語だと言われている。紀友則の次の歌を見てみよう。(1)

紅(くれなゐ)の色には出(い)でじ隠(かく)れ沼(ぬ)のしたに通ひて恋は死ぬとも　（『古今和歌集』恋三・六六一）

顔が紅花のような紅色になり、思いを表情であらわす意味の「紅の色には出づ」という表現と、地下を流れ出る沼の水のように心の中だけでひそかに思う意味の「隠れ沼のしたに通ふ」という表現はどちらも『萬葉集』に見えるもので、ここではそれらが重ねられている。「有意の枕詞的な技法で恋情と自然とをからませることによって、心情を観念的に美化しているところに作意があるから、意志の表明よりは忍恋の屈折した気分が主になっているのである」と藤平春男がその古今集ぶりに対する評釈を与えている。(2)「隠沼」という語は『萬葉集』の次の歌に見える。(3)

隠沼の下ゆ恋ひ余り白波のいちしろく出でぬ人の知るべく　（『萬葉集』十二・三〇二三）

「ひそかに恋しているあまり、その思いがはっきりと出てしまった。人が知るように」という意味であり、「隠沼のように」と「白波のように」という二つの比喩が用いられている。「白波」は白く立つ波という意味であるが、枕詞としては「その鮮明な印象からイチシロシにかかり、岸に打寄せる意で寄ルにかかり、打寄せる浜の意で浜にかかり、沫立つ意でミナアワにかかる」（『時代別国語大辞典　上代編』三省堂）。ただ、枕詞は安定しないもので、いわゆる「有意的枕詞」なのか「無意的枕詞」なのか、そして被枕詞との間の関係についても文脈や読み手（聞き手）の解釈による。

「隠沼」と「下ゆ恋ひ」の関係については、そもそも「隠沼」とはどういう意味であるかが問題になる。右では現代表記に書き換えたが、原文では次のように表記されている。

隠沼乃下従恋余白浪之灼然出人之可知　（『萬葉集』十二・三〇二三）

『萬葉集』全体の表記法に慣れればこの歌は比較的に訓みやすいが、一見したところ暗号のように見えるため、一語ずつ分析して訓読の回路を考察したい。この歌は全体として表意文字が主体であり、「隠沼」「下」「恋」「余」「白波」「灼然」「出」「人」「知」という大半の言葉は「意を表す文字」として訓み下される。その他の字は音を示す表音文字である。例えば、「乃（の）」は中国語の音を借りている音仮名である。「之（の）」の字は漢字の意味を表わす表記で、他の歌では「ガ」と訓んだり（鴈之鳴（かりがね））、音仮名として「シ」と訓んだりすることもある。「従」の字も意を表す文字で、上代語の「より」「よ」「ゆ」という語にあたり、音仮名表記の歌にも見える。また、「可」の字は漢字の意味を表しているが、漢文訓読の順で「可知（しるべく）」と訓まれている。

「隠沼」の訓みについては、写本に二通りの訓点が施されている。巻十二・三〇二三番歌に関しては、古い訓点を伝える写本（元暦校本、類聚古集、広瀬本、古葉略類聚鈔、西本願寺本）や仙覚寛元本系統の右傍訓（神宮文庫本右傍訓、細井本）では、「カクレヌノ」と訓まれている。鎌倉時代の学僧である仙覚の研究成果を示す寛元本系統の左傍訓（神宮文庫本左傍訓）と文永本（陽明本〈紺青訓〉、温故堂本、大矢本〈紺青訓〉、近衛本〈紺青訓〉、京都大学本〈紺青訓〉）では「コモリヌノ」になっている。ただし、京都大学本では、「コモリ」の訓は赭によって消され、その右にはまた緒によって「カクレ」の古い訓に直されている。

不思議なことに、巻二・二〇一番歌の「隠沼」は西本願寺本では「コモリヌノ」のほかに「カクレ　古」（朱）の訓注も付されるが、仙覚本系統の他の写本はすべて「カクレヌ」であり、また巻十一・二四四一と二七一九番歌のすべての仙覚本系統も「隠沼（カクレヌ）」である。平安時代の訓みの理念については第三節で述べるが、端的にいえば、『萬葉集』成立当時には「隠沼」は「コモリヌ」であったが、平安時代には「カクレヌ」の訓みが施され、仙覚以後に「コモリヌ」の改訓もされるものの、「カクレヌ」も根強く共存していたのである。

この「隠沼」を「コモリヌ」と訓むべきと初めて論じたのは、契沖の『萬葉代匠記』（精選本、元禄三年（一六九〇）成立）「第十二に、隠沼の下ゆ戀あまりと云歌の十七に再出たるに、許母利奴能とあれば、かくれぬも同意ながら古語に付べし」であった。ここで十七とは、巻十七・三九三五番歌を指し、漢字本文と訓みは次の通りである。

許母利奴能之多由孤悲安麻里志良奈美能伊知之路久伊泥奴比登乃師流倍久（こもりぬのしたゆこひあまりしらなみのいちしろくいでぬひとのしるべく）　（『萬葉集』十七・三九三五）

並べてみれば、この三九三五番歌と前掲の三〇二三番歌の訓みは完全に一致しており、いわゆる重出歌である。『萬葉集』の「こもりぬ」という語の存在はこの一例の音仮名表記で確かめられるが、「かくれぬ」という上代語の存在した証拠はなく、契沖の指摘は的確である。ちなみに「沼」は単独では「ぬま」が多いが、複合語では「ぬ」と訓むことが多い。

しかし、「こもりぬ」と「かくれぬ」は同義なのか。「こもる」と「かくる」の違いについて『時代別国語大辞典　上代編』の「かくる」の項目では次のように述べられている。

カクルとコモルは同じ文字で表記されることが多く、意味的に交錯する面があったことは否定できないが、カクルは視界内から外へ去るという動きをあらわし、コモルは対象が奥に入りかくれた状態をあらわすという点にその差が認められる。

そのような差は「埴安の池の堤の隠沼の行くへを知らに舎人は惑ふ」（巻二・二〇一）に見ることができる。この歌に対して、賀茂真淵は『萬葉考』（一七六〇～一七六八稿）で「堤にこもりて水の流れ行ぬを、舎人の行方をしらぬ譬にいへれば、こもりぬとよむなり」と論じ、その頭注に「あし蒋などの生しげりて水も見えぬを、かくれぬといふと心得て、こゝを訓つるはひがことなり」とある。頭注がここで「僻事」と批判している説は鹿持雅澄『萬葉集古義』（一八三〇～一八五七稿）の「草などの多く生ヒ茂りて、隠れて水の流るゝ沼なり」が代表的である。

ただし、「隠り沼の下ゆ恋ひ余り」や「隠り沼の下に恋ふれば飽き足らず人に語りつ忌むべきものを」（十一・二七一九）のように、「下」を伴う歌に多く現れる。そう考えれば、堤などによって流れ出る口がないというより、草の下の沼もしくは水が地下をくぐる沼と解釈するのも自然である。この反論に対して山田孝雄『萬葉集講義』（宝文館出版）は次のように述べる。

> 古義などにては「下」をば、或は視覚的に、或は上下の場合に説かむとするによりてかくいへるならむが、元来「シタユ恋フ」といふ「シタ」はさる上下又は視覚的の義にあらずして巻十一（二四四一）の歌に「裏」字をかける如く心理の義なり。

つまり、「隠り沼の裏ゆ恋ふればすべをなみ妹が名告りつゆゆしきものを」（巻十一・二四四一）の漢字本文の「裏」

の字が空間的というより心理的な意味を表しているというのである。

このように「隠沼」の問題を明確に整理したが、この解釈をとるための条件は、①作者と読者の間に「隠り沼の下ゆ恋ひ」に含まれる表現に対する共通の理解があったこと、もしくは②読者が二十巻本『萬葉集』の歌を精読し、右で述べてきたような解釈の道をたどっていることにある。『萬葉集』の歌は、二十巻本の書物という形で読まれたとは限らず、もし同じ歌が異なる書物に引用されれば、理解や解釈にも変遷が生じるものである。

例えば、『古今和歌集』に見える「かくれぬ」はこのような共通の理解を離れ、「隠沼（こもりぬ）」から「かくれぬ」と「誤読」され、その結果、人目が多いので（草に覆われて隠れている沼のように）恋の心が露見しないように、という意味で使われたという通説となっていた。それに対して、奥村恒哉は『古今集の研究』（臨川書店）で、このような『古今集』以後の「かくれぬ」誤読説について「誤読の所産という曖昧な理解ですますことはできない」と新しい視点を加えている。

> 「かくれぬ」の語が『万葉集』の旧訓に存していることは、注意しなければならないが、「誤読」されて「かくれぬ」が出来た、と軽く考えることは好ましい態度ではあるまい。「かくれぬ」の語が先にあって、それが旧訓に入った、と考えるのが順序なのではないか。

つまり「かくれぬ」という語が「隠沼」という萬葉語から派生した可能性もある一方で、『古今集』で「かくれぬ」が使われたときに、『萬葉集』の「隠沼」を直接念頭におきながら使ったというより、その時点で生きていた言葉をそのまま使ったのである。『萬葉集』に初めて総合的に訓点が施されたのも、九五一年（天暦五）の村上天皇の命を受けてのことであったため、最初の訓点も「カクレヌ」であったと考えられる。

三　平安時代の訓点理念

さて、以上のような萬葉語の「隠沼」の問題に対して、ここではより詳細な考察にあててみよう。西本願寺本『萬葉集』巻十二の三〇二一～三〇二三番歌の翻刻と写本の写真は次のようである。翻刻にはやむを得ず見せ消ち・校訂・異本などの情報は省略した。

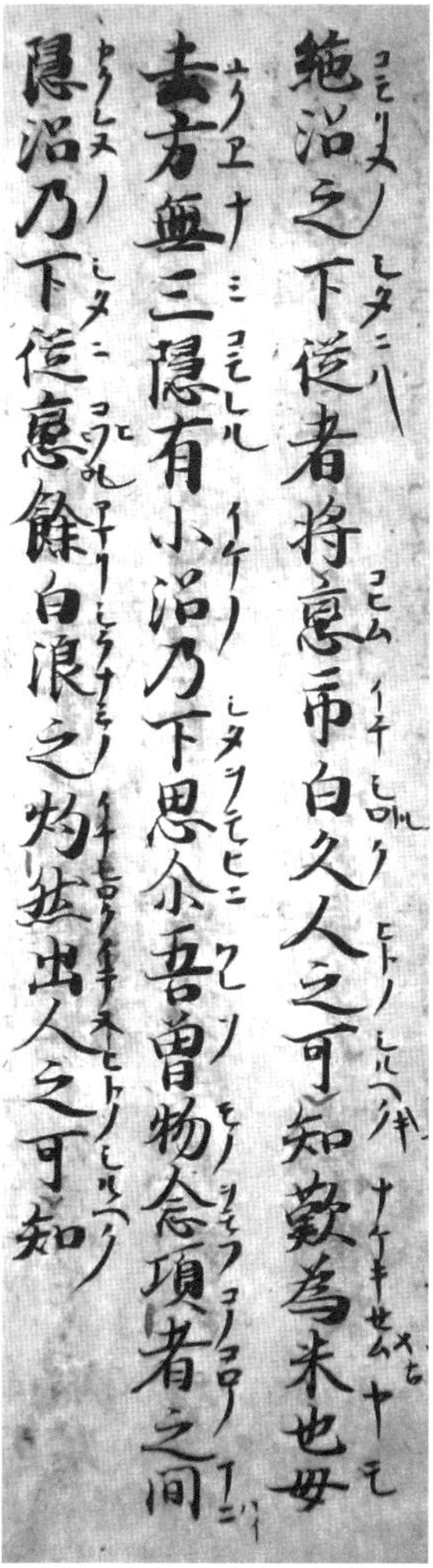

【図１】石川武美記念図書館蔵西本願寺本『萬葉集』巻十二

絶沼之下従者将レ戀市白久人之可レ知歎為米也母（三〇二一）

去方無三隠有小沼乃下思尓吾曽物念頃者之間（三〇二二）

隠沼乃下従戀餘白浪之灼然出人之可レ知（三〇二三）

注目したいのは、それぞれの歌の「絶沼之」「隠有小沼乃」「隠沼乃」である。上代の「隠」の字は、『萬葉集』

でも表現によって「コモル」とも「カクル」とも訓んでいたが、ここでは連続する三首に異なる訓が付されているのは不思議に見える。平安時代の写本は主に平仮名別提訓本であり、漢字本文の左に平仮名の訓が別行で記されていたが、西本願寺本はいわゆる片仮名傍訓本であり、漢字本文のそれぞれの語の右横に訓点が施された。漢字本文と訓みのより緊密な対応を示している。同じ西本願寺本の二〇一番歌の「隠沼」には「コモリヌ」が本文の右に施され、「隠」の左に「カクレ　古」が朱で施されている。「コモリヌ」の訓も知られていたが、「カクレヌ」が付されているのである。この三首に共通する「こもりぬ」に意味合いがあると見れば、「こもりぬ」は流れの出口のない沼という意味で再確認できる。三〇二二番歌は二〇一番歌と同様に「行方がないので」という句を含むものでもある。また、三〇二一番歌の「絶沼」は同じ語のいわゆる「義訓」表記と思われ、「暖」の字を「ハル」と訓ませ、「寒」を「フユ」と訓ませる類である。義訓には漢字の意義と和語である訓みの意義が重なり、両方の意味が表される。「暖」は暖かい春、「寒」は寒い冬になり、「絶沼」はこもって水の出流が絶えている沼となり、それぞれの意味が深まる。また、「隠沼（こもりぬ）」と「絶沼（こもりぬ）」を同じ「こもりぬ」という語として見るとすれば、なぜ三〇二三番歌の「かくれぬ（隠沼）」と「こもりぬ（隠沼）」とを異なる語として考えるのであろうか。この問題は、言葉と文字の関係についての理念にかかわってくる。文字は直接物事や思考を象徴するのではなく、文字が言葉を表し、言葉が物事や思考を表すという言語的理論の回路を通っていると考えられる。しかし、書物を媒体とする文学作品としては、視覚的な要素（文字）と聴覚的な要素（訓み）の両方に訴える表記がなされ、必ずしもこの回路を通っているとは限らない[4]。『萬葉集』の漢字本文の視覚的表現力について、次の三首、巻四の五〇一～五〇三番歌を見てみよう。

娘子らが袖布留山の瑞垣の久しき時ゆ憶ひき我は（五〇一）
夏野行く小鹿の角の束の間も妹が心を忘れて念へや（五〇二）
玉衣のさゐさゐしづみ家の妹に物言はず来にて思ひかねつも（五〇三）

漢字本文では「憶」「念」「思」の用字となっている。稲岡耕二は、それぞれの使い分けや連想の可能性について、「すべてことさら異なる文字を用いたという事実は、作者人麻呂に、この三首の中に『三つのオモヒ』を託そうとする意図の存したことを疑わせるに足りる」と論じている。(5)

しかし、問題点を指摘すれば、この三首が一つの歌群として意図的に作られたか、または編纂事情によって後にこの配列と用字になったかわからない。しかし、三種の用字で表記されながら同じ「オモフ」の語として訓む以上、そこに目がいかざるを得ない。そうして「おもふ」という音声とそれぞれの異なる用字のギャップに対して自然に思考が促される。

同じように、三〇二一〜三〇二三番歌も、漢字本文と訓点の両方が、複数の側面において意味をなしている。「絶沼」と「隠沼」が、お互いに調和し、同じ「こもりぬ」と訓まれても全体の意味を深めているように、西本願寺本巻十二に見えるこの三首は「こもりぬ」「こもれるいけ」「かくれぬ」の訓点が聴覚的な反応を訴え、異なるからこそ、交響を生み出す効果を機能させる。それが読者に対してより深い解釈を促す結果にいたる。

四　おわりに

本稿では、『萬葉集』の写本を対象にその歴史的解釈を行うことを試みた。『萬葉集』の「隠沼」の訓みは平安時代から現存する古写本の訓点に「カクレヌ」と誤読されているように見える。誤読と言ってもいいが、平安時代以後の読者の視点から考えれば、同じ「隠沼」でも歌によって「カクレヌ」と訓んだり「コモリヌ」と訓んだりすることも不思議ではなかった。現代の『萬葉集』の解釈は、現代日本語の言語的特徴と出版文化によって、過去の多様性をなくしている。作品の技巧と意味は、作者の意図を超え、編纂・伝承事情によっても繰り返し生成される。古典として読まれる作品は、常に生まれ変わるからこそ、いきいきとした「古典」であり続ける。

注

(1)小島憲之ほか校注『古今和歌集』新日本古典文学大系5（岩波書店、一九八九年）。
(2)藤平春男「万葉・古今・新古今」藤平春男編『古今集新古今集必携』別冊国文学第九号（學燈社、一九八一年）。
(3)『萬葉集』の引用は木下正俊校訂『万葉集　CD-ROM版』（塙書房、二〇〇一年）による。
(4)言葉と文字の理論については、拙著「文字とことばの間―萬葉集に見る表記の詩学―」ことばと文字編集委員会『ことばと文字』十二号（日本のローマ字社、二〇一九年）、一八～二八頁で論じた。
(5)伊藤博『万葉集の歌群と配列　下』古代和歌史研究八（塙書房、一九九二年）、二七七頁。

【謝辞】本稿は、国際交流基金（ジャパンファウンデーション）二〇一九～二〇二〇年度研究助成の支援を受け行っている研究の一部です。また、本書の編者、並びに青山学院大学の小松靖彦教授と天野早紀氏に本稿に対するご指摘を頂きました。ここに記して感謝申し上げます。

3「産む性」の拒否・『竹取物語』かぐや姫の思想

――異人に照らし出される「この世」の論理――

東原伸明

一　翁の「この世」の論理と「モノ」としてのかぐや姫――「会話文」の機能

古典が描く性は我々の常識を先取りしている。例えば「虫めづる姫君」（『堤中納言物語』所収）や『とりかへばや物語』に対する理解は、ＬＧＢＴ（Lesbian、Gay、Bisexual、Transgender）の思想が普及しつつある作今、進んだように思われる。昭和の時代ならば「性の倒錯」と言われかねない物語内容である。また、それが普通（ノーマル）だと思い続けていた男女の異性愛、すなわちヘテロセックス（英：Heterosexual）・ヘテロセクシャリティ（英：Heterosexuality）も今日の恋愛観に照らしてみて、必ずしも絶対的なものだとはいえないだろう。

そのような観点から眺めてみるとき、「この世」に異人の血筋を留めようとする翁の執念とそれを断固拒否するかぐや姫の姿は印象的だ。彼女は「この世」の男との性的交わりを一貫して拒否している。端的にいってそれは子を産むことの拒否、「産む性」の拒否ではないか。そしてかぐや姫がこれほどまでに男性を拒絶する理由は、前世において、何か被害者としての意識が反映されたものではないのか。そんな思いにかられてならない。

竹の中から「この世」に出現した童女は、発見した翁に連れ去られ、竹取の老夫婦に養育される。出現時点で「三寸」ばかりであった背丈も、僅か「三月」の間に一人前の女性の大きさまで異常に成長する。名前も「なよ竹のかぐや姫」と名付けられた。外見は大人となった彼女を、翁は五人の求婚者に縁付けようとする。

翁、かぐや姫に言ふやう、／「わが子の仏、『変化の人』と申しながら、ここら大きさまで養ひたてまつる心ざし、おろかならず。翁の申さむことは、聞き給ひてむや」と言へば、かぐや姫、／「何事をか、のたまはむことは、うけたまはざらむ。〈変化のものにて侍りけむ身〉とも知らず、〈親〉とこそ思ひたてまつれ」と言ふ。翁、「嬉しくものたまふものかな」と言ふ。翁、「年七十に余りぬ。今日明日とも知らず。この世の人は、男は女に婚ふことをす、女は男に婚ふことをす。その後なむ門ひろくもなり侍る。いかでか、さることなくてはおはせむ」／かぐや姫のいはく、／「なんでふさることはし侍らむ」／と言へば、／「『変化の人』といふとも、女の身持ち給へり。翁のあらむかぎりは、かうてもいますがりなむかし。

（新潮日本古典集成『竹取物語』「つまどひ」一四～一六頁。ただし、会話文には鉤括弧「 」を、内話文には山形括弧〈 〉を施すなど加工している）

この場面が、「会話文」（一人称・対話）で構成されていることに注意したい。会話文は相手を前にしての発話であることから相互が本音（真実）を語っているかどうか、一概には解らない。だから、両者の発話は一応〈騙り〉として、眉に唾をつけて吟味する必要がある。翁の発話中の『変化の人』という語に注目しよう。対応するかぐや姫の、〈変化のものにて侍りけむ身〉という発話は、一見、卑下に思われる表現だが、果たして彼女はそんな意識からそのように自称しているのか。「モノ」には、謙譲の意味と同時に「ヒト」ではないという意味もある。「物の気（もののけ）」や「物部（もののべ）」、「三輪の大物主（おおものぬし）の神」の用例のように、不可視の霊物や霊魂を指示する場合もある。だから彼女は、自分は、「変化のモノ」であって、「ヒト」では無いと主張しているのではないのだろうか。

しかし、翁は彼女を『変化の人』として、つまり、あくまでも「この世」の「人」として扱おうとする。相手が仮に「変化」という神の化身であったとしても、「この世」における「ヒト」の論理においては翁が養父であり、かぐや姫は養女である。「この世」の論理において、唯一、翁が権力を行使できる機会であり、これはことば争いなのだ。翁はかぐや姫に、人間の男と結婚し、子を産むことを強いている。子が生まれることにより、翁は讃岐連の始祖として祀られ、かぐや姫という異人の血が混じった家筋を興すことができるのだから。[1] 一連の会話文は、一見、翁がリードしているように見えるだろう。だが、実は「モノ」であるかぐや姫の対話の術中に嵌ってしまっているのだ。

さて、翁はひたむきな求婚者たちを評価し、「その中の誰か一人と結婚しろ」と命じる。対してかぐや姫は、彼らの誠意を量る手段として、「異郷の物」を要求する。

世のかしこき人なりとも、深き心ざしを知らでは、〈婚ひがたし〉となむ思ふ」／と言ふ。／翁いはく、／「思ひのごとくものたまふかな。そもそも、いかやうなる心ざしあらむ人にか、〈婚はむ〉と思（おぼ）す。かばかり心ざしおろかならぬ人々にこそあんめれ」／かぐや姫のいはく、「〈なにばかりの深きをか、見む〉といはむ。

いささかのことなり。人の心ざし等しかんなり。いかでか、中に劣り優りは知らむ。五人の人の中に、ゆかしき物を見せ給へらむに、『御心ざし優りたり』とて、『仕うまつらむ』と、そのおはすらむ人々に申し給へ」と言ふ。

（「つまどひ」一四～一六頁）

翁の説得に応じたふりをし、「女の身」というジェンダーを逆手に取り、結婚拒否の理由を披瀝する。応じて結婚条件を提示することになるのだが、彼女の思う壺であった。五人の求婚者たちの誠意を、それぞれが持参の物品で量るという理屈である。翁はこの提案を受け入れてしまう。「仏の石の鉢」・「蓬莱の珠の枝」・「火鼠の皮衣」・「龍の頸の珠」・「燕の子安貝」の五つであり、いずれも異郷＝〈外部〉のものである。ジャンルとしての神話の終焉とともに、異郷への回路も閉じられる。物語は神話が崩壊後に成立したジャンルだから、神ならぬ人は、異郷への往来は自由にできない。これらの物品は求婚者たちの努力の如何にかかわらず入手することが無理なもので、初めから「達成不可能な難題」なのであった。五人の求婚者たちの誠実・不誠実に関わらず、その行為がすべて失敗に終わるのも、当然の帰結なのだ。

二　「この世」の外部の「光」——王権の及ばない世界の存在

五人の求婚者たちの求婚がすべて失敗に終わった後、「この世」の最高権力者が求婚をしてくるが、これも彼女は拒否する。「帝の召してのたまはむこと、〈かしこし〉とも思はず」、「国王の仰せごとを背かば、はや殺し給ひてよかし」と。勅使中臣房子の説く王権の論理は、「国王の仰せごとを、まさに、世に棲み給はむ人の承り給はでありなむや」、臣民は絶対服従だ。対するかぐや姫は、一貫して自らを「この世の人」、ヒトだとは思っておらず、モノとして「この世」の王権と徹底抗戦を誓っているわけである。

　そこで帝は翁への叙爵を交換条件にかぐや姫の寝所への手引きをさせ、その素顔を見てしまった。

かぐや姫の家に入り給ふに、光満て、けうらにて居たる人あり。〈これならむ〉と思して、逃げて入る袖をとらへ給へば、面をふたぎてさぶらへど、初めよく御覧じつれば、類なくめでたく覚えさせ給ひて、／「ゆるさじとす」／とて、〈率ておはしまさむ〉とするに、かぐや姫、答えて奏す、／「おのが身は、この国に生まれて侍らばこそつかひ給はめ、いと率ておはしがたくや侍らむ」／と奏す。帝／「などか、さあらむ。なほ率ておはしまさむ」／とて、御輿を寄せ給ふに、このかぐや姫、きと影になりぬ。〈はかなく口惜し〉と思して、〈げにただ人にはあらざりけり〉と思して、／「さらば、御供には率て行かじ。もとの御かたちとなり給ひね。それを見てだに帰りなむ」／と仰せらるれば、かぐや姫、もとのかたちになりぬ。

（「御狩のみゆき」六四〜六五頁）

　モノとして「この世」の外部から来た彼女は、「この世」の最高権力者に服しない。姿を「影」に変身させ、外部の存在であることを主張する。「影」という古語は、「月影（＝月光）」などというように、淡い光を意味しており、彼女の正体が光であったことを暗示する。帝は、「この世」の外の世界に関して無力である。帝はかぐや姫が「この世」の「人」ではないことを自覚した。完敗だ。

三　かぐや姫の「罪」と物語の型「貴種流離譚」——典拠としての神仙小説の論理と物語の文脈

かぐや姫の素顔を見てしまった帝は、魅了されてしまい、「この世」の女の誰も愛せなくなってしまう。

常に仕うまつる人を見給ふに、かぐや姫の傍(かたは)らに寄るべくだにあらざりけり。〈こと人よりはけうらなり〉と思しける人の、かれに思し合はすれば、人にもあらず、かぐや姫のみ御心にかかりて、ただ独(ひと)り住みし給ふ。よしなく御方々にも渡り給はず。かぐや姫の御もとにぞ、御文(ふみ)を書きて通はせ給ふ。御返り、さすがに憎からず聞こえ交はし給ひて、おもしろく、木草につけても御歌を詠(よ)みてつかはす。

（「御狩のみゆき」六六～六七頁）

かやうにて、御心を互ひに慰め給ふほどに、三年ばかりありて、春のはじめより、かぐや姫、月のおもしろう出でたるを見て、常よりももの思ひたるさまなり。

（「天の羽衣」六八頁）

帝が人間の女を愛せなくなってから、三年。帝王として誰よりも「色好み」であるべき帝が、まる三年も女性と性交をしていないというのは異常事態だ。世継ぎが生まれない。そこにかぐや姫の帰郷の話が持ちあがる。

「…おのが身は、この国の人にもあらず、月の都の人なり。それをなむ、昔の契(ちぎ)りありけるによりてなむ、この世界にはまうで来たりける。今は帰るべきになりにければ、この月の十五日に、かの故(もと)の国より、迎へに人々まうで来むず。…」／と言ひて、いみじく泣くを、…

（「天の羽衣」七一頁）

帝はかぐや姫の昇天を阻止すべく、皇軍二千人を派兵するが、天上の光の呪力の前には無力であった。

…家のあたり、昼の明かさにも過ぎて、光りたり。望月の明かさ十合せたるばかりにて、ある人の毛の孔さへ見ゆるほどなり。大空より、人、雲に乗りて降り来て、土より五尺ばかり上がりたるほどに、立ち列ねたり。これを見て、内外なる人の心ども、ものにおそはるるやうにて、会ひ戦はむ心もなかりけり。

（「天の羽衣」七六〜七七頁）

使者の「王とおぼしき人」から、翁に説明があった。

「汝、をさなき人、いささかなる功徳を、翁つくりけるによりて、『汝が助けに』とて、『片時のほど』とて、下ししを、そこらの年ごろ、そこらの黄金賜ひて、身を換へたるがごとなりにたり。かぐや姫は、罪をつくり給へりければ、かく賤しきおのれがもとに、しばしおはしつるなり。罪の限り果てぬれば、かく迎ふるを、翁は泣き嘆く。能はぬことなり。はや出だしたてまつれ」／と言ふ。

（「天の羽衣」七八頁）

かぐや姫は、前世において何らかの罪を犯し、それを理由に翁の許に流刑になった。この度刑期が満了となったので、月世界に帰還するという趣旨である。

折口信夫の「貴種流離譚」[2]という物語の型（話型）に沿って理解するならば、罪は男女の禁忌の恋であった可能性が高い。『伊勢物語』の「男」（在原業平）は、藤原高子を想起させる皇妃との禁断の恋に破れ東国にさすらい、光源氏は朧月夜との密会の露顕（深層に藤壺の宮との密通）を理由に須磨・明石に流離している。しかし、主人公が『竹取物語』のように女性の場合は、重ね合わせるべき先蹤の作品が無いので困ってしまう。

中国神仙小説の論理を検討する渡辺秀夫は、「かぐや姫があらゆる求愛を拒絶するのは、天界からの謫落原因となった罪（愛欲）から決別しようとするからなのであろう」と断言する。渡辺によれば中国の神仙小説において、男仙と女仙とでは謫落の原因の罪科が明確に区別されており、前者は公務の上の過失・失態で、後者は情欲（色欲・性愛）が原因となっているという。[3] 大変魅力的な説だが、俄かには首肯できない。それは神仙小説の論理は、あくまでもプレテクスト（＝典拠）の次元の問題だからである。引用は、引用される文脈＝コンテクストに規定される。物語文学という日本的な文脈の場合は前述したように「貴種流離譚」なのであり、在原業平も、光源氏も「女性関係の犯し」を理由に流離をしている。近世の「江島生島事件」を例に挙げるのはいささか気が引けるが、[4] 業平の相方の藤原高子が、あるいは光源氏の密会の相手の朧月夜（藤壺宮）が、もし流罪となるという筋立てを想定してみたならば、かぐや姫は同じ位相にあるのではないのか。かぐや姫は、いわば近世の「江島」だ。語り物を含め物語文学という文脈、日本というコンテクストにおいて、それは「男性関係の犯し」に変換されるだろう。したがって、かぐや姫は、天上で何か「男性関係の犯し」があり、結果「罪の子」を身籠るようなことがあり、結果、地上に流離させられたのではないのか。端的にいってそれは、「産む性」の「罪」なのであり、彼女がこれほどまでにヘテロな性愛を拒絶する理由も、そこにあったと推察されるのである。

注

（1）たとえば「伊香小江」の話（風土記逸文「近江の国」）のように、翁は讃岐連の始祖として、かぐや姫という天女（異人）を始祖とする家筋の始祖伝承＝神話を画策していたのかもしれない。もしそれが実現したら、『竹取物語』は「物語」ではなく「神話」となってしまうだろう。

（2）折口信夫「小説戯曲文学に於ける物語要素」『日本文学の発生 序説』（角川ソフィア文庫、二〇一七年改版）。

（3）渡辺秀夫「かぐや姫の罪―仙女の降誕と帰還の論理」『かぐや姫と浦島　物語文学の誕生と神仙ワールド』（塙書房、二〇一八年）。

（4）七代将軍家継の生母月光院に仕えた大奥の年寄江島は、主人の名代として前将軍家宣の墓参に赴き、その帰途、山村座で生島の芝居を見た後、生島らを招き宴会を開いた。大奥の門限に遅れてしまい、評定所が審理するほどの事件となってしまった。結局、江島は高遠藩内藤清枚にお預けとなり、事実上の流罪である。遊興相手の生島は三宅島への遠島。大奥の風紀粛正のため多数の連座者をが出し、多くの人が罰せられている。事件を素材に、歌舞伎として勝能進作「江戸紫徳川源氏」（明治一四年）、河竹黙阿弥「浪乗船江島新語」（明治一六年）、右田寅彦「江島生島」（大正五年）、舞踊劇は長谷川時雨「江島生島」（大正二年）。戯曲として正宗白鳥「江島生島」（昭和二八年）、新派公演（脚色）で川口松太郎「江島団十郎」（昭和五二年）、小説は舟橋聖一「絵島生島」（昭和二八年）、平岩弓枝「絵島の恋」（昭和五二年）、円地文子「女帯」（昭和五六年）、杉本苑子「絵島疑獄」（昭和五七年）ほか、多数映画やテレビドラマ化がなされている。当該「江島生島事件」を「貴種流離譚」の例として、ここに示すことにどれだけ説得力があるか異見もあろう。しかし、折口信夫が例示する『万葉集』の石上乙麻呂（いそのかみのおとまろ）の事件をここに再度掲出するよりも、現代の読者にはこちらの方が感覚的には、まだ理解しやすいのでないだろうか。

4　土左日記の「本領発揮」のために

鹿島　徹

「日本の古典」とされる書物のうち、その多くが——あるいはおおかたが——「平安期」の作品である。いうまでもなく大和朝廷およびその政権所在地・京（みやこ）の制度文物を暗々裡にも憧憬・称揚し、みずからその一部になろうとした文章群だ。

こう言うといかにもなにか底意がありそうだが、そうではない。現に「土左日記」の書き手およびその主な作中人物は、文中の言葉「みやこぼこり」にあらわされるように、「辺境」にありながらいつも京を思い、船中にあって京の暮らしをなぞろうとしている。

「古典」を読みながら作品のこのような性格に自己を同化させる。当人はそれと気づかないまま、さながらそのメンバーであるかのように、当時の支配体制に感情移入してしまう。そうした「集団的な夢」（ベンヤミン）から目覚め、忘却された人びとの事績に目を向けるとともに、そこにみずからの生の新しい可能性を発掘しよう。そのためには、ことさらに菅原道真「寒早十首」や藤原明衡「新猿楽記」、大江匡房「傀儡子記」などを手に取らなくてもいい。すでに土左日記のなかに、「忘れられた人びと」の姿が多層的に書き込まれているのだ。

一　「土左日記」の虚と実

これを明らかにするには、テクストの解きほぐしが必要だ。基本的な確認からはじめよう。

「土左日記」であって、なじみある「土佐日記」ではない。最新の校訂本も「土左日記」としている。[1] さかのぼっては現存する古写本のどれもが「土左日記」と記しているという。岩波文庫（一九七九年刊）もまた「土左日記」だ。

書かれた当時におけるあの土地の一般的な表記は「土佐」だったといわれる。[2] すると〈現実〉の「土佐」であったとはかならずしもいえない。かといって本文中に記された地理・天文事象などからすると、まったくの〈虚構〉の国でもない、そのどちらでもなく、またどちらでもあるような土地から船出した一部始終を、和歌や諧謔、言葉遊びを織り込んで描写してゆく。そうしたテクストの真骨頂を、読む者は早くもタイトルに見て取ることができる。

仮名文のこのテクストは、紀貫之（と思われる人物）が国司の任期を終えて京に戻るまでの五十五日間におよぶ旅を、日記形式で記したものとされている。そのため事典類などでは「紀行文」と呼ばれることがある。だが他方では「王朝女流日記」の出発点をなすとの位置づけもある。[3] 王朝「女流」日記というのも、「男もすなる日記（にき）といふものを、女（をむな）もしてみむとてするなり」（以下「新編日本古典文学全集」本による）ではじまるからだろう。よく知られるこの冒頭文については議論がさまざまに交わされて、それこそがテクストの虚／実の反映でもあるかのようだが、[4]要するに書き手は自分が女性である――だからこうして仮名文字で書く――と語るところからはじめている。といってもこのテクストは、早くから貫之の手になるものとして読まれてきた。[5]「女流」を宣言する書き手は貫之という「男性」だとの前提で読まれてきたのであり、それは誤りだとの主張があるにしても、現にいまもそのことは続いている。テクストと伝承史とが読者を誘導して発露するところの、ジェンダーをまたがった「作者」のこの二重性格に、フィクションでも実録でもある／ないというテクストの本領が重ねて発揮されている。

本文を読んでゆくと、いまも残っている地名にいくつも出会う。だが冬のさなかに女性が海辺で沐浴するといった、やや首をかしげたくもなる記述がある（一月十三日の記事）。諧謔を弄し、いつ作られたのかわからない和歌を文中に組み込むための、無理な風景の設定もあるようだ（たとえば一月二十日の月の出）。つまりは〈現実〉の旅路に〈虚構〉の記述を乗せている。〈現実〉を異化し、〈虚構〉との線引きができない次元に作品世界を開いてゆくという手法に、このテクストの本領があるともいえよう。

二　テクストの本領発揮

さていま「本領」とか「真骨頂」といった表現を使った。これはヨーロッパ伝来の用語を用いて「本質」と言い換えていいだろうか。やっかいな事情がある。

古代ギリシア哲学に端を発する「本質(ウーシア)」は、ラテン語の「エッセンティア(essentia)」という語形で中世世界に流布し、それが英語の「エッセンス」をはじめとする近代ヨーロッパ語へと変形しながら引き継がれた。さらには広く他の言語圏において翻訳・受容され、日本語の「本質」もごく普通の言葉になっている。もっともこの「本質」の「本質」を規定するのはむずかしいのだが、たとえば土左日記は「文学」なのかそれとも「紀行文」なのか、書き手がほんとうに伝えたかったことはなにか、主題はなにかといった問いを立て、それに答えうるとするなら、そのひとはこのテクストの「本質」を知っていることになろう。ところが、かつて「本質」という用語を生み出し流布させもしていった当の哲学が、二十世紀に自己反省を深めてゆくなかで、ある言葉(たとえば「文学」)、ある事象(たとえば「意図」)、さらにはある作品(たとえば「土左日記」)に、それを成りたたせる一義的な、ということは解釈に左右されない、恒常的な、ということは歴史を超越している「本質」などないと論じるにいたっている。言葉の意味はその使用においてのみ定義され、テクストは不断に脱構築されうる、といったように。

しかしだからといって、この言葉を投げ捨てるにはおよばない。「本質」を一義的で恒常的なもの、ということは静的で閉じたものとしてではなく、動詞的・動作的なものとして受け止め直そう。つまりは「本領の発揮」という意味で理解してゆこう(6)。土左日記と呼ばれるテクストに「本領」や「真骨頂」があるとするなら、それが「発揮」されるのは、それを読むという行為においてであるにほかならない。そのひとつが、タイトルにすでに示唆されている〈虚構〉と〈現実〉のあわいを進み行き、両者の境界を取り崩してゆくテクストとして読み進めるという営みだ。

そうした営みはこれまで、読み手・論じ手の生に根ざすそのつどの観点に立ってさまざまに展開され、瞠目すべき成果を生み出してきた。たとえば「作者」の女性仮託の検討を通じてジェンダーの構築・浸透がここにはじめて企てられていると論じ、作中の虚構の「死」を足場にテクスト世界の荒涼たるさまをあらわにする、といった試みがそれだ。(7) 読解により生起してゆくテクストの「本領」は、しかもこのようにしてなおも汲みつくされることはないだろう。

三　「サイレント・マジョリティ」の痕跡

右のような態度でテクストに向かうことは、さらに自覚的に「想像力」を駆使して読解をおこなうよう、ひとを促してゆく。想像力（imaginatio）とはここでは、テクストに書かれていることに基づいて、そこに書かれていないことを読み取ってゆく力である。たんに論理的に想定するだけでなく、書かれていない事柄の像・イメージ（imago）を想い描き、いまに呼び戻す、そうした力である。

土左日記では船旅の中心となる「船君」を国司、ということは大和朝廷の「貴族」として描いている。かれを取り巻くひとびとの日々の過ごしかたもまた、船中にあっては不如意なことが多いにしても、できるかぎり「王朝のみやび」を体現しようとしている。こうした彼女ら／かれらの生活態度、とくに折に触れ和歌を詠じるさま、さらには任地で亡くした子を思う心情などの描写を、土左日記の「本質的」な要素ととらえる向きもあるだろう。

しかしながら、ひとつの生活世界を描き出すテクストからは、その生活世界を成りたたせているいくつもの次元、にもかかわらず当のテクストそのものには書き込まれていない次元を読み取ることが可能なのだ。そのさいには文学ならぬ歴史学の研究成果を、ということは〈歴史的事実〉にかんする各種資料を参考に、読解の補助線を引くことができよう。

例を挙げるなら、まずは「同船者」である。(8)

作品の舞台となる船に乗り、和歌を詠んで風景を愛でる人物としてテクストに登場するのは、呼称に重複があって確定は不可能といわれるが、(9)ひとまず十人程度と考えられようか。加えてその係累の者も同船していただろう。そうした彼女ら／かれらには、当然にもその生活を支える人びとがいたはずだ。たとえば元旦に「押鮎」を用いた儀式をおこなうにあたって、準備をととのえ、後始末をおこなう。毎日の食事の支度とあとかたづけ、衣類をはじめとした荷物の管理、身辺の警護、さらには狭い船中で生理的欲求を満たすさいの世話。そうした「雑事」を分担する人びとが、女性・男性を問わずいなければ、旅中の「みやび」な生活もありえなかった。

船中にあって心つねに京へ京へと向かっていた一行の姿を描くテクストは、その居住する「船屋形」の外にたえず控えていたはずのこれらシャドーワーカーについて記すところがない。別れの宴で新しい国司からはなむけを与えられた「郎等（ろうどう）」（十二月二十六日）のうちに、彼女ら／かれらは含まれていただろうか。別の日の宴で「ありとある上（かみ）、下（しも）、童まで酔ひ痴れて」とあるくだりに「一文字をだに知らぬ者」（十二月二十四日）として、つまりは文字を解さぬ人として姿を見せているのは、諸説あるが、あるいはこれらの人びとだろうか。いずれにしても「貴族」の目線からはまさに「見えない人びと」であり、それゆえ「日記」においてはほとんど「語られない人びと」であった。

同船者といえば、その船を漕ぐ船乗りもまた問題となる。

「二月六日」に難波に着く以前に、船はおもには地乗り航法、つまり漕いで岸づたいに渡ってゆく航法をとっている。その期間に曳き船航法をとった場合（二月一日）もあるが、いずれにせよ二〜三十人の客を乗せた船を漕ぎ、かつ曳いてゆく。どのくらいの船乗りがそのために乗り組んでいたのかを確定するのは、これまたむずかしい。テクストには「楫取（かじとり）」が強欲で勝手な人物としてあらわれるが、それ以外の船乗り（「船子（ふなこ）」）については、「船歌（ふなうた）」を唄う者として（一月九日）、さらには「腹鼓（はらつづみ）を打ちて、海をさへおどろかして、波立てつべし」（一月七日）という諧謔に利用されながら、姿をあらわす程度である。だがポイントとなるのは、「みやび」な一行も航行中は船という狭い空間に、下仕えの人びとのみならず、こうした船乗りとも、場所を隔ててではあるが居を共にしていたということだ。

ちなみに一行は「二月十五日」に船を乗り捨てて、陸路で京に向かっている。楫取および船子のその後については、なにも記されていない。おそらくはなにがしかの荷物・旅客を乗せて、「土左」の方面へとふたたび向かったことだろう。想像力はそうしたかれらの生活力のたくましさをも、読む者に思い浮かべさせてくれる。

さらにテクストからわずかにも読み取ることのできる「語られない人びと」がいる。

「二月九日」の記事を見ると、「わたの泊（とまり）のあかれのところ」という場所のこととして、「米（よね）、魚（いを）など乞（こ）へば、行（おこな）

ひつ」と記されている。このくだりもまた解釈が分かれるが、萩谷朴『土佐日記全注釈』の考証によれば、ここで「米、魚など乞」うているのは、交通の要衝に集まり物乞いをして生きていた人びとのことであり、「行ひつ」とはそうした人びとに船中から施しをしたことを意味する。[10] 前日の記事に、魚をもってきたひとに返礼をしたけれども「今日、節忌(せちみ)すれば、魚不用」とある、その不用な魚がはからずも役に立ったという受け話になっているようだが、魚だけでなく米も施しをしたとあるように、たんなる諧謔を超えた（あるいはそもそも諧謔がなりたつ背景としての）当時の状況が反映されているように見うけられる。そうであるなら、およそ「王朝文学」とされるテクストにおいては主題的に語られることのない人びと、「うかれひと[11]」と呼ばれたひとびとが、ここに忽然と姿をあらわしていることになる。

「貴人」とされる特権層の目線から、そうした特権層の姿を描くことによって、このテクストは「この時期の文学作品には現れてこない名もない庶民[12]」の、さらにいえば被抑圧層の生活を、わずかにも垣間見(かいま)させてくれる。あの「とりかへばや物語」がセクシュアル・マイノリティの問題を中心にしているというのであれば、土左日記は王朝ぶりの生活を描写することを通じてかえって、主題的に描かれることもなく、ましてやみずから文章を遺すこともなかった「物言わぬ」大衆、その意味でのサイレント・マジョリティの生きる姿を浮かび上がらせているといえよう。

もっともそのようなしかたでこのテクストが「本領を発揮する」にあたっては、重ねていうが、読み手自身の生に出立した多面的・多層的な想像力の働きが欠かせないわけなのだが。

注

（1）東原伸明／ローレン・ウォーラー編『新編 土左日記』（おうふう、二〇一三年）。

（2）同解説一四頁参照。

（3）久保朝孝編『王朝女流日記を学ぶ人のために』（世界思想社、一九九六年）。

（4）小松英雄『古典再入門――『土左日記』を入りぐちにして』（笠間書院、二〇〇六年）、同『土左日記を読みなおす――屈折した表現の理解のために』（笠間書院、二〇一八年）、東原伸明『古代散文引用文学史論』（勉誠出版、二〇〇九年）第3章、徳原茂実「土左日記の冒頭文について――小松英雄説批判」（『日本語日本文学論叢』第十一号、二〇一六年）など。

（5）長谷川政春「土佐日記、その表現世界」（新日本古典文学大系『土佐日記 蜻蛉日記 紫式部日記 更級日記』岩波書店、一九八九年）四九九頁参照。

（6）これはマルティン・ハイデガーの思想戦略に示唆をえている。

（7）服藤早苗「『土佐日記』のジェンダー」（木村茂光編『歴史から読む『土佐日記』』東京堂出版、二〇一〇年）、神田龍身『紀貫之――あるかなきかの世にこそありけれ』（ミネルヴァ書房、二〇〇九年）第六章参照。

（8）以下の三例はそれぞれ次の小論において取り上げたものである。

「船のなかの「見えない」人びと――哲学者／知のアマチュアが読む『土左日記』」（東原伸明／ヨース・ジョエル編『土左日記のコペルニクス的転回』武蔵野書院、二〇一六年）。

「楫取と船君――逆なでに読む『土左日記』」（『アナホリッシュ國文學』第三号、二〇一三年）。

「過去の痕跡との出会い――ベンヤミンと『土左日記』」（『アナホリッシュ國文學』創刊号、二〇一二年）。

（9）菊地靖彦「解説」新編日本古典文学全集『土佐日記 蜻蛉日記』（小学館、一九九五年）六七頁参照。
（10）萩谷朴『土佐日記全注釈』（角川書店、一九六七年）三六四頁以下参照。
（11）林屋辰三郎『歴史に於ける隷属民の生活』（筑摩書房、一九八七年）七一頁以下参照。同書によれば「うかれひと」とは「班田農民の重い課役にたえかねて逃亡し、浮浪する人々」であったという。
（12）木村茂光「『土佐日記』の主題について」（前掲『歴史から読む『土佐日記』』）一四八頁。

5 〈歌〉の『伊勢物語』と〈語り〉の『大和物語』

――「語り」と言説分析・『大和物語』の散文的機能の再評価を焦点に――

東原伸明

一　『伊勢物語』より一段劣った『大和物語』という評価

『伊勢物語』と『大和物語』は、ともに「歌物語」というジャンルで括られている。しかし、両者は作中における、「歌」の占める比重が異なり、私見では『伊勢物語』は「歌」に、『大和物語』は「語り」に重点がある。小稿では『伊勢物語』第二三段と『大和物語』第一四九段を取り上げ、言説分析の方法によってこの課題に対する回答を試みたい。

従来、『伊勢物語』第二三段と『大和物語』第一四九段は、「風吹けば沖つ白波たつた山夜半(よは)にや君が独り越ゆらむ」という和歌を共有し、同じような物語内容を有する歌物語だというふうに認識されてきた。(1)しかし、評価において両者は段違いである。

たとえば、片桐洋一は次のように評していた。

> …第一に相違することとして、『大和』が、くどくどと饒舌に語りすぎる、説明がくどすぎるということを挙げたが、（…）金鋺に入れた水が嫉妬の炎で熱湯になったことをはじめとして、歌物語の中心になる「風吹けば」の歌と全く関連のないことが、『大和物語』に多く加わっていることを知る。また、併せて言えば、『伊勢物語』に比べて、『大和物語』には「みやび」とか情趣とかいう面が欠落して、ただストーリーをおもしろおかしく語ろうとする態度が前面に出ていると思う。（…）『大和物語』は、このような点において、『伊勢物語』よりも、一段劣った作品だと私には思われるのである。(2)
>
> （傍線は、引用者）

この『大和物語』に対する見方は大方の賛同を得てきたものではないかと推察される。ただし、片桐の分析は、言説の質や機能の分析を経てくだされた見解ではない。「くどくどと饒舌に語りすぎる、説明がくどすぎる」という意見は、「地の文」・「会話文」「内話文」等々の言説を区別し、その機能を分析したうえでの発言ではなく、印象批評以上のものではない。

二　歌徳譚としての『伊勢物語』第二三段

『伊勢物語』第二三段の冒頭は男女の前史を、「筒井筒」の幼なじみの物語として語っている。「昔、田舎渡らひしける人の子ども、井の許に出でて遊びけるを、大人になりければ、……」（『伊勢物語』の本文の引用は、片桐洋一『伊勢物語全読解』（和泉書院、二〇一三年）掲載　本文（天福本）に、適宜漢字を宛て、「会話文」には鉤括弧「　」を　付し、「内話文」には山型括弧〈　〉を付すなど、私に加工を施してある。二〇〇頁）、『大和物語』には無い部分であったが、以下の部分は共通の物語である。

さて、年頃経る程に、女、親亡く、頼りなくなるままに、「諸共に、言ふ甲斐なくてあらむやは」とて、河内の国、高安の郡に、行き通ふ所出できにけり。然りけれど、この元の女、〈悪し〉と思へる気色も無くて、出し遣りければ、男、〈異心ありて、斯かるにやあらむ〉と思ひ疑ひて、前栽の中に隠れ居て、河内へ往ぬる顔にて見れば、この女、いとよう化粧じて、うち眺めて、

風吹けば沖つ白浪たつた山夜半には君が独り越ゆらむ

と詠みけるを聞きて、〈限りなく愛し〉と思ひて、河内へも行かずなりにけり。

（同二〇〇頁）

女の独泳「風吹けば…」を聞いた途端、疑念は霧消し男は女の許に戻った（この後日譚として、「高安の女」の話の段があるのだが、小稿では、紙幅の関係で省略する）。歌の威力によって、女は男の魂を引き止め、愛情を回復したのだ。男の〈限りなく愛し〉という表出が「会話文」ではなく、「内話文」としてなされていることに、男の決意が見てとれよう。だから、これは典型的な「歌徳譚」である。極論を言えば、『伊勢物語』は、「歌徳譚」の物語なのである。

ところで、男が女の心意＝真意を疑ったように『伊勢物語』は女の気持を、描いていない。「地の文」（間接言説）によっても、あるいは「会話文」・「内話文」（直接言説）によっても、叙述をしていない。女の心は、描かれない「空所」「空白」となっている。(3) この点注意しておきたい。

三　『伊勢物語』の脱構築としての『大和物語』――語りと言説の意義

昔、大和の国葛城の郡に住む男女ありけり。この女、顔容貌、いと清らなり。年頃思ひ交はして住むに、この女、いと悪くなりにければ、思ひ煩ひて、限りなく思ひながら、妻を儲けてけり。この今の妻は、富みたる女になむありける。殊に思はねど、行けば、忌じう労り、身の装束も、いと清らにせさせけり。

（『大和物語』本文の引用は、柿本奨『大和物語注釈と研究』武蔵野書院、一九八一年による。適宜漢字を宛て、「会話文」には鉤括弧「」を、「内話文」には山形括弧を施すなど、私に加工している。四〇五頁）

『大和物語』第一四九段は、男女の前史を語らない。住居は「大和の国葛城の郡」という地方で、『伊勢物語』と共通する。「地の文」で女の容貌を「顔容貌、いと清らなり」と語るように、「清ら」の語により物語の主人公としての性格が際立つ叙述となっている。女の親の経済力に依存していて不如意になると、新しい「妻を儲け」るのだが、経済力だけが理由で、「殊に思はねど」と「地の文」で語られているように、特に愛情を持っているわけではない。「都合の良い女」として、便利に交際しているに過ぎない。男の浮気の合理的な説明は『伊勢物語』では、まったく説かれていなかったことである。

ところで片桐洋一は、第一四九段は、『伊勢物語』第二三段の存在を前提に成立しているという指摘をしている。(4) つまり、『大和物語』は、『伊勢物語』の脱構築として理解されており、それは、引用＝差異化なのであるから、『伊勢物語』の存在を前提に書き直されたことで、成立した作品だという見方ができるだろう。

ただし、それを片桐が「説明」という言葉を繰り返し用いることで『伊勢物語』の反復＝縮小再生産としてマイナスに理解していることは遺憾である。「説明」は、換言すれば「描写」である。作り物語（その代表は『源氏物語』）や近現代の小説という散文文学のジャンルにおいて「描写」は、文学作品の叙述要素としては大事である。その観点から片桐の理解とは逆に拡大再生産として受けとめるべきであって、私は『大和物語』の語りは、『源氏物語』的な言説に向かって、一歩進化したかたちとしてプラスに評価する由明確に指摘しておきたい。

さらに描写において、内話文が多用されていることを評価したい。

> 斯くにぎはゝしき所にらひて、来たれば、この女、いと悪ろげにて居て、斯く外に歩けど、更に嫉げにも見えず〈いとあはれ〉と思ひけり。心地には、〈限りなく嫉く心憂し〉と思ふを、忍ぶるになむありける。〈留まりなむ〉と思ふ夜も、（女）「なほ往ね」と言ひければ、〈我斯く歩きするを嫉まで、異業するにやあらむ、然る業せずは恨むる事もありなむ〉など、心の中に思ひけり
>
> （四〇五～四〇六頁）

二人だけでしんみりとした時を持つのは久しぶりだから、本来、今夜くらいは「〈留まりなむ〉と思ふ夜も、「なほ往ね」と言ひければ」という叙述がなされているのは、引っ掛かりがあるだろう。浮気をしてきた、後ろめたい男にとって、この女の言動は、一見渡りに舟のように思われる。しかし、あまりにも都合の良いシチュエーションは、男にとってかえって不審でかつ不信である。とても文字通りには、受け止められない。

そのように当該文脈で唯一の「会話文」が、体裁を繕うためだけに用いられているかのようであり、男も女も、相手には聞こえない「内話文」（音声を伴わない独白、モノローグ）を多用することによって、互いの行動を忖度

している。そしてその中に、前掲『伊勢物語』においては「空所」「空白」となっていた女の心情・本音が、さりげなく、しかし、はっきりと、「心地には、〈限りなく嫉く心憂し〉と思ふを、忍ぶるになむありける」と叙述され、描写されていた。女は、明確に嫉妬していたのだ。

この本音には、新しい女に対する、むき出しの敵意が、嫉妬として現れており、それが、音声のともなう「会話文」としてではなく、相手の男には聞こえない「内話文」として表出されている。だから、この女の激情は、「無い」ように見えて実は深層に「在り」、「在る」にもかかわらず表層には「無い」というふうに、怒りは潜在し、水面下に激烈に現象しているのだ。「内話文」としての表出なので、女が発する声としては、男には、まったく聞こえない。平気な顔をしている女の、悲しい演技に男は騙されている。状況的には不審感と不信感との狭間で、「この女、いと悪ろげにて居て、斯く外に歩けど、更に嫉げにも見えず〉などあれば、〈いとあはれ〉と思ひけり」と、明らかに浮気をしている自分に対して、それは長年夫婦を続けているから、勘として判ってしまう類のことである。男の言動から女にはバレてしまっているのだろう。にもかかわらず「怒気」を顔に示さない女に対して、良心の呵責から、「健気な女」に申し訳ないと思い、心中また、〈愛おしい〉と思っているのである。まさに、関根賢司[5]の説くような、身勝手な男の心情に焦点化する、「都合のよい女」としての「貞女」の像である。

『大和物語』は、「内話文」を駆使することによって、女の心理を明確に描こうとする、強固な意思があるといえるだろう。それは確かに、片桐洋一が説くところの「説明」ではあるが、これまでの分析を通過した時点で、果たしてこうした説明の何がマイナスだといえるのだろうか。もはや、これらの語り、叙述を、「くどい」などと、誰が感じるだろうか。

四 「内話文」で語ることと「歌徳譚」からの決別――『源氏物語』的言説生成に向けて

ところで、『大和物語』の男は、『伊勢物語』の男のように女の歌に感化されてあっさり浮気の虫が治まったというふうには、語られていない。

斯くて、なほ見をりければ、この女、うち泣きて、臥して、鋺に水を入れて、胸になむ据ゑたりける。〈奇し、如何にするにかあらむ〉とて、なほ見る。然れば、この水、熱湯に滾りぬれば、湯棄てつ。又水を入る。見るに、いと愛しくて、走り出でて、(男)「如何なる心地し給へば、斯くはし給ふぞ」と言ひて、掻抱きてなむ寝にける。斯くて、他へも、更に行かで、集ゐにけり。(四〇八頁)

歌の威力ではもはや男の感情に訴える限界があり、『大和物語』は、『伊勢物語』の「歌徳譚」ですべて事を治めるというワン・パターンに決別し、別のパフォーマンスの道として、〈語り〉、つまり、「地」で語ること、散文の機能の方を選択したのである。『大和物語』の〈語り〉の方法の方が、散文としては『伊勢物語』よりも進化していると認めるべきである。(6)

『大和物語』の男は、この女の、一見グロテスクなパフォーマンスを、素直に「愛しく(いとおしく)」受けとめており、歌との「併せ技一本」とも言うべきかたちで、激情愛欲高まり、性交までしてしまっている。片桐は

「くどい」というが、もはや「くどい」などと認識できようか。これが散文叙述の技法なのであり、散文としては『伊勢物語』よりは進化した、『大和物語』の方法なのである。

注

(1)藤岡作太郎「大和物語」(『国文学全史　平安朝篇1』東洋文庫、一九七一年)。
(2)片桐洋一「井筒にかけし(二三段)」(片桐洋一編『鑑賞日本古典文学　第5巻　伊勢物語大和物語』角川書店、一九七五年)。
(3)例えば松尾聰は、「もとの女は何もいわない。い、たくてもいえないのである。自分は新鮮味はすでに微塵もない古女房である。親はすでにないひとりぽっちの女である。しかも、あゝ、自分は男を愛している。何物にもかえがたく愛している。我慢しよう。あの方が、こうしてあの方が、こうしてこゝにわたしと一緒に住んでいてくださることだけに、せめて自分の小さな幸福を見つめていよう、女はこう考えきめている。女はつとめて明るくいそいそとふるまう」(『伊勢物語』アテネ文庫・弘文堂、一九五五年)と読んでいた。また片桐洋一は、『伊勢物語』第二十三段において語られている純粋な心と行動」と捉えており、その本質を「慎ましさや優しさ」と理解しているようである(【研究と評論】『伊勢物語全読解』和泉書院、二〇一三年。二〇七頁)。
(4)注(2)の片桐の著書。
(5)関根賢司の読みは、以下のとおり。曰く、「男は、いつだって意志薄弱で、疑い深いが思慮が浅く、傷つきやすい繊細な魂をもてあましているだけの日和見主義者で、主体性に乏しい。だから、女にも別の新しい男が出来たのではないか、と疑って「前栽のなかに隠れゐて」河内の新しい女のもとに出かけたふりをして見ているのだ。（…）男を信じて疑わず、あくまでも待ち続ける女の、従順で無私な愛情が、再び男の心を打ち、捉えたのだ。蘇った夫婦の絆は、たぶん生活の不如意をなんとか乗りこえていくであろう。自分を裏切った男を、しかし怨まず、かえって思いやり案ずる女。いかにも一般大衆に、いや過去の（ひょっとしたら現代の）日本の身勝手な男どもにとって、うれしくもありがたい貞女の美談ではあった」、あるいは「無私の愛情」と理解しているようである（「化粧　第二三段」『伊勢物語論　異化／脱構築』おうふう、二〇〇五年）。

（6）山口仲美「大和物語——歌物語から説話文学へ」（『山口仲美著作集4日本語の歴史・古典　通史・個別史・日本語の古典』風間書房、二〇一九年）。

6 『枕草子』「したり顔」の呪縛を乗り越えて

——「くらげの骨」と「香炉峰の雪」と

津島知明

枕草子は一般に「随筆」に分類され、一言一句が作者の個性と結び付けられてきた。特に自身の言動を記した日記回想段は、清少納言を知る最も有効な手立てとなってきた。各種教室の受講生などに聞いてみると、その人物像はおよそ「才気煥発な女性だけれど、自慢話が鼻につく」といった所に集約される。古文の授業が、あるいは教材としての枕草子が、そのようなイメージを拡散し続けているらしい。教科書に掲載されているのは、今も「春はあけぼの」がトップで、以下「すさまじきもの」「九月ばかり」「木の花は」等の類聚段、随想段が多くを占めている。日記回想段はと言うと、「中納言まゐりたまひて」(九九段)「雪のいと高う降りたるを」(二八二段)の両段が群を抜き、「二月つごもりごろに」(一〇二段)が続く[1]。いわゆる自讃談と見なされている章段である。むろん自讃談だから選ばれたというわけではなく、まずは「非常に短く完結している[2]」所が重宝なのだろう。さらに九九段と二八二段は「いつ」「どこで」など背景に関する情報が一切含まれていない点も共通する。政治状況などを考慮せずとも鑑賞が可能な章段と見なされているようだ。一〇二段には時期も場所も記されているが、事件時に諸説あることから、やはり先の二章段同様、背景は捨象して読まれる結果となっている。

確かにこれらは短く完結しているように見える。だがそもそも、他の部分との繋がりや関係性を有さない章段は存在しない。簡潔に見えるのも、脈絡や背景などすべてを削ぎ落してしまっているからに過ぎない。その結果、自慢話にしか見えなくなってしまったテキストに、果たしてどれほどの魅力があるのだろうか。どこまで「次世代に伝えたい古典」たり得ているだろうか。ただそれは教科書の問題というわけではない。雑纂本と名づけられた現存本を、文字通り雑然と編纂されたテキストと解して、配列や脈絡を重視してこなかったこと。特定の部分ばかりが都合よく消費され続けてきたこと。図らずも教科書には、こうした弊習が凝縮されているように思われる。以下、その代表格とも言える九九段から取り上げてみたい(3)。

一　「くらげの骨」は自慢話なのか

九九段は、中納言隆家が姉である定子のもとに参上し、献上予定の扇について語る場面を描く。極上の骨に見合う紙を探していると言う隆家に、その骨は「いかやうにかある」と定子が尋ねる。「かばかりのは見えざりつ」と隆家が答えた所で、清少納言が「さては扇のにはあらで、くらげのななり」と口を挟んだ。彼は「これは隆家が事にしてん」と笑ったという。最後は次のように結ばれている。

かやうの事こそは「かたはらいたき事」のうちに入(い)れつべけれど、「一(ひと)つな落としそ」と言へば、いかがはせむ。

この一文こそが、作品作者像にも多大な影響を与えてきたと言えようか。市販本の現代語訳を引いてみる(4)。

わたしが口にした言葉などは、傍で見ていたら、目も当てられないことの中に入るだろうが、どの人もどの人も、「あなたが書いているご本に、——皆さんが読むことになる、この『枕草子』にですよ——、書き落とさないように」と要望するので、ここに書いたのだが、どうだったろうか……。自慢気に思われると困るのだが。（ちくま学芸文庫、二〇一七）

まったく、このようなことは、黙って聞き過ごせない話柄に属すると考えてしまうのが当然だろうけれど、「（実際にあった興味あることは）一つも書き落さないように」と、人が言うので、（私の一存で）どうしようもない（ので書き加えておく）。（講談社学術文庫、二〇〇一）

このようなことこそは、「聞き苦しくていたたまれない感じがすること」の中に入れてしまうべきであろうけれど、「ひとことも書き落とさないでほしい」と言うので、どうしようもなく、書きつけておく。（小学館新編全集、一九九七）

こんな自慢話は、「聞き苦しいもの」の中に入れてしまうべきであろうが、「一言も書きもらさないでくれ」と女房たちが言うので、いたし方なく書き記すのではある。（ほるぷ、一九八七）

こんな出来事はそれこそ、苦しいわれぼめの話として片付けてしまいたいのだが、「一つだって抜かすな」と（人が）いうものだから、仕方もなかろう。（枕草子解環、一九八二）

こんな自慢話めいた話は、「かたはらいたきこと」の中にでも入れるべきものであろうが、「一事も書き落すな」と人が言うので、よんどころなく書きつけておく。（角川文庫、一九七九）

こんな自分をほめたような事は、聞き苦しいことのなかに入れるべきで、書きとめる事ではないのだが、人々が「一つだって書き落してはいけない」と言うから、しかたがない。（全解枕草子、一九五八）

自慢話、あるいはそれに類する言葉が多くの注釈書で使われている。訳文にはそれが見えない注釈書でも、「吹き語りについての弁明であろう」（学術「余説」）「自慢話めいたことであるから、の意か」（新編全集「頭注」）という説明が見られる。岩波新大系（一九九一）は現代語訳がないのであげていないが、脚注には「自慢話になるから我が事ながら『かたはらいたし』である」とある。この逸話が自慢話だというのは、すべての注釈書が認める定説なのだ。教育現場にそれが反映されてくるのも当然である。

自慢話に該当する古語は「われぼめ」「吹き語り」などだが、本文にそのような言葉はなかった。それは注釈者によって持ち込まれているのだ。作中に自身の言動が評価されたり賞賛されたりした話は数多いが、その種の自己言及がなされたケースは二例しかない。ひとつは一二八段。行成に送った文の内容（「いと冷淡なり」の秀句）が、後に殿上の人々にまで伝えられ、一条天皇から賞賛された話だが、「よく言ひたり」という天皇の言葉を伝え聞いた作者が、それを自ら記すことを「見苦しきわれぼめ」と断っている。もうひとつは二六二段。積善寺供養の折、中宮から桟敷の上席に招き入れられた顛末を、自分から言うのは「吹き語り」のようだが「ある事」（事実）だから仕方がないと弁明した箇所である。どちらも少なからぬ人々の知る所となっていた出来事で、それを自ら記すにあたっての断り書きだった。

さらに一二八段は、秀句自体の出来というよりも「歌詠みがましさ」を嫌う行成の好みに合致したことで高められた評判であり、二六二段も具体的な活躍があったわけではなく、新参女房にしては過分な厚遇を蒙った次第が、恐縮しつつ記されたもの。これ以上に華々しい活躍はいくらでも見られるし、それらは何のてらいもなく記されている。先の二例に限っては、おそらくそうしたレベルの話ではないという自覚があり、またそれを表明しておきたかったのだろう。さらに前者は天皇、後者は中宮の言動と直接関わる。自身へのやっかみなどが両人にまで及ばぬよう、慎重な書きなしが求められたとも言える。これらと比べた時、九九段には特に憚られるほどの「われぼめ」的要素は見出せまい。ならばそこでは何がどのように弁明されているのか。以下に検証してみたい。

二　「かたはらいたき事」の内実

隆家はまず、献上の扇について「いみじき骨は得てはべり」と語っていた。次いで定子の問いにはこう答えている。

①すべていみじう侍り。②「さらにまだ見ぬ骨のさまなり」となむ人々申す。③まことに、かばかりのは見えざりつ。

「いみじき骨」とは「どのようなものなのか」という質問に対し、まず①「すべていみじう」は具体性を欠いている。そこで②に骨を見た人々の言葉が持ち出されてくるものの、「まだ見ぬ骨のさま」では、これも満足な答えとは言えない。よって続く③こそが決め手となるはずだった。だがその肝心の部分が、事実上②の反復となってしまっている。つまり、骨を見ていない相手に「まだ見ぬ」「見えざりつ」としか説明されていないのだ。

「言高く」語る様子から、当人はそのおかしさに気付いていないようだ。そこに「扇のではなく、くらげの骨の話のようだ」と口を挟む余地が生まれたわけだ。揶揄したわけでも言い負かそうとしたわけでもなく、機能不全に陥っている会話を、機転をきかせて方向転換させたに過ぎない。場の空気を変えるのも、秀句の効用のひとつである。隆家は「これは隆家が言った事にしてしまおう」と笑ったという。実際は痛い所を突かれたと思ったかもしれないが、作中の隆家はこの秀句を笑って受け入れる度量を見せている。「隆家が事」としてこの秀句の使い所があったとすれば、もちろん③の箇所だろう。人々の「まだ見ぬ（骨）」という言葉を、「まことに、くらげのななり」とでも受けていたなら、会話は別な方向へ弾んだ可能性がある。少なくとも③のような不備は回避できたわけだ。

以上の話に対して、「ひとつも落とすな」と言われたから載せるのだ、との断りが添えられた。むろん、いつ誰に「落とすな」と言われたかは定かではない。あるいは誰かに言われそうな言葉、言ってほしい言葉だったのかもしれない。いずれにせよここでなされているのは、〈記事の掲載をめぐって逡巡があった〉という事後証明である。個々の章段がいつ執筆されたのか、あるいは推敲や編集はどの程度なされたのか、いずれも特定できない。作中に明らかなのは、年時の確かな最終事件時が長保二年五月（二二四段）で、最終記述年時が寛弘六年三月以降（一〇三段）という点だけである。後者から遠くない時期に枕草子（再編本）は広まっていったと思われるが、その年時もまた定かではない。ただ事件時と公表時との間に相当の隔たりがあったことだけは確かだろう(5)。

そのどこかの時点で、この記事に対して書き手は先のような弁明を迫られたわけだ。事件時以降に起きている最大の変事は定子の崩御だが、それはどの章段にも共通する。本段に固有の要素を求めるなら、作中で唯一隆家をメインに据えているという点に尽きよう。その隆家こそ、特に定子の死後には、存在感を際立たせていった人物だった。まず長保四年九月に権中納言に復任、伊周に先駆けて復権を果たした。さらに寛弘六年二月に伊周が再び失脚した後も、その地位を保ち続けた。以後、中関白家の嫡流が彼の子孫に移ってゆくのは周知の所である。相対的にではあるが、一族の中で存在意義を増してゆく隆家。だがそれとは対照的に、作中では定子や伊周らと比べてあまりに活躍の場に乏しい。稀少な主演章段では、先のように対話力の未熟さを浮き彫りにされてしまっている。それはそれで微笑ましくもあり、だからこそ載せようという判断が一方にはあったかもしれない。だが、いずれこの草子を当人が目にすることもあろう。あるいはどう描かれているかが耳に入ることもあるだろう。本段に限って先のような弁明が必要だったとすれば、やはりそれは隆家周辺の反応が念頭にあったからではないか。読者を意識した時に感じる「いたたまれなさ」には違いないが、理由は決して「われぼめ」になるからではない。このような出来事は（中納言のことを思うと）「いたたまれない事」の中に入れたくなる（掲載するのは「いたたまれない事」になりそうだ）けれど、「ひとつも落すな」と（人が）言うので、やむをえない。末文はこう解すべきである。

三　章段配列の意味するもの

もちろん、最終的に掲載を決めたのは作者自身である。「かたはらいたさ」を感じながらも「落とすな」という声に従ったのだ。章段配列に注目すれば、おそらくはこの記事自体というより、九六段から一〇三段まで続く日記回想段群に欠かせないパーツだったからだろう。そこには次のような自身の秀句的応対が集められていた。

①九七段　「ただ秋の月の心を見はべるなり」
②九八段　「九品蓮台の間には下品といふとも」
③九九段　「さては扇のにはあらでくらげのななり」
④一〇〇段　「などせんぞく料にこそはならめ」
⑤一〇二段　「早く落ちにけり」
⑥一〇三段　「空寒み花にまがへてちる雪に」

①は白楽天の「琵琶引」を踏まえた秀句で、定子の「などかう音もせぬ」に答えたもの。琵琶の演奏後、沈黙していた清少納言に定子が声を掛けた場面である。②は仏典に由来する慶滋保胤の願文を踏まえる。定子の「思ふべしやいなや、人第一ならずはいかに」への返答だった。どちらも定子の反応が記されているが、①が「さも言ひつべし」と評価されているのに対し、②は「むげに思ひくんじにけり。いとわろし」と駄目出しされている。ともに「廂の柱に寄りかかる」清少納言が描かれており、一対の章段として並べられていることがわかる。ここで際立つのは、折に触れて女房に言葉を掛け、その返答を品評してみせる女主人の存在感である。

③が「くらげの骨」で、こちらは続く④と一対と見なされる。どちらも相手は男性だが（隆家と信経）、定子とのやりとりのように漢詩文を踏まえたものではない。①②とはこの点も対照的である。ただし相手の反応は①②と同じく正反対になっている。清少納言の秀句に「これは隆家が事にしてむ」と笑った隆家に対し、「これは御

前にかしこう仰せらるるにあらず」と食ってかかる信経。両者の器の大小が際立つ形だ。ただし「信経が足形のことを申さざらましかば、えのたまはざらまし」という信経の言い分には、「をかしかりしか」と一定の理解が示されている。続いて語られている時柄の話とともに、秀句は対話の場から生まれるというその妙味を、③④は「言わせた者」（一方の立役者）に焦点を当てて浮かび上がらせてもいるのだ。

最後の⑤と⑥（定番教材「二月つごもり」の段）は、どちらも内裏の黒戸が舞台で、場面状況が共通する。漢詩文を踏まえる点では①②と、相手が男性である点は③④と重なる。ここまで描かれてきた秀句的対応の、いわば総決算のような形となる。さらにそれを評価する者として、⑤には一条天皇、⑥には俊賢の宰相が登場し、ともに高い評価が与えられている。定子のもとで研鑽を積んだ応対術が、対外的にも高い評価を勝ち得ていったような印象を抱かせるわけだ。以上の章段に加えて、自身の貢献が歌以外の道にもあり得ることを、主従の絆とともに物語る九六段、後宮の風儀に大きな影響を与えたと思われる、道隆の軽妙な猿楽言が散りばめられた一〇一段、これら中篇二章段と併せて、定子サロンの個性を余すところなく伝える一大章段群が形成されているのだ。

四　「したり顔」の呪縛

もうひとつの定番教材「香炉峰の雪」（二八二段）も、やはり配列によって意味付けられている章段だった。「香炉峰の雪いかならん」という定子の問いに、御簾を上げて見せた作者が女房たちからも称えられた話だが、この段と後続の二八四段が、定子との数々の秀句的対話（前掲①②も含む全十四例）の最後に置かれた実例となる。

雪の日に「例ならず」格子を下ろしていたのだから、「雪景色が見たい」という定子の意図は容易に察しが付く。「少納言よ」という御指名であれば、格子を上げさせるだけでは芸がないと判断したか、彼女は「簾を高く上げる（上げて鉤に掛ける）」という機転までも加えて見せた。それが同僚の賛辞も誘ったわけだ。この種の賛辞が記されるのはこれが最初で最後であり、しかも「この宮の人にはさべきなめり」という、中宮女房として誇るべきものだった。「したり顔」が目に浮かぶのも無理はない。

ところが、二八四段では事態が一変する。定子への返歌、「雲の上もくらしかねける春の日を」が、「昨日の返し『かねける』いとにくし」と作中で最も厳しい駄目出しを受けている。本編の最後に、自身に下された両極の評価が並べられているわけだ。両段ともその中心には、女房の言動を導き出し、評価を下す主人の姿がある。前掲章段群も含めたすべての日記回想段は、いわば「この宮の人」たるべく振る舞おうと努めた女房の実践記録であり、その独特の風儀を伝えるべく残されたと言っても過言ではない。その一翼をになっていたという自負は随所に窺えるので、広い意味では自讃談と言えるかもしれない。だがそれはあくまで定子の元にあってこその活躍だったということが、最終的には了解されるように描かれているのだ。料紙下賜のいきさつ（跋文）から、その記載内容はおおむね定子とは共有されていたのだろう。ただしその後、思いがけない形でその第一の読者は失われてしまう。現存本のような形に辿りつくまでには、さらなる軌道修正があったのかもしれない。

世に中宮彰子の権勢が高まるにつれ、一世を風靡した定子の時代も忘却の波に抗えなくなっていたことだろう。枕草子はそうした時流に逆らおうとした作品と言える。その効果の程は紫式部日記から窺い知ることができようか。そこには中宮女房の応対に不平を漏らし、昔を懐かしむような世の男性たちが描かれているが、紫式部はその背後に枕草子の影を感じ取っていたのではないか。(6) 定子サロンを喧伝する枕草子によって、人々はその風儀を過大評価させせられている。「まだいと足らぬ」程度の才知がもてはやされている。ならばその元凶には一撃を加えておかねばならない。「清少納言こそしたり顔にいみじう侍りける人」。この「したり顔」こそが、先の九九段の解釈に代表されるように、今も枕草子を縛り続けていることを思うと、反撃は極めて効果的だったことになる。枕草子を次世代にも託すのならば、その呪縛からの解放こそが急務だろう。

注

(1) 東望歩「教科書のなかの〈枕草子〉」(『日本文学』二〇一四年一月)の調査を参照した。なお、段数および本文(三巻本)は『新編枕草子』(おうふう、二〇一〇年)によるが、表記を改めた箇所もある。

(2) 注(1)東論文。

(3) 本稿で提示した解釈は、旧稿「秀句のある『対話』」(『國學院大學紀要』二〇一六年一月)「枕草子『香炉峰の雪』と『三月ばかり』の段を読み直す」(『國學院雑誌』二〇一七年三月)を踏まえている。

(4) 『ちくま学芸文庫』のみ底本は春曙抄本だが(他は三巻本)、最新の注釈書なので参考までに掲載した。

(5) 津島知明「『枕草子』執筆と流布の経緯」(『國學院大學紀要』二〇一八年一月)参照。最終記述年時の意味するものについては稿を改めて論じたい(『日本文学研究ジャーナル』二〇二〇年九月刊行予定)。

(6) 津島知明「紫式部日記に描かれた彰子後宮」(『藤原彰子の文化圏と文学世界』武蔵野書院、二〇一八年)参照。

7　新しい古典としての日記文学
――『土左日記』から『更級日記』まで――

山　下　太　郎

一　女性日記文学の生成――『土左日記』の「女」

『土左日記』は、次の一文によって始まっている。(1)

男もすなる日記といふものを、女もしてみむとてするなり。（序文）

この一文の書き手は、紀貫之ではない。作者紀貫之が造形した、作品の内部の女性の書き手である。『土左日記』は県（あがた）での任期を終えた前国司一行の帰京の旅の記録である。現実の貫之は、承平四年（九三四）に土佐国の国司の任期を終え帰京の途に着いた。『土左日記』では、紀貫之らしき人物である前国司は「帰る前の守」「ある人」「船君」などと作中で称呼され、「女」の日記する行動の対象となっている。

それの年の師走の二十日あまり一日（ひとひ）の日の、戌の時に門出す。そのよし、いささかにものに書きつく。（十二月二十一日）

書き手の「女」は、前国司一行の門出以後の旅の様子を、毎日その場で書きつける。ある年の十二月二十一日から翌年二月十六日の帰京まで一日も日付を欠かすことなく、日次記録の形式が保持される。それを帰京後にまとめたものが『土左日記』である。作者がそのように設定している。

一月十一日の暁に、一行は前泊地の奈半の泊を立って、室津に向かう。その途上、羽根という所にさしかかる。女童(おんなわらわ)が「まことにて名に聞くところ羽根ならば飛ぶがごとくにみやこへもがな」の歌を詠む。この歌は、船中の男女の「早く京に着きたい」という共通の願望を掬い取って共感を呼び、人々の心に銘記される。

女童の詠歌をきっかけに、京で生まれ任地で亡くなった女児を思い出すのは、「女」と亡児の母である。そして、おそらくは亡児の父であろう前国司らしき人物が歌を詠む。書き手の「女」と亡児の母と父らしき前国司との関係の垣間見える場面である。すなわち、「女」は亡児について、その父母と悲しみを共有する女性である。亡児の乳母とする見解がある。(2) 従いたい。

『土左日記』には、『蜻蛉日記』に見られるような、自身の思いをそのまま主観的に述べる叙述はそれほど多くない。「女」は旅に登場する他者について記録し、批評や感想を見聞記録者として客観的に付記するのである。ただ、亡児追憶の記事は別である。「女」は、亡児について積極的かつ主観的に自己の心情を述べ、自分のこととして主体的に受け止めようとする。

京に入り、前国司邸に帰着した一行はその荒廃に慨嘆する。池のほとりの松の半分は枯れ、一方で新生の小松が交じる。多くの船人のもとには子どもたちが集まり騒いでいる。「女」は亡児を思い起こさずにはいられない。「心知れる人」と「生まれしも帰らぬものを我が宿に小松のあるを見るが悲しさ」と「見し人の松の千歳に見ましかば遠く悲しき別れせましや」の歌二首を唱和するのは、ともに悲しみを深く受容するためである。「生まれしも」歌が、「悲しさ」をまっすぐに表出するのに対し、「見し人の」歌は、千歳の松ではありえない人間に「悲しき別れ」の避けがたいことを理知的にいう。書き手が両歌の詠者を特定しないのは、ともに悲しみに浸っているからである。誰が詠んだということよりも心情の共有に焦点をあてる。なお、「心知れる人」は、「女」と亡児追悼の心情を共有する人物、おそらくは亡児の母であろう。

忘れがたく口惜しきこと多かれどえ尽くさず。とまれかうまれ、疾くやりてむ。（跋文）

跋文は「見し人の」歌にすぐ続けて記されている。「忘れがたく口惜しきこと」の第一は、任地で亡くした女児のことである。その他にも「女」には旅の終わりに書きおきたいことが多くあるが、それらのすべてを書き尽くすことはできない。

帰京の旅の始めに、「女」は、「男もすなる日記」を意識して、女の立場から旅を記録することを宣言し実行した。男の日記は、男性の記録する公的な漢文日記である。帰京の旅に即していえば、前国司による漢文の航海日記などを想定しうる。「女」の日記は、それを補足するより私的なものであった。「女」は、自分の日記について、最後に破棄の意思を表明する。しかし、実行されずに残ったのが、現存の『土左日記』のもととなった。

女性の書き手を設定することによって、紀貫之は、仮名文字（女文字）による日記文学を生成し、女性の読者を得た。読者はやがて作者となる。紀貫之は、女性が仮名で書く日記文学への道を拓いたのである。

二　女性日記文学の始発――『蜻蛉日記』の妻と母

『蜻蛉日記』は、女性の人生を女性自身の手によって書き記したものである。『土左日記』と異なり、作品作者がそのまま作品内部の書き手という設定になっている。作品の内部と外部は、作者である実在人物藤原道綱母によって繋がっているのである。序文の後半部を引く。

〈前略〉世の中に多かる古物語のはしなどを見れば、世に多かるそらごとだにあり、人にもあらぬ身の上まで書き日記して、めづらしきさまにもありなん、天下(てんげ)の人の、品高きやと問はむためしにもせよかし、とおぼゆるも、過ぎにし年、月ごろのこともおぼつかなかりければ、さてもありぬべきことなん多かりける。

（上巻・序文）

道綱母は、物語の虚偽（＝「そらごと」）に、体験の事実を対置する。摂関家の御曹司藤原兼家の妻であった自分の主観的には不幸でしかなかった身の上を書くことで、「天下の人」の興味関心に応えようと思ったことが、日記執筆の動機になった。『蜻蛉日記』は「天下の人」に向けて書いた兼家の妻による夫婦生活の回想記録である。なお、「天下の人」は世間の人の意味で、「問はむ」の行動主体である。(3)

天暦八年（九五四）夏の兼家の求婚の記事に始まった『蜻蛉日記』は、天延二年（九七四）十二月の息子道綱のための正月の準備を記して終わる。

思へば、かうながらへ、今日になりにけるもあさましう、御魂(みたま)などみるにも、例の尽きせぬことにおぼほれてぞはてにける。

（下巻・天延二年十二月）

兼家との夫婦生活はすでに終了し、道綱母は息子の世話に腐心している。「思へば」以下は、天延二年末日の道綱母の感慨だが、日記を書く現在の心境にも繋がるであろう。兼家との夫婦生活は、作者道綱母にとって終始満たされることのないものであった。

天暦九年（九五五）八月末に道綱を出産する。そのころの兼家の心づかいは「ねんごろなるやうなりけり」と記される。しかし、その心づかいは真実からのものではなかった、と道綱母は感じている。兼家の置き残した文箱（ふばこ）の中には、他の女への文があった。夫の浮気相手へのメールを見てしまった妻のようだ。ただ、平安時代の結婚制度は一夫多妻制である。夫兼家は、その後、新しい女（いわゆる「町の小路の女」）のもとに三夜通い、結婚の手順をふむ。これは浮気ではない。それゆえ道綱母の苦衷はよりいっそう深い。しかし、一年余り前の天暦八年夏に、兼家は、正室時姫があったにもかかわらず、道綱母に求婚し通い始めた。時姫から見れば、町の小路の女と道綱母とは同罪である。

数ふれば夜見ることは三十余日（よ）、昼見ることは四十余日（よ）になりにけり。

（中巻・天禄元年六月）

臨時の祭、明後日とて、助（すけ）にはかに舞人に召されたり。これにつけてぞ、めづらしき文ある。「いかがする」などて、いるべきもの、みなものしたり。

（下巻・天延二年十一月）

中巻冒頭の安和二年（九六九）一月の記事で、道綱母は、「身には『三十日三十夜（みそかみそよ）は我がもとに』といはむ」と、侍女を相手に願望を述べる。もちろん、この欲深い願いが叶えられることはない。①はその一年半ほどの後の情況である。兼家の来訪は、ほぼ途絶えている。②は下巻の末尾近く、兼家からめずらしく文がある。臨時の祭の舞人に召された道綱のために必要な物品を届ける兼家は、別れた妻に養育費を送る父親のようではないか。

兼家の妻に対する行動は、当時の権勢家の男性として一般的なものであった。複数の妻を持ち、それぞれの出自や立場に応じて、必要にして十分な愛情を注ぐ。道綱母は常に尽きせぬ思いを抱き不満を託つが、兼家はその都度、夫としてむしろ誠実に対応している。町の小路の女は、出産後、寵を失い棄てられたが、道綱母は最後まで、たとえ名目だけであったとしても、兼家の妻であり続けたのである。『大鏡』は、道綱母について、

きはめたる和歌の上手におはしければ、この殿の通はせたまひけるほどのこと、歌など書き集めて、『かげろふの日記』と名づけて、世にひろめたまへり。（兼家伝）

と語っている。兼家の誠実さを世に伝えることも『蜻蛉日記』の目的だったといえるかもしれない。

三　女性日記文学の展開――『和泉式部日記』と『紫式部日記』、そして『更級日記』へ

『蜻蛉日記』は、兼家と夫婦生活をともにした足かけ二十一年間の人生の記録である。対して、『和泉式部日記』と『紫式部日記』は人生の一時期に焦点をあてた、部分的な記録である。ただ、取り上げられた時期は、それぞれの人生を象徴する特別な時間であった。

『和泉式部日記』は、長保五年（一〇〇三）四月から寛弘元年（一〇〇四）一月に至る十ヶ月間の和泉式部と敦道親王との恋愛の経緯を素材とする。

『和泉式部日記』の現存伝本の多くは『和泉式部物語』という題号を持つ。(4) 和泉式部らしき主人公の女性を「女」と呼び、敦道親王である恋愛相手の男性を「宮」と呼ぶ。登場人物を三人称的に称呼し、物語的に叙述するといえようか。この作品は、一般に和泉式部の自作とされているが、山口仲美のいうように、自作であることと物語であることとが、矛盾するわけではない。(5)

十月十日に久しく途絶えていた宮の来訪がある。曇りがちな月を見て思い乱れる女の様子は、身辺に男関係の噂が絶えず、常に非難の的となる女とは見えない。すべてを宮にゆだねて横たわる愛すべき存在である。宮は女を押し起こして、「時雨にも露にもあてで寝たる夜をあやしく濡るる手枕の袖」の歌を詠みかける。女は、返事もできず月の光のなかで涙を落とすばかりである。その様子を見て、宮は、いっそう「あはれ」に思う。その後、「手枕の袖」は、二人の愛を象徴する鍵言葉となり、繰り返し贈答される。宮の来訪は一転して頻繁になり、やがて、宮は女に自分の居宅への出仕を求め、女も承知する。女と宮との恋愛関係の転換点である。互いの不信が払拭され、女の宮邸入りが共通の課題となる。宮の唐突な迎えにより宮邸入りが実現したのは、十二月二十八日であった。だが、宮邸入りで、女の苦悩が解消したわけではない。

聞きにくきころ、しばしまかり出でなばやと思へど、それもうたてあるべければ、ただにさぶらふも、なほものおもひたゆまじき身かなと思ふ。（一月）

「君は君われはわれともへだてねば心々にあらむものかは（十月）」と「おなじ心」を確認しあった二人と違い、宮と北の方との夫婦仲はすでに「例の人」のようでは無かった（四月）。しかし、女を自邸に連れ込んだ宮の行動は北の方のプライドを決定的に傷つけた。女は、宮の側（そば）に仕えてなお人の非難にさらされ、「しばしまかり出でなばや（一月）」「なほもの思ひたゆまじき身かな（一月）」と思うが、その女より早く、北の方は姉の春宮女御のもとへ去ってしまうのである。女の勝利ではあるものの、つらく苦い勝利でしかなかった。

『和泉式部日記』は、女と宮との恋愛の発端から成就にいたる十ヶ月を和歌の贈答を展開の軸として語る、恋愛日記である。その後も二人の関係は続くが、寛弘四年（一〇〇七）十月に、女を置いて敦道親王は病死する。

『和泉式部日記』が自作であるとすれば、執筆の目的は、親王の追悼であったのかもしれない。

『紫式部日記』の作者であり書き手である紫式部にとっての特別な時間は、寛弘五年（一〇〇八）七月から寛弘七年（一〇一〇）一月に至る、一条天皇中宮藤原彰子の二人の皇子の出産に立ち会い、記録した時間であった。紫式部は、おそらくは藤原道長の求めに応じて、一家の最大の慶事を記録する役を担った。ただ、紫式部の筆は、若宮敦成（あつひら）親王（後一条天皇）と二宮敦良（あつなが）親王（後朱雀天皇）の誕生記とそれに伴う行事の記録、賞揚にとどまらない。紫式部自身の憂愁の心情や同僚女房等への批評・感慨などが折に触れ、あるいは、消息文の形にまとめて叙述される。そこにこそ、単なる記録を超えた日記文学の深化と進化がある。

寛弘五年九月十一日に敦成親王は無事誕生した。産養（うぶやしない）などの誕生祝いの諸行事も大方終わり、道長の土御門殿では、朝霧のなか、一条帝の行幸にむけての準備が進められている。その華やぎのなかで、紫式部は憂愁の思いにとらわれる。この世のめでたく輝かしい出来事を見聞するにつけて、無常の宿命を観取して出家願望が募り嘆きがまさる。紫式部の心は明るい朝の光の中で暗い思念の方に向かうのである。水鳥の遊ぶ様子を見て、紫式部は詠む。

［水鳥を水の上とやよそに見むわれも浮きたる世をすぐしつつ］

水鳥は優雅に遊ぶように見えるが、その身はとても苦しいに違いないと、水鳥に自分の身の上を重ね合わせてしまうのである。

『紫式部日記』の紫式部は、光の中で陰を見つめ、陰の向こうに光を求めようとする。その光は現世の光ではなく、来世からの光、阿弥陀仏の光であった。消息文の末尾近く、次のように求道への思いを述べる。

人、といふともかくいふとも、ただ阿弥陀仏にたゆみなく、経をならひはべらむ。（消息文・求道）

現世に根源的な疑念を抱き仏道に救済を求める姿は、『源氏物語』最後のヒロイン浮舟の姿に重なる、といえようか。浮舟は、横川の僧都のもとより帰京する薫一行の松明の連なりを、小野の里から遠く見送りつつ、阿弥陀仏を念ずるのである（『源氏物語』夢の浮橋）。

『更級日記』は、菅原孝標女の少女のころから晩年までの人生全体の回想記録である。その点で、『蜻蛉日記』をよく受け継ぐといえる。また、上総からの帰京の旅を記す前半は、『土左日記』を継承する。さらに、恋愛日記である『和泉式部日記』、宮廷日記としての『紫式部日記』を継ぐ一面もある。小品ながら、いわば、王朝日記文学の集大成ともいえる作品である。

孝標女は浮舟に憧れる少女であった。少女の帰京の旅は、まだ見ぬ『源氏物語』全巻を求める旅であった。しかし、成長した孝標女は、物語への傾倒を悔悟する。だからといって、信仰の道を選びきれず、現世に「功徳もつくらずなどしてただよふ」（『更級日記』終結部）晩年を迎えるのである。

孝標女は、『夜半の寝覚』『浜松中納言物語』などの『源氏物語』以後の物語作品の作者ともされる。そして、『更級日記』は、人生における物語の意味を問う日記文学作品であった。

『更級日記』の題号は、『大和物語』百五十六段等に見える姨捨山伝説による。孝標女は、姨捨の陋居で最期の時を孤り過ごす覚悟を決めているようである。

以後、女性による日記文学の伝統は、『讃岐典侍日記』『たまきはる』『建礼門院右京大夫集』『十六夜日記』『とはずがたり』などに受け継がれていく。個々に触れる余裕はないが、ぜひ心に留めてできれば手に取って見てほしい。それぞれに切実な女性の人生の苦悩と歓喜が書かれている。

注

（1）『土左日記』をはじめ、本稿に引用する作品本文は、すべて、新編日本古典文学全集（小学館刊）による。

（2）長沼英二「乳母が書いた土左日記―悲傷主体の推定により女性仮託の完遂を論ず」（『解釈』42巻6号、一九九六年六月）

（3）室生犀星『現代語訳　蜻蛉日記』（岩波文庫、二〇一三年八月、初出一九五六年）は、「天下の人」を「世間の人」と訳し、この部分について同様の理解をしている。

（4）藤岡忠美校注・訳『新編日本古典文学全集』（小学館、一九九四年九月）の「解説」を参照。

（5）山口仲美「『和泉式部日記』作者の意図」（『山口仲美著作集2　言葉から迫る平安文学2　仮名作品』二〇一八年一〇月、風間書房、初出一九九五年）

8 「光源氏」とは何か

――「プレイボーイ」とは異なる古代物語の主人公像――

東原伸明

一　光源氏は果たして女たらしの「プレイボーイ」なのだろうか

光源氏は果たして女たらしの「プレイボーイ」なのだろうか。この問い掛けからこの稿を始めたい。専門の研究者にとっては自明の話であるが、『源氏物語』を読んだことがない人ほど、光源氏が単なる「女たらし」で、『源氏物語』を西洋のプレイボーイやドン・ファンの話と同一視するが、以下の小稿の論述から、まったく誤解であると判るだろう。「プレイボーイ」ということばを、『日本国語大辞典』（第二版第十一巻）で調べてみると、「プレーボーイ〔名〕（英play boy）《プレイボーイ》女性を次々に誘惑してもてあそぶ、好色な男。また、粋に遊びまわる男。遊び人」とある。辞典の前半の定義が、ほぼ今日の日本において流通している意味で、「女たらし」woman chaser、womanizer のことである。しかし、実在のドン・ファン（ドン・ジュアン）やカサノヴァのイメージで光源氏を捉えてしまうと、『源氏物語』とは乖離があり、またその人間性もずいぶんと薄っぺらく底浅いものになってしまう。だから、それらとはどのように異なるのかが説かれなければならない。もちろん光源氏も「若気の至り」成り行きで女性を口説き、今日いうところのセクシャルハラスメント的な振舞いが無かったとはいえない。対空蝉の、そして軒端荻の場合などである。美貌の貴公子であったから、自分は他者に優越した存在なのだと自認する鼻持ちならないプライドとナルシシズムがあったことも否定はしない。たしかに多くの女性たちと関係を持ち浮名を流したことも綴られている（「帚木」巻など）。しかし、光源氏の一代記としての物語本篇とは、いささか趣旨が異なる。少なくとも彼は、自己の欲望の赴くままに、近代的な意味で「個」として、数を競う気持では女性たちとの関係を持っていなかった。また、何よりも光源氏が誕生する以前に既に彼の生きる道は敷設され、その路線をひた走るように宿命づけられていたこともたしかである。

二　臣籍降下＝皇位継承権の剥奪＝「王権侵犯」の主題＝光源氏の「潜在王権」

桐壺帝は光君の臣籍降下を決定するに当たり、高麗相人（こまのそうにん）に、その身分を「右大弁の子」と偽って観相をさせていた。

相人おどろきて、あまたたび傾（かたぶ）きあやしぶ。「国の親となりて、帝王の上（かみ）なき位（くらゐ）にのぼるべき相（さう）おはします人の、そなたにて見れば、乱れ憂（うれ）ふることやあらむ。朝廷（おほやけ）のかためとなりて、天（あめ）の下（した）を輔（たす）くる方（かた）にて見れば、またその相違ふべし」と言ふ。（①「桐壺」四〇頁。本文の引用は、小学館新編日本古典文学全集以下同じ。ただし、会話文には鉤括弧「　」、内話文には山形括弧〈　〉施し加工した箇所がある）

しかし、臣下として終わる「人相」ではないという、光君の「帝王相」を確認した桐壺帝は、にもかかわらず、なぜか皇位継承権を剥奪するためであるかのように、臣籍降下を決断する。これによって、光君は源氏（賜姓源氏）となり、制度の上では絶対に「天皇」にはなることができなくなってしまったのである。

ところがその光源氏が、『源氏物語』の第一部の最終巻、第三三巻「藤裏葉」巻において、「准太上天皇」という驚くべき称号と地位を得ている。

その秋、太上天皇になずらふ御位得たまうて、御封加はり、年官、年爵などみな添ひたまふ。（③四五四頁）

「太上天皇」とは、「天皇」を辞した「前天皇」＝「上皇」という意味で、「准」は、それに準ずる位という意味だから、光源氏は即位できなかったにもかかわらず、「天皇経験者に准ずる位」を称号として得たことになる。

そうであるのならば、皇位継承権を失い、制度上天皇になれなくなってしまった彼が、なぜ「天皇経験者に准ずる位」という称号を得ることができたのだろうか。

三歳で母桐壺更衣に死に別れ、七歳でまた、更衣の母北の方（＝祖母）に死別した光源氏は、宮中では天涯孤独の存在となってしまう。元服の後に葵上と縁づけられ、左大臣家の婿になったとはいえ、皇位継承権を剥奪されてしまった彼は、天皇として栄華を極めることは、絶対に不可能である。ジャンルと主題という観点に照らして考察してみると、神話とは異なり、物語というジャンルにおいて、天皇位＝「王権」そのものが主題化されることは考えられない。ならば、物語の「主題とは何か」＝「光源氏が権力を奪取する手段は何だろうか」という問いに、転換されるだろう。正解は、父桐壺帝の王権を「侵犯」すること、妃と「密通」をすることだ。具体的には、王者の寵妃藤壺宮（ちょうひふじつぼのみや）と通じて男の子を生ませ、その子を皇太子にし、即位させ、自分は秘かに「天皇の父」として振舞うことである。「密通」という大変な負（マイナス）の行為が逆説的に、光源氏に絶大な権力と栄華という正（プラス）をもたらすという仕組みになっているのだ。「王権」を「侵犯」することこそが、光源氏に権力をもたらす構造であり、「王権侵犯」こそが、『源氏物語』正篇の物語の主題なのである。

冷泉帝（れいぜいのみかど）は、表（おもて）の系図上は光源氏の弟ということになっているが、母の藤壺宮が亡くなった時点で、夜居僧都（よいのそうず）（護持僧）から、「光源氏があなたの実の父であり、そのことを知らずに実父を臣下として召し使っているので、天変地異が起こるのです」という密奏を受け、自分は儒教の「孝」を犯すものとして「譲位」を考えるほど深刻に悩み、以後、光源氏を異常なまでに厚遇する（「薄雲」巻）。つまり、時の帝冷泉の「天皇の父」であることにより、彼は、間接的に天皇の権力＝王権を執行できる立場となったのである。「准太上天皇」という称号も、「密通」により生を受けた我が子冷泉から与えられたもので、「名」・「実」共に光源氏の「帝王相」が実現された証しと言えよう。深澤三千男は、これを、光源氏の「潜在王権（せんざいおうけん）」と称した。(1)

三　故大納言の遺言＝「家の遺志」の物語と三つの予言の位相

「桐壺」巻前半は、光源氏の両親、桐壺帝と桐壺更衣の異常な程の偏愛の物語が語られている。

いづれの御時（おほむとき）にか、女御（にょうご）、更衣（かうい）あまたさぶらひたまひける中（なか）に、いとやむごとなき際（きは）にはあらぬが、すぐれて時めきたまふありけり。　（①「桐壺」一七頁）

古代的な帝王として遍く愛情を配分せねばならない立場の帝がその自覚もなく、最高の身分とはいえない人に独占的に愛情を注いでしまった。後宮秩序の混乱原因は帝自身にあるのだが、その反省もないまま、「朝夕の宮仕につけても、人の心をのみ動かし、恨みを負ふつもりにやありけん、いとあつしくなりゆき、もの心細げに里がちなるを、いよいよあかずあはれなるものに思ほして、人の譏りをもえ憚らせたまはず、世の例にもなりぬ御もてなしなり」（同頁）、恥知らずな程の偏愛ぶりに、周囲の女性たちの恨みの感情は高まりその集積が、桐壺更衣の身体を蝕む。「その年、御息所、はかなき心地にわづらひて、〈まかでなん〉としたまふを、…」（二一頁）、病は重くなり、死期が迫っていることも予感され、宮中から退出することになった。重体に陥り、自他の区別もつかないほど息も絶え絶えの桐壺の更衣は、最期に帝に何か訴えたいことがあったようである。「かぎりとて別るる道の悲しきにいかまほしきは命なりけり／いとかく思ひたまへましかば」と、息も絶えつつ、聞こえまほしげなることはありげなれど、……」（二三頁）。重体の桐壺の更衣が、帝に訴えたかったこととは、何だったのであろうか。

その回答を死後、更衣の里邸に帝の勅命で弔問した靫負の命婦が、母君の告白として聞いている。

「…生まれし時より、思ふ心ありし人にて、故大納言、いまはとなるまで、ただ、『この人の宮仕の本意、かならず遂げさせたてまつれ。我亡くなりぬとて、口惜しう思ひくづほるな』と、かへすがへす諫めおかれはべりしかば、はかばかしう後見思ふ人もなき交じらひは、〈なかなかなるべきこと〉と思ひたまへながら、ただ〈かの遺言を違へじ〉とばかりに、出だしはべりしを、身にあまるまでの御心ざしのよろづにかたじけなきに、人げなき恥を隠しつつまじらひたまふめりつるを、人のそねみ深くつもり、やすからぬこと多くなり添ひはべりつるに、よこさまなるやうにて、つひにかくなりはべりぬれば、」
（①三〇～三一頁）

ふつう娘を入内させることは、自身が「外戚」として権力を振るう事を意味している。ところが、この桐壺更衣の父親故大納言のように自身の死後の入内では、権力を行使することはできない。この「遺言」＝遺志は、権力の行使を放棄し、代わりにただこの自分の家筋を王統に繋げることだけを願っていたかのようである。つまり、孫が皇太子となり、次の帝となることだけが願いであったということだ。しかし、こうした考え方は一般的には歴史的事実としてはありえないことで、「歴史離れ」を起こしている。だが、これが『源氏物語』の独自の思想なのだろう。したがって故大納言の遺志を継いで入内した娘、桐壺更衣が重体の身で最期に帝に訴えたかった内容も、光君の立坊（＝皇太子となること）から将来の即位（＝帝となること）の願いだったのではないだろうか。

弔問から戻った靫負の命婦が帝に復命報告し、帝は桐壺の更衣の母からの手紙を読んだ後、次のように述べている。

「故大納言の遺言あやまたず、宮仕の本意深くものしたりしよろこびは、〈かひあるさまに〉とこそ思ひわたりつれ。言ふかひなしや」とうちのたまはせて、いとあはれに思しやる。「かくても、おのづから、若宮など生ひ出でたまはば、さるべきついでもありなむ。〈寿長く〉とこそ思ひ念ぜめ」などのたまはす。
（三四頁）

帝は、桐壺の更衣が入内した時から彼女の家筋の特殊な事情、「故大納言家の遺志」を知る、唯一の理解者であったことが解るだろう。同時に帝自身の「主義」として、「権門による外戚政治」を拒否し、抵抗する姿勢を示している点もある。その政治状況になることを、少しでも引き延ばしたいという姿勢である。だが、ぐずぐず引き延ばすのみで有効な対策があるわけではない。ここでの「権門」とは藤原氏の大臣家、具体的には弘徽殿の女御の出た右大臣家のことだ。この宮廷は不思議なことに、帝の嫡妻（正妻）に相当する「皇后」が空席である。これも「歴史離れ」であり、「皇后」不在は異常な状況で、そもそも弘徽殿の女御を「皇后」に昇格させてしまえば、後宮の内紛も終息したことだろう。第一の妃を「皇后」にせず、第一の皇子を「親王」にもしないという、帝の引き延ばしの政策が、結局、桐壺更衣に死をもたらしたと言える。故大納言家の遺志を知っていたにもかかわらず、また帝自身も光君を皇太子に立てたかったのだろうが、その希望を果たせず臣籍に降下させ皇位継承権を剥奪し源氏としたのは、「〈坊にも、ようせずはこの皇子のゐたまふべきなめり〉と、一の皇子の女御は思し疑へり」（同一九頁）という叙述もあったように、母の更衣のみならず、その子までも政争の犠牲となることを恐れたからだろう。抵抗することの限界だ。以上、死者の遺言、家の遺志が生者の思考を呪縛し、生きる方向性を規制する、「鎮魂的な主題」という考え方は、藤井貞和の論によるものである。(2)

さて、物語の「期待の地平」は、皇位継承権を剥奪された光源氏が、そこからどのように「帝王相」を実現し栄華を極めることになるのかということにある。読者のその謎解きの過程が、『源氏物語』を読むことの快楽になるだろう。通説では「高麗の相人の観相」が光源氏の運命を規定する三つの予言の第一とされているが、前掲藤井論文は、むしろ鎮魂の主題がそれらを規定している由説いている。「家の遺志」がそれら三つの予言を導き出す原動力となっているというのだ。

第二の予言は第五巻「若紫」巻に開示される。「藤壺の宮、なやみたまふことありて、まかでたまへり。（…）（光源氏は）〈かかるをりだに〉と心もあくがれまどひて、いづくにもいづくにもまうでたまはず、内裏にても里にても、昼はつれづれとながめ暮らして、暮るれば王命婦を責め歩きたまふ。いかがたばかりけむ、いとわりなくて見たてまつるほどさへ、〈現〉とはおぼえぬぞわびしきや。宮もあさましかりしを思し出づるだに、世とともの御もの思ひなるを、〈さてだにやみなむ〉と深う思したるに、いと心憂くて……」（①二三〇～二三一頁）、密通の場面は、傍線部「いかがたばかりけむ…」のように、具体的には描かれていない。しかし、「あさましかりしを思し出づるだに」を新編全集頭注一九が「…「し」の過去表現に注意。物語の叙述にはなかったが、以前にも藤壺は源氏と密会したことになる」と指摘する。三谷邦明は「桐壺」巻と「帚木」巻とのあいだの四年間の空白に、描かれない初回の密会があったであろうことを考証していた[3]。

さて、当該密通が少なくとも二回目以降のものであることが判った。物語は藤壺の宮の懐妊を語り（二三二～二三三頁）、源氏も「おどろおどろしうさま異なる夢」を見る（二三三頁）。夢占いをする者に解かせると、「及びなう思しもかけぬ筋のことを合わせけり。占者「その中に違ひ目ありて、つつしませたまふべきことなむ」と言ふに、…」（二三三～二三四頁）。「及びなう…」を新編全集頭注二七は、「想像を絶するような運勢とは、源氏が帝の父になるという内容であろう。…」とする。また、「その中に…」を同頭注二八は、「「違ひ目」は、意に反する事態。後の須磨流謫を暗示するか。…」とする。

第三の予言は、「須磨」・「明石」の流離からの復権後、第一四巻「澪標」巻で開示される。明石の地で関係を持った明石の君から女の子の誕生を知らせてくる場面において、『宿曜に「御子三人、帝、后かならず並びて生まれたまふべし。中の劣りは太政大臣にて位を極むべし」と勘へ申したりしこと、さしてかなふなめり」(②二八五頁)とある。「帝」が冷泉、「后」が明石の姫君、「太政大臣」が嫡男の夕霧をそれぞれ指し示す。このように光源氏の身分上昇は、いずれもその子どもの誕生を通じてのものである。女性との性的なかかわりは、とても重要なことなのだ。

以上、光源氏の数奇な運命の物語として要所を粗々と見てきた。『源氏物語』という古代的な物語の主人公として、光源氏という人物が女たらしの「プレイボーイ」とはまったく異なる存在であることは、もはや明らかであろう。

注

(1)深澤三千男「光源氏像の形成 序説」、「光源氏の運命」(『源氏物語の形成』桜楓社、一九七二年)。

(2)藤井貞和「ふたたび「桐壺の巻」について」、「神話の論理と物語の論理」(『源氏物語入門』講談社学術文庫、一九九六年)。

(3)三谷邦明「重奏する藤壺事件」『入門源氏物語』(ちくま学芸文庫、一九九七年)。

9 『源氏物語』続編の「ましかば」

――次世代に伝えたい、自己と向き合う物語――

吉澤小夏

はじめに

高校生に大学受験問題の『源氏物語』を解いてもらっていた時に、「主人公は光源氏じゃないの?」と質問されたことがある。問題文は、源氏死後を描いた第三部、浮舟巻の文章だったのだ。このように、『源氏物語』には源氏を主人公とする第一部第二部（正編）と、源氏死後、その子（実際は柏木の子）と孫を主人公とする第三部（続編）があるということを、知らない高校生は多い。私はその度「もったいないなあ」と思ってしまう。そして、なんとか『源氏物語』続編の面白さを伝えたい、と思う。なぜなら、そこには「答えのない世界」が描かれているからだ。正編であれば、「答え」、それは源氏だった。れっきとした主人公・権力の中心・女君にとっては、頼るべき、信じられる存在かもしれない。それが失われた続編では、主人公さえ一人ではなく、舞台も都から周縁に移っていく。拠りどころとなる中心が何なのかどこなのかわからない、「答えのない世界」なのだ。そこで迷う登場人物たちの姿は、きっと、これからどう生きていこうか迷う高校生・大学生にとって、生き方のヒントとなるにちがいないと私は考えている。

今回、「次世代に伝えたい『新しい古典』」というテーマで文章を書く機会を得て、答えのない世の中に翻弄される若者に向け、彼らの生き方のヒントになるように、『源氏物語』続編の「ましかば」について、一つの論を書くことにした。「ましかば～まし」は、古典文法で習う助動詞の中で、きわめて印象的なものだろう。現代でも「こうすればよかったのに」などと、よく使う言葉ゆえに、覚えやすいのかもしれない。『源氏物語』続編の「ましかば」から見えてくる、答えのない世界を生きる人間の姿を考察していきたい。

そこで、続編のはじめの方にある竹河巻と、終わりに近い蜻蛉巻を取り上げる。巻名のみ残る雲隠巻で源氏は死んだとされ、その次の匂兵部卿・紅梅・竹河巻から続編は始まる。これらは、舞台は都のままで主人公が源氏以外の人々という、いわばアナザーストーリーである。それから、源氏の子（実際は柏木の子）薫と、源氏の孫匂宮という二人の貴公子が、宇治の姫君（大君・中の君・浮舟）に恋をする物語が始まる。この物語は、橋姫巻から夢浮橋巻まで、宇治と都が舞台となるため「宇治十帖」とも呼ばれる。

竹河巻には、「故殿おはせましかば」のような、「ましかば」表現が十一例と多い。「故殿」というのは、源氏が養女にした玉鬘を妻とした、髭黒のことだ。髭黒が急に亡くなったことで、玉鬘たち髭黒家の人々は急速に権力を失っていく。その嘆きが、あらゆる局面で「ましかば」と表れている。大黒柱髭黒という拠りどころを失った世で、人々はどう生きていくのか。源氏という確固とした中心のあった正編では光の当たらなかった人々の姿が見えてこよう。

また、「ましかば」の用例は、総角巻・蜻蛉巻にも多い。『源氏物語』続編全体に「ましかば」の用例が多いことは明らかだ。それは、登場人物も登場人物の思いも多様化するからではないだろうか。「ましかば」の最初の用例である、源氏の母桐壺更衣の最期の言葉「いとかく思ひたまへましかば」は、「もしもこんなに早く死を迎えることがわかっていたのなら」という、たったひとつ、切実な生への願望である。対して、蜻蛉巻の薫は、浮舟の失踪から大君を愛したことまで、様々なことを「ましかば」と思い、物思いを深めていく。

このように、「ましかば」を通してみると、一本筋の通っていた正編と、多様化していく続編世界がみえてくる。ひとつの明確な拠りどころがあった正編に対し、それを失い、人も思いも答えも多様な続編世界が展開されていくことで、正編は相対化されるともいえるのだ。

一　竹河巻の「ましかば」

【本文二】竹河巻、大君参院

殿のおはせましかばと、よろづにつけてあはれなり。（⑤八九）

玉鬘の娘、大君参院の場面で、「ましかば」が「髭黒が生きていたなら」と使用される。髭黒は今上帝の外戚のため、政治的にかなり大きな存在であり、権力争いをする夕霧（源氏の子）・紅梅（内大臣の子）にとっては、生きていたらかなりの脅威だった。髭黒亡きあと、そのような髭黒の存在の大きさに気づく。着目していく。それは、源氏世界しか見ていなかった正編では見られなかった視点だ。

三谷邦明氏は、「中心の喪失と主題の不在を常に確認して行く物語が第三部」であり、「第三部の方法が匂宮三帖においてすでに完全とは言えぬまでも確立している」と述べ、[1]三田村雅子氏は「主人公の理想性失墜は竹河巻において顕著」と述べる。[2]光源氏世界の裏側・落としてきたものに目を向けていくのは、すでにここで始まっている。

大君の冷泉院参院に際して、夕霧右大臣家からは息子たちを雑役にと、紅梅大納言家からは車がくる。息子との縁談かなわず無念にもかかわらず配慮を絶やさない夕霧に、玉鬘は「情はおはすかし」と思う。しかし、これらが挙げられたあと「藤中納言はしもみづからおはして、中将、弁の君たちもろともに事行ひたまふ」とあるその「しも」には、「藤中納言だけは」という強調がある。直接本人が来るのは、前妻の子藤中納言（家族）だけなのだ。つまり、夕霧家・大納言家のこれらの記述は、逆に玉鬘の孤独を浮き彫りにする。そしてつづくこの「殿のおはせましかばと、よろづにつけてあはれなり」である。「髭黒が生きていたなら、このような現実ではなかったはずだと、何事につけても胸にせまる」、そう解釈したい。新全集の頭注には「ましかば（うれしからまし）」と、書かれない帰着部分の「まし」が説明されるが、単純にそうではないだろう。冷泉院への参院は、家の発展につながるとはいえず、手放しで「よかった」と喜べることではないはずだ。「ましかば」に対応する「まし」が書かれないのは、「まし」と思う内容がひとつではないからだ。複雑に絡み合い、沈殿する反実仮想、それが「ましかば」にはある。

【参考二】『源氏物語』の「ましかば」（一四六例）

桐壺…3　帚木…6　空蝉…1　夕顔…2　若紫…3　末摘花…1　紅葉賀…3　花宴…3

葵…5	賢木…1	花散里…0	須磨…3	明石…2	澪標…1	蓬生…0	関屋…0
絵合…1	松風…0	薄雲…2	朝顔…2	少女…5	玉鬘…7	初音…1	胡蝶…1
蛍…1	常夏…1	篝火…0	野分…1	行幸…2	藤袴…1	真木柱…0	梅枝…1
藤裏葉…1	若菜上…4	若菜下…6	柏木…4	横笛…0	鈴虫…0	夕霧…3	御法…0
幻…0	匂兵部卿…1	紅梅…1	竹河…11	橋姫…2	椎本…5	総角…10	早蕨…3
宿木…7	東屋…9	浮舟…4	蜻蛉…11	手習…4	夢浮橋…0		

篠原昭二氏は、「『故殿おはせましかば』という何かにつけて口を突いて出て来る嘆きがこの物語の繰り返し現われるテーマ」と述べる[3]が、【本文二】のような「ましかば」は竹河巻に繰り返される。

竹河巻の「ましかば」十一例のうち、五例が、亡き髭黒が存命であったならと嘆く用例である。もう叶わなくなってしまってから嘆く、切実なパターンが竹河巻の「ましかば」にはある。吉海直人氏は、玉鬘がこのように髭黒不在を嘆き続けることを「過去に凍結」「竹河巻の中に封じこめられていた」と述べる。[4]絶対に不可能な現実を仮想する「ましかば」の繰り返しは、その人物を動けなくする。

もう一点、竹河巻の「ましかば」の特徴がある。それは、大君への恋が叶わなかった蔵人の少将の「ましかば」が、髭黒家の嘆き「ましかば」と対比されるようにあることである。恋破れて嘆く蔵人の少将の「ましかば」は、髭黒家の切実な「ましかば」に比べると、浅い思いのようにみえるが、正編における「ましかば」の多くは、それに近いのだ。人間関係を円滑にするための表面上「ましかば」だったり、引歌だったり、浅いか深いかといえば浅い「ましかば」である。その点で、深い「ましかば」が通底し浅い「ましかば」を揶揄するように置かれる竹河巻は異質といえる。

権力から外れていく髭黒家の嘆き「ましかば」と、権力の内側にいる蔵人の少将の嘆き「ましかば」は大きく質を異にしていたが、その差異が、深いものはより深く、浅いものはより浅くしたことは確かである。竹河巻の「ましかば」は過去に目を向け、それによって過去にとらわれた閉じた世界をつくる。さらには、正編では当たり前だったものを落とす、倒錯の表現でもあるのである。

三　蜻蛉巻の「ましかば」

続編の主人公薫は、自らの出生に疑問を抱くがゆえに生き方に迷い、宇治の俗聖と呼ばれる八宮のもとを訪れた。八宮が急逝し、薫は残された姫君たちの世話をするうち姉の大君に接近する。しかし、大君の死によってその恋は破れる。妹中の君は匂宮と結婚し子を身ごもったため、そちらに恋心を向けることもできない。そんな薫の耳に入ったのは、異母妹・浮舟の情報だった。薫は浮舟を宇治に住まわせ、通う。しかし、そのことを聞きつけた匂宮も浮舟に接近し、板ばさみに悩んだ浮舟は川に身を投げる。実際には浮舟は命を取りとめたのだが、それを知らず、浮舟をも亡くしたと悲しみに暮れる薫の姿を描くのが、『源氏物語』最後の巻夢浮橋の一つ前の巻、蜻蛉巻である。

【本文二】蜻蛉巻、薫の「ましかば」

かくよろづに何やかやと、ものを思ひのはては、昔の人ものしたまはましかば、いかにもいかにも外ざまに心を分けましや、時の帝の御むすめを賜ふとも、得たてまつらざらまし、また、さ思ふ人ありと聞こしめしながらは、かかることもなからましを、なほ心憂く、わが心乱りたまひける橋姫かな、と思ひあまりては、また宮の上にとりかかりて、恋しうもつらくも、わりなきことぞ、をこがましきまで悔しき。（⑥二六〇）

薫の「ましかば」使用数は源氏についで十七例（総角5・宿木3・東屋2・蜻蛉7）と多い。そして特徴的なのは、うち十六例とほとんどが心中思惟であることだ。【本文二】は薫の最後の「ましかば」用例である。「大君が存命であったなら」と薫は嘆く。蜻蛉巻はじめでは浮舟の死を嘆き、ここでは大君の死を嘆く。全体に通底しているのが大君への想いで、それが【本文二】「昔の人ものしたまはましかば」にまとまっていくといえる。このように続編の「ましかば」は、「答えがない状態」に行き着く。

【本文二】には、「外ざまに心を分けましや」「得たてまつらざらまし」「かかることもなからましを」と三つの「まし」がある。うしろの二つは単独使用の「まし」だが、「昔の人ものしたまはましかば」に対応する帰着部分ととることもできる。「そもそも大君が存命ならば、自分を受け入れていたなら、起こらない現状ばかりだ」と、薫がすべてを大君の死という取り戻せない過去のせいにしているようである。過去にとらわれているという点で、竹河巻で述べたような第三部の特徴をもつ。しかし、これは、竹河巻のように、いない人を求める強い思いのみだろうか。

【本文三】本文二のつづき

これに思ひわびてさしつぎには、あさましくて亡せにし人の、いと心幼く、とどこほるところなかりける軽々しさをば思ひながら、（略）宮をも思ひきこえじ、女をもうしと思はじ、ただわがありさまの世づかぬ怠りぞなど、ながめ入りたまふ時々多かり。（⑥二六〇—二六一）

帰着の「まし」が複数あるともとれる薫の「ましかば」は、「さしつぎには」と続けて浮舟のことも思い起こさせる。薫の述懐は「昔の人ものしたまはましかば」だけが強いのではない。あれこれと思い悩み、とどまるところは「わがありさまの世づかぬ怠り」である。振り返れば「世づかぬ」は橋姫巻（⑤一五四）まで遡り、大君の死以前から、薫の閉じた世界ははじまっているのだ。

浮舟を想う「ましかば」もまた、「浮舟が生きていたなら」という部分が強い思いなのではない。「わがためにをこなることも出で来なまし（蜻蛉⑥二一七）」など、どちらの「まし」も同じくらい思うところだ。あらゆる思いが混在する点で、ひとつの強い思いを逆照射してきたこれまでとは異なる。

四　おわりに

物語の最初の「ましかば」は、桐壺更衣の絶唱だった。唯一願う、「生きたい」という思いだった。『源氏物語』続編の「ましかば」は、閉じた世界をつくり、さらには現実よりも過去、と、希求するところは多様化する。過去にも答えを求められないこともある。人々の思いは絡み合うことがない。しかし、生き続ける。浮舟は老尼君と同じ部屋で「死なましかば、これよりも恐ろしげなるものの中にこそはあらましか」（手習⑥三三〇）と思うが、続編の「ましかば」が最後に逆照射するのは、「だからこそ現実に生きる」人間の姿なのかもしれない。

「おはしましかば」と、死者で対象となっている人の中に、源氏はいない。「光かくれたまひてのち」とは言われても、「おはしましかば」と強く求められはしないのだ。「おはしましかば」と強く求められる存在は、髭黒・八宮・大君・浮舟と、政治的中心から離れていく。

「ましかば」からみえてくるのは、竹河巻では、政治的裏側であり、反世界だった。蜻蛉巻では、もはや政治も都もかかわりない、「自己」と向き合う時に見えてくる反世界だった。「ましかば」は、反世界をよびおこす装置として、こちら側と向こう側が向き合い、かみあうところにあった。

※『源氏物語』本文の引用は、新編日本古典文学全集による。

注

(1) 三谷邦明「源氏物語第三部の方法―中心の喪失あるいは不在の物語―」(『物語文学の方法Ⅱ』有精堂、一九八九年)

(2) 三田村雅子「第三部発端の構造―〈語り〉の多様性と姉妹物語―」(『源氏物語　感覚の論理』有精堂、一九九六年)

(3) 篠原昭二「竹河の薫―薫論(1)」(『講座　源氏物語の世界』第七集　有斐閣、一九八二年)

(4) 吉海直人「竹河巻の構造」(『源氏物語研究』八、影月堂、一九八三年)

10 日本初の長編物語の作り方
――『うつほ物語』の軌跡――

本宮洋幸

はじめに――初の長編物語としての意義

『うつほ物語』（全二十巻）は、『源氏物語』に先立ち、日本で最初にできた長編物語である。この作品には、初の長編物語を作るための試行錯誤が、〝これでもか〟と詰め込まれており、まだ『源氏物語』が世に出る前の、この時期ならではの出来事、ハプニングが目白押しとなっている。長編作品が身の回りにあふれる現代の私たちからすると、まさに「目からうろこ」の、新鮮な驚きに満ちた作品であると言えよう。

一　別々の物語をドッキング

まず押さえておきたいのは、『うつほ物語』には二つの大きな軸があるということである。一つ目は、第一巻「俊蔭（としかげ）」に始まる、秘琴（ひきん）を子孫に伝えていく俊蔭一族の話。もう一つは、第二巻「藤原の君」に始まる、あて宮という美しい姫君をめぐる、求婚譚。琴の伝授物語はファンタジー色が強く、求婚譚はリアリティをもった物語となっており、水と油のような、異色な性質の話が縒り合わされながら成長を遂げていくことになる。

　だが、そもそも、なぜそのような異質な二つの話が、一つの物語として展開する構造をもっているのか。それを考えるヒントとして、「俊蔭」「藤原の君」両巻の冒頭が注目される。現在、小説やマンガ、アニメなど、多くの作品があふれているが、それらの冒頭は、読者を惹きつけるべく、作者が頭をひねって選び出したもののはずである。だが、初期の物語においては、例えば『竹取物語』が「今は昔」と始まり、『伊勢物語』の多くの章段が「昔、男ありけり」と始まるように、「今は昔」とか「昔」で始まることがパターン化していた。『うつほ物語』も例外ではなく、第一巻「俊蔭」の冒頭は、やはり「昔」で始まっている。

　だが、問題は、第二巻「藤原の君」もまた、「昔」で始まっていることなのである。これはいったい、どういうことなのか。

　ここからうかがえることは、どうやらもともとは独立した別々の作品であったものがドッキングした痕跡として、この二つの「昔」があるということである。おまけに、続く第三巻「忠こそ」も、「昔」という冒頭文こそもたないものの、継子いじめ譚の性格が色濃く、これまた独立性の高い内容をもっている。

　これらの巻の核の部分を、それぞれいつ誰が書き、それをいつ誰が『うつほ物語』として融合・吸収し、いつ誰がその後を引き受けて書き継いでいったのか。この初めの三巻に共通して登場する人物も、わずかではあるが存在しており、何とか統一した物語としてつなぎ止めようという作者の意志が働いていることはうかがえるのだが、この先、物語内の出来事に多くの矛盾が起きてしまうことを考えると、ことによると、複数人がリレー形式で回しながら書いたのではないか、という可能性も捨てきれない。

どの作家が何年に何という作品を発表した、というような国語便覧の文学史表に慣れている現代人にとっては、作者や作品の成立といった概念が、大きく揺るがされることとなるであろう。

二　物語を支える遺言

そのような衝撃的なスタートを切った物語が、いかなる道筋を辿っていくのか。ここで長編の土台を支えるものとして注目したいのが、第一巻「俊蔭」で示された、遺言の存在である。

若き日の俊蔭は、遣唐使になるものの、船が嵐に遭い難破し、果てはインドの彼方まで辿り着いた。その旅の中で、俊蔭は阿修羅や天人といった異界の者たちと出会い、霊力を秘めた琴の琴（七絃琴）を複数手に入れることとなる。それを未来の「三代の孫」に伝えれば一族が繁栄する、という仏の予言を胸に俊蔭は帰国を果たし、後に生まれた一人娘（以下、俊蔭女）に琴を託して言い置いたのが、次のような遺言であった。


「（…略…）錦の袋に入れたる一つと、褐の袋に入れたる一つ、錦のは**南風**、褐のをば**波斯風**といふ。（…略…）幸ひあらば、その幸ひ極めむ時、災ひ極まる身ならば、その災ひ限りになりて（…略…）、この琴をば搔き鳴らし給へ。（…略…）」と遺言し置きて、絶え入り給ひぬ。

（「俊蔭」二二一―二二三頁）[1]

つまり、複数ある琴のうち、とりわけ特別な力を持った「南風」「波斯風」を、「幸福の極み」と「不幸の極み」、どちらかの状況に陥った時に弾け、というのである。以後、この俊蔭の遺言は、『源氏物語』における高麗（こま）の相人の予言と同様に、長編物語の骨格とも言うべきものとして機能していく。相人の予言が「謎かけ」の要素の濃いものであるのに対して、俊蔭の遺言は単純な内容にみえるかもしれない。ただし、俊蔭の子孫が、自ら幸・不幸の極みを判断するという、主体的かつ主観的な性質をもつ点には注意しておきたい。

その後、俊蔭女に、「三代の孫」たる主人公・仲忠（なかただ）が生まれる。やむをえぬ事情により父（藤原兼雅（かねまさ））を知らぬ仲忠は、母とともに北山の杉の「うつほ（空洞）」に移り住み、そこで俊蔭女から仲忠へと、ついに琴が伝授される。二十巻もの長編の始まりとして、いったい、遺言の「南風」と「波斯風」は、いつ弾かれるのだろうか、と読者の期待は高まることであろう。

だが、驚いたことに、この伝授の直後、仲忠ではなく俊蔭女によって、早くも「南風」が弾かれてしまう。というのも、母子がいる北山に、朝廷に反旗を翻す東国の武士たちがやってきて、そこを根城にしたからである。気性の荒い武士たちに囲まれ、「不幸の極み」と判断した俊蔭女が「南風」を弾いたところ、山は逆さまに崩れ、武士たちを壊滅させた。しかも、その琴の音が都の兼雅の耳に届き、仲忠と父との対面にもつながったのである。

このように、物語の早い段階で、「不幸の極み」に「南風」を弾いた。となれば、仲忠がもう一つの「波斯風」を「幸福の極み」に弾くことこそが最大の関心事となり、その実現が物語に結末をもたらすはずだ、という予測が立てられるであろう。

三　仲忠、あて宮の求婚者に加わるも敗北

長編の土台を支えるものとして俊蔭の遺言をみたが、実のところ、物語の前半部を動かすのは、第二巻「藤原の君」に始まる、あて宮求婚譚の方であるので、遺言の行方を念頭に置きつつも、そちらにも目を配っておく必要がある。

ところで、一人の姫君に男たちが求婚する話といえば、『竹取物語』で、かぐや姫に五人の求婚者が登場したことが思い浮かぶであろう。つまり、初の長編物語を作るにあたり、遺言という長編的土台とともに『うつほ物語』が採用したのは、かぐや姫タイプの求婚譚という構造であった。単純といえば単純な発想だが、求婚者の人数を増やしていけば、いくらでも話は長くできるというわけである。しかも、「かくて」という接続語を多用することで、出来事の因果関係、時には時系列すら飛び越えて、強引にエピソードをつなげていく手法がとられている。[2] ただし、そのようにして数珠つなぎに登場する求婚者たちが、やがて互いに交流をもち、物語時間を共に生きるようになっていく点、求婚者がバラバラなままの短編『竹取物語』の在り方とは一線を画している。

さて、このような二つの軸を持った物語が、以後どのように融合していくのだろうか。その答えは、「琴の継承者である仲忠が、あて宮の求婚者に加わる」というものである。二つの軸の物語が、それぞれ男女主人公を配することで、このような結びつきが可能となっている。

東宮（とうぐう）（皇太子）を筆頭に、高位の人々から、あて宮の同腹の兄・仲澄（なかずみ）、仲忠の琴のライバル源涼（すずし）、あるいは

三奇人と呼ばれるはみ出し者たちや、出家した忠こそをも求婚者に取り込み、物語は膨張していく。あて宮の父・源正頼（まさより）には、東宮に入内（じゅだい）させたいという悲願があるようであるが、仲忠にはあて宮も一目置いているという。第一巻から仲忠の成長や、俊蔭の遺言の行方を見守ってきた読者にとっては、やはり仲忠とあて宮との結婚が期待されるに違いない。

だが、そうした読者の期待を裏切り、物語の巻数にしてちょうど半分の第十巻「あて宮」において、あて宮は結局、東宮に入内してしまう。このような求婚譚の結末は、読者ばかりか、物語執筆が始まった時点の作者からしても、予想外のことであったかもしれない。俊蔭の琴を受け継ぐ主人公・仲忠でさえ、求婚譚の論理としてあった正頼の悲願は覆せないほど強固なものであり続けた、ということになろう。

だが仮に、ここで仲忠があて宮を得ていたらどうなっていたであろうか。おそらく、当初の見通し通りに、俊蔭の遺言の履行者として、仲忠が「幸福の極み」と判断し、「波斯風」が解禁されていたはずである。とすれば、物語はここで終わらざるをえなくなる。その場合、「初の長編物語」という、今日の評価は得られなかったかもしれない。否、極言すれば、『うつほ物語』が現存しなかった可能性もあったであろう。皮肉ではあるが、二人が結ばれなかったことで、物語は続くのである。

四　「幸福の極み」とは何か

その後の物語は、「三代の孫」仲忠からさらに射程を延ばし、新たな琴の後継者として、仲忠と女一の宮（朱雀帝長女）との間に、女子・いぬ宮を誕生させ（第十三〜十五巻「蔵開・上中下」）、それに続いて、あて宮が生んだ皇子が新たな東宮となる経緯を語っていく（第十六〜十八巻「国譲・上中下」）。そしてついに第十九・二十巻「楼の上・上下」において、この長編物語は終焉を迎えるわけであるが、そこで読者は、二つの軸をもって語られてきた物語が辿り着いた、ある思想が立ち現れる様を目の当たりにすることとなる。

仲忠は、かつての俊蔭の屋敷跡に楼閣を造り、俊蔭女とともに一年間、いぬ宮に琴を教えており、その完了の折には、俊蔭一族による演奏披露が盛大に行われるであろうと、もっぱらの噂となっている。そんな中、あて宮による次のような発言がみえる。

（あて宮）「ここには、まろをかしこ（仲忠）に任せて、ただにあらむと思ひ侍りしを、かう放ち据ゑ給ひて、むつかしきことをのみ聞き、ありがたう聞かまほしきことを、誰も誰も聞き給へること。心に思ふことなく、あらまほしき目を見聞かむこそ、思ふやうなるべけれ。（…略…）」

（「楼の上・下」九一六頁）

あて宮は、後宮でのほかの妃たちの嫉妬に苦しみ、さらにこうした演奏も自由に聴くことが叶いそうにない自身の窮屈さを嘆くとともに、実は自分は仲忠と結ばれたかった、という胸の内をはっきりと吐露する。いまや新帝の女御・藤壺、そして新東宮の母という地位にあり、女性としてこの上ないほどの立場にあるが、見方を変えれば、あて宮は正頼の悲願のための犠牲者でもあった。ここにきて、正頼とあて宮の家の物語が追求し、「国譲」巻でようやく実現したはずの幸福が、否定されているのだと言えよう。

そしてもう一方の、俊蔭一族の物語における「幸福の極み」の行方はどうであろうか。いぬ宮への琴の伝授が八月十五夜に完了し、多くの見物人が演奏を聞こうと、楼の周囲に集まる中、嵯峨院や朱雀院らの強い要請を受け、ついにあの「波斯風」が運ばれてくる。そして俊蔭女が弾く「波斯風」の音が人々を癒やし、至福の時をもたらすこととなるが、その弾琴前の、俊蔭女による次のような逡巡が示されていることは見逃せない。

> （俊蔭女）「いかがすべからむ」と思ひわづらひ、「故治部卿（俊蔭）は、**細緒**（ほそを）**・波斯風**、二つの琴を立ててのたまひしやう、『世の中、今は限りの幸ひ極めむ時、または、よに言ふ効（かひ）なくなり、さそらへむ時にを』とのたうびしを、（…略…）なほ、心行き、極まることとも思ほえず。（…略…）波斯風は、しばし」と思ひ乱れ給ふ。
>
> （「楼の上・下」九二八―九二九頁）

俊蔭女は、ためらいながらも、読者の遠い記憶を呼び起こすように、俊蔭の遺言を思い出す。だがそこでは、俊蔭が戒めた、とりわけ特別な二つの琴のうちの一つ「南風」が、「細緒風」という、俊蔭が持ち帰った別の琴の名前に入れ替わってしまっている。これについては、作者の意図によるものであるか否か、あるいは、書写者が絡んだ問題などが想定されるのであるが、いずれにせよ、大詰めの場面において、現代作品においては到底起こりえないようなことが起こってしまっていることがわかるであろう。

そしてそれ以上に重要であるのは、俊蔭女が、「幸福の極み」とは思えない、という述懐をしていることである。先述したように、俊蔭女の弾く「波斯風」は、人々を癒やす奇跡を起こしていることから、この弾琴は長い間、俊蔭の遺言が実現された、大団円の象徴として捉えられてきた。だが、近年になって、ここに俊蔭女によるこのような述懐が挟み込まれていることに注目し、その意味の捉え直しがなされるようになってきている。

それは、将来の、いぬ宮の新東宮への入内を「幸福の極み」と想定したものなのか、逆に、父を恋う俊蔭女にとって「幸福の極み」などないのか、あるいは、この世の人にとって、そもそも「幸福の極み」などないということではないか、などの説がある。[3] 仮に「幸福の極み」はないという説に立ったとき、先にみたあて宮の嘆きも合わせ、二つの軸の物語はともに、相似たところに辿り着いていると言えよう。

そしてまたこの場面は、読者にも「幸福の極み」とは何かについて考えさせ、その可能性／不可能性を突きつけ、揺さぶることとなる。「幸福の極み」を何らかのかたちで明示していたならば、その意味が確定し、当然それに共感できない読者が生まれるであろうし、時代が経つごとに、その価値観の乖離（かいり）は大きくなっていくと思われる。そう考えると、全二十巻を費やした末に、「幸福の極み」とは何かを明示しなかったことに、この物語の大きな価値を見出すこともできるように思われる。

おわりに――長編化への期待

以上のような軌跡を辿った物語は、初の長編物語として、現在、我々の目の前にある。もともとは別々であった物語をつなぎ合わせるというなんとも力業の手法は、考えようによっては、一から長編物語を作るよりも難しいことであったかもしれない。だが、もともと別々の作品だからこそ、つなぎ合わせたときの意外性や面白さが増す、といううれしい誤算も生じていったのではないだろうか。

最後に、「それでは、なぜこれほどまでに物語を長編化させたかったのか」、という疑問について触れておきたい。現代において、例えばとても人気のある作品があるとしよう。読者は、その続編やスピンオフを望んだり、場合によっては自分で創作するケースも出てこよう。そのように、物語がどんどん長くなっていくのは、物語に、そうした成長力が秘められており、人々にそれを引き出させるからであろう。この『うつほ物語』が文学史に登場したことは、「お遊び」として価値が低いものとされながらも、ひらがなによるフィクションの物語の魅力が、『竹取物語』の時代以降、数十年から百年近く経つなかで、脈々と広く認知されていき、より多くの人々に愛されるようになった証拠でもあるのではないだろうか。

注

（1）『うつほ物語』の本文引用は、室城秀之校注『うつほ物語全　改訂版』（おうふう、二〇〇一年）による。表記等、私に改めた箇所がある。

（2）野口元大「物語作家における歴史と人間―うつほ物語の場合―」（『古代物語の構造』有精堂、一九六九年）、中野幸一「うつほ物語の叙述の方法」（『うつほ物語の研究』武蔵野書院、一九八一年）など。

（3）順に、西本香子「俊蔭女と予言の行方―「楼の上」下巻・波斯風弾琴をめぐって―」（『中古文学』第四九号、一九九二年六月）、大井田晴彦「「栄華と憂愁―「楼上」の主題と方法―」（『うつほ物語の世界』風間書房、二〇〇二年）、本宮洋幸「語りの堆積と対峙する時間」（『うつほ物語の長編力』新典社、二〇一九年）。

11 「虫めづる姫君」の教え

横溝　博

一 「虫めづる姫君」から『風の谷のナウシカ』へ

優れた古典作品はいつの時代にも人々に愛され、それぞれの時代の中で熱心な享受者の手によって、様々に姿を変えて息を吹き返すものなのであろう。『堤中納言物語』所収の「虫めづる姫君」という物語も、そうして読み継がれて現代にまで生き続けている希有な古典作品の一つである。

たとえば、宮崎駿の代表作『風の谷のナウシカ』（漫画版・一九八二―一九九四）の主人公ナウシカは、腐海の不気味な生物たちを愛しみ、人々に畏怖される王蟲（オーム）という巨大生物と念話（テレパシー）で交信する少女として、作中で鮮烈な印象を放っている。このナウシカが、虫めづる姫君をモデルとして誕生していることは、原作者である宮崎駿自身がエッセイの中で明かしていてつとに知られている。[1] そして、いまや『風の谷のナウシカ』という作品は、漫画でありながら一つの〈思想〉を体現したテクストとして読まれ、熱心な愛読者によってその独特な世界観の解読が様々に試みられるようにもなっている。[2]

ところで「虫めづる姫君」は、つい最近になってはじめて見直されるようになった作品ではない。時代を遡ると、「虫めづる姫君」の翻案は江戸後期に国学者の手によってなされ[3]、近くは太平洋戦争前後の二つの時代に一人の作家の手によって小説として世に出ている。そのどれもが「虫めづる姫君」の享受史において記憶にとどめてよい作品であり、「虫めづる姫君」を古典として再評価するにあたって、その文学的価値は高い。

本稿では、以下近代の二作品を紹介しながら、「虫めづる姫君」の翻案のありようを探っていく。「虫めづる姫君」という古典作品に何を学ぶことができるのか、とりわけ虫めづる姫君の「教え」に耳を傾けたいと思う。

二　室生犀星「虫姫日記」「虫の章」の虫めづる姫君

室生犀星（一八八九―一九六二年）は王朝小説の優れた書き手である。太平洋戦争直前の昭和十五年（一九四〇）から戦後の昭和三十四年（一九五九）にいたる足かけ二十年の間に四十二篇にも上る作品（多くは掌編）を書いている。もっともよく知られるのは、『かげろふの日記遺文』（一九五九年・野間文芸賞受賞）であろう。『蜻蛉日記』を典拠とする本作は、犀星自身が「王朝物の卒業論文[4]」と述べているように、犀星王朝小説の掉尾を飾る、代表作にして総決算というべき作品である。

犀星王朝小説の多くは『大和物語』『伊勢物語』『平家物語』や謡曲に取材したものである。中でも「虫の章[5]」（一九四五年）および「虫姫日記[6]」（一九五四年）の二篇は、「虫めづる姫君」を典拠とする小説であるので、以下この二篇について原作からの翻案のありようを探っていくこととする。

i 「虫姫日記」の虫めづる姫君

「虫姫日記」は冒頭、次のように始まる。

按察使の大納言の姫君はお小さい時から、生きものを飼ふことがたいへんお好きであつた。蝶になる毛の生えた虹のやうな虫、地面にあなをあけて住むありぢごく、黄ろい帯を胴体に見せるふとつた虻、蟬の頃は数々の蟬、鳴きすだく虫ころには、こほろぎ、いとど、機織虫、くさひばりといふやうに、虫でさへあれば生かして置いて決して粗末にはなさらなかつた。（二〇七頁）

この語り出しから、本作品が「虫めづる姫君」の翻案であることはすぐに了解される。ただ、原作で語られていた隣家に住まう蝶めづる姫君は、本作品では姿を現さない。というのも、「虫姫日記」では蝶は虫と一括りにされ、ともに虫めづる姫君の愛玩の対象となっているからである。

姫君の耳挟みをする姿や、化粧を好まず眉を生やし、白い歯を見せている奇矯な容貌はそのままに、登場人物も父大納言や侍女たち、「蝗麻呂（いなご）」「螻蛄男（けらを）」といった召使いの子どもら、そして蛇の贋物を送りつけてくる「上達部の婿」や右馬の助など、原作「虫めづる姫君」の人々をよく写し取っている。もっとも、姫君が虫の音を好み、虫合を営むなど、虫を好んだ犀星らしい脚色である。(7) 全体に話の筋は原作をなぞっており、虫を蒐集する姫君のユニークな生活が、原作さながらに面白おかしく描かれている。

このように、翻案小説として原作に忠実な本作であるが、結末のありようは大きく変えられている。原作では姫君を揶揄した右馬の助らは笑って帰って行ったが、本作では姫君によって庭に侵入する犬猫にたとえられるなど辱めを受ける。そもそも本作では、原作にあった偽物の蛇に怯む姫君の姿はなく、端から偽物と見切るなど、利発で物事に動じない姫君という性格付けが本作には一貫してなされている。

本作が何より力を入れて書いているのは、姫君の虫を愛する心根そのものである。本作には「虫の命」ということばが繰り返し出てくる。姫君は、「決して虫の命をとつてはならぬこと、傷のついた虫はいたはつてその痍を治してやること」（二〇八頁）を教え、蝗麻呂は、「姫君が、虫をお好きなのは虫といふものの命のふしぎさを見守つてゐられるからであ」（二〇八頁）ると言う。本作では原作にはない歌が最後に付け加わっている。そこで姫君は、

（略）この世のこと／この命のこと／みな虫けらとともにくらして／われらが安らかなるに（略）（二一七頁）

と高らかにうたいあげる。その上で、「行きてみやこの／姫ぎみだちがもとに／媚びて遊びね。」（二一七頁）と言ってのけて右馬の助らを一蹴するのである。最後に示されるこの歌は、通俗的で卑近な貴族趣味に媚びない、虫めづる姫君による断固とした虫賛美、生命賛歌として作品世界に鳴り響いている。

ⅱ　「虫の章」の虫めづる姫君

「虫姫日記」で見た虫の命の神秘に心惹かれる姫君の姿、世間に媚びない姫君の凛とした佇まいは、「虫の章」の姫君にも見ることができる。しかもこの作品では「虫姫日記」に輪をかけて、虫々を愛しむ姫君の日常が描写

されていて興味深い。

この姫君(「千波姫」と呼ばれる)は「大納言貞家」の娘であり、蟋蟀や馬追、きりぎりすなどを集め、鳴き音の高低や色の違いによって細かく分類して飼育している。そればかりか、「蝉とか蜻蛉とか虻とか蜂とか」(九頁)をも集め、蝶にいたっては夥しい種類を集めているという。姫君のコレクションは、「毛虫の殻や河虫の脱がら」(九頁)にまで及び、蝉やとんぼにいたっては、屍骸を種類ごとに標本にして並べるほどである。

夜には渡殿の台に据えた七つの籠の虫たちがすだきはじめ、庭の虫たちも室内に誘い込まれて雅な音色を奏でる。ここでも、「虫姫日記」と同様、虫の鳴く音に聞き入る姫君の姿がみとめられる。このように本作では、姫君の観察を通して虫たちの生態がこと細かに捉えられており、そのまなざしからは姫君の虫たちに寄せる真摯な愛情が読み取れる。

ところで、本作においても、惟時という姫君に関心を寄せる男が登場してくる。名うての色好みで歌人でもある惟時は、姫君の虫愛好を知らず、七夜も大納言邸に通いつめては熱心に歌をよこす。が、姫君は心動かさず、自分が歌を交わすのは虫だけだと言って惟時を撥ねつける。虫の声は歌ではないと反論する惟時に、姫君は諭すように告げる。

「いいえ、あれがあれらの歌でなくて何でございませう。消えぬがに短い命の果てるまでを夜をこめてすだいてゐる心には、もはやあなた様のお歌なぞも遙かに及びませぬ。鳴いて消える命をしづかにお心におとめあそばせ。」(一一三頁)

姫君のことばに、意表を突かれた形となった惟時だったが、姫君はさらにことばを続ける。

「冬のあひだにも虫どもの命が守られてゐることに、いみじさが感じられまする。凍てた土の中にゐながら

幽かな命は命のままで守られてゐることに、手のとどかぬ遠さがございます。（後略）」（一四頁）

諄々と諭す姫君のことばには不思議な魅力と説得力があった。以下、二人の対話場面が結末まで続き、姫君の高潔さに心うたれた惟時は、それから毎夜、虫の不思議について姫君と語り合うのである。

作品の最後で、姫君は書きつけを惟時に手渡す。そこには「一くさりの長歌」がしたためられており、末句にはつぎのように書かれてあった。

（略）いのちをませれり／いのちは見ゆるひとみに、（一八頁）

長歌というよりは近代詩風の姫君の歌は、その朴訥さゆえに「いのち」を説いて不思議な魅力を放っている。

以上、室生犀星の王朝小説「虫姫日記」「虫の章」を眺めてきた。両作品とも、翻案の態度に異なる部分があるものの、虫を愛する姫君の姿を強調する点で通底するものがあった。とくに物語後半の男との掛け合いは、両作品とも原作とは異なる行き方をしているが、それも虫めづる姫君を持ち上げることに寄与している。室生犀星の描く二つの虫姫物語は、このようにして世間の常識に媚びない姫君の高潔さを強く印象づけているのである。

三　愛づるということ

ここまで二篇の翻案作品を眺めてきて、私たちはあらためて「虫めづる姫君」の本質に突きあたることになる。それこそ、「めづる（愛づる）」ということばそのものの謂である。

「愛づ」ということばについて、大野晋編『古典基礎語辞典』（角川学芸出版、二〇一二年四版）は、「対象をきわめて価値の高いものと感じて賞美し、賛嘆し、また、ありがたく感じてもて扱う意。」と説く。そして、「虫めづる姫君」に触れて、

「虫めづる」は毛虫や蛇（長虫）・爬虫類のような姿恐ろしげなものを「価値のあるものとしてありがたがって遇する」の意で、諧謔を込めた表現なのであろう。

と述べる（解説は筒井ゆみ子氏）。はたして虫めづる姫君にとっての虫の価値とは、生命のことに他ならないであろう。姫君の毛虫に寄せる愛は生命の神秘への率直な感動に根ざしている。

以上に見るような、虫めづる姫君の虫に寄せる熱いまなざしは、現代の科学者の心をも捉える。生物学者である中村桂子氏は、「虫めづる姫君」を生物誌の観点から高く評価している。[8] その中村氏が姫君の「愛づる」態度について、次のように説明している。

よく本質を理解して、初めて生まれてくる愛。しかもその奥に、客観的対象として見るだけでなく共にあるという感覚が存在するときに生まれてくる愛が「愛づる」です。（一九〇頁）

姫君の「愛づる」態度について、まことに正鵠を射た解説であるといえよう。また、中村氏は自身が提唱する「生命誌」の概念に関係づけて、次のようにも説く。

「愛づる」とは時間を見つめること。時間を見つめるとは、生きものの変化を大切にすること。平安の京の都の姫君に教えられて、生命誌は生きものの変化を丁寧に見つめていこうと思います。（二〇九―二一〇頁）

中村氏の説く生命誌の観点は、日本古典文学の研究では慮外にあった。しかし、先に見たように、室生犀星の「虫姫日記」「虫の章」では、作家の洞察によって虫の命、生命の神秘というものが深いところで捉えられていた。虫の声に耳を傾け、それを虫たちの歌であり、ことばであると捉えること。虫の「鳴き声の奥の方に行きつ」（「虫の章」一六頁）こうとする心の動きは、真理の探究そのものである。そしてそれは、凍てついた土の中に守られている命にまで想像力を働かせることにもつながっていくのである。

四　古典を世界の人々と共有

様々な翻案作品が、古典の魅力の再発見に大きく貢献している。[9]「虫めづる姫君」にいう生命の神秘や不思議に触れ、虫をはじめとする生きとし生けるものを愛し、慈しむ心といったものは、それこそ『風の谷のナウシカ』に見るように、人類を見わたす普遍的なテーマとなり得るし、平和を考える世界共通の理念ともなろう。虫めづる姫君の次の歌は、そのことをよく教えてくれる。

「チギリアラバ（契りあらば）　ヨキゴクラクニ（よき極楽に）　ユキアハム（ゆきあはむ）　マツハレニクシ（まつはれにくし）　ムシノスガタハ（虫のすがたは）
フクチノソノニ（福地の園に）[10]」（四一四頁）

右馬の助に送られたこの歌は、親しみにくいといいながら、契りがあれば極楽で一緒になりましょうと呼びかけるものだ。記号的な片仮名で書かれていることと相俟って、この歌は現代人にも示唆的なメッセージたりえているのではないだろうか。現実世界において、誰もが容易に愛し合えないことに一定の理解を示しつつ、縁があれば別の世界でめぐり逢いましょうと呼びかける。そのような理想郷――福地の園――こそが目指されるべき世の中なのであると。「虫姫日記」「虫の章」の姫君たちも、そのことをつぶさに説いていたように思われる。「虫めづる姫君」という作品（及びその翻案作品）は、このようにして警句を発し、蝶めづる姫君ならぬ（常識にとらわれて深く物事を追究することをしない）現代人の「かたはら」にあり続け、「愛づる」ことの意味を問いかけているのである。[11]

注

（1）宮崎駿『風の谷のナウシカ 第一巻』（徳間書店、一九八三年）の「ナウシカのこと」他を参照。

（2）最新の考察として、赤坂憲雄『ナウシカ考 風の谷の黙示録』（岩波書店、二〇一九年）がある。「第二章 風の谷」の「2 蟲愛ずる姫」で「虫めづる姫君」とナウシカについて述べているが、その指摘は「虫姫日記」「虫の章」を間に挟むことでより理解できる。

（3）江戸後期の国学者・清水浜臣（一七七六―一八二四）は、「虫めづる姫君」に依拠して新たな物語を創作した。「虫めづる詞」（文化二年〈一八〇五〉）がそれである。天野聡一『近世和文小説の研究』（笠間書院、二〇一八年）の第二部第三章「清水浜臣「虫めづる詞」考―もう一つの「虫めづる姫君」―」に全文の紹介と詳しい考察がある。なお天野氏によると、「虫めづる姫君」を典拠とする掌編が、浜臣他十三名によって作られ、『虫めづる詞』（西尾市岩瀬文庫ほか）に収められているという。大変興味深く今後の研究が俟たれる。

（4）室生犀星『かげろふの日記遺文』（講談社、一九五九年）の「追記」に拠る。

（5）「虫の章」は『新女苑』（一九四五年七月）に掲載（初出時のタイトルは「虫姫」）。のち『信濃山中』（全国書房、一九四六年）に収録。以下、本文の引用は室生朝子編『室生犀星全王朝物語 下』（作品社、一九八二年）に拠る。

（6）「虫姫日記」は『婦人之友』（一九五四年三月）に掲載。のち『夕映えの男』（講談社、一九五七年）に収録。以下、本文の引用は室生朝子編『室生犀星全王朝物語 下』（作品社、一九八二年）に拠る。

（7）前掲注（6）『夕映えの男』の「解説」で、「虫姫物語の好みは、虫の鳴く音を愛してゐる私と通じてゐるので、書きとどめて見た。」と犀星が述べている。

（8）中村桂子『ゲノムが語る生命─新しい知の創出』（集英社新書、二〇〇四年）の第五章「愛づる─時間を見つめる」を参照。以下引用は同書による。なお、本エッセイは高等学校の教科書『現代文B・改訂版下巻』（大修館書店、二〇一八年）に「虫めづる姫君」と題して部分掲載され教材となっている。

（9）中村桂子・山崎陽子作／堀文子画『いのち愛づる姫 ものみな一つの細胞から』（藤原書店、二〇〇七年）は、「虫めづる姫君」を「生命誌」の世界に息づくお姫様として、ミュージカル劇に創作したものである。

（10）「虫めづる姫君」の引用は『新編日本古典文学全集17 落窪物語 堤中納言物語』（小学館、二〇〇〇年）に拠る。

（11）こんにち翻案（アダプテーション）研究は世界的な潮流である。また教育現場では原作と翻案の読み比べが盛んに行われつつある。室生犀星の王朝小説は対象として魅力的な素材であろう。西田谷洋編『室生犀星王朝小説の世界』（一粒社、二〇一二年）は、『犀星王朝小品集』（岩波文庫）所収テキストを対象にした大学での授業実践の報告である。犀星王朝小説を対象とするまとまった研究書としては、上坂信男『室生犀星と王朝小説』（三弥井書店、一九八九年）が唯一のものであり、典拠との比較文学的考察となっている。

12『とりかへばや物語』

――男装の女君・女装の男君の物語――

伊達舞

一　古典と常識

平安時代末期に成立した王朝物語の一つに、『とりかへばや物語』がある。女君が男として、男君が女として育った左大臣家の男女きょうだい（どちらが年長であるか不明のため、きょうだいと示しておく）が、異性として過ごしていることで様々な困難に見舞われながらも、最終的に互いの立場を交換し、女君が中宮・国母、男君が関白左大臣となって栄華を極めるストーリーで、その過程では男装の女君と右大臣四の君との女同士の結婚、女装の男君と女春宮との恋愛、男装のままでの女君の懐妊など、男女性の入り乱れた展開が続く。このことから明治時代にあっては「奇変」「醜穢」「吐き気を催す」などと酷評され[1]、本作が文学的に顧みられることはなかった。これは当時の倫理観念を強く反映した結果であり、その後、作品自体の評価は徐々に見直されていったものの、異性装や同性愛的描写に関しては、戦後に入ってなお「頽廃的」「変態的同性愛」と否定的に捉えられたままであった[2]。

翻って、近年における本作の評価は決して低いものではない。とりわけ異性装のモチーフや〈女の物語〉としての側面に注目され研究が進められてきたほか、ジェンダー論や深層心理学など多角的観点からもアプローチが試みられている。[3] ちなみに、『とりかへばや物語』の成立からほど経ずに著された『無名草子』には、本作の評として「いと憎からずをかしくこそあめれな」（二四三頁）とあり、成立当初は好意的に受け止められていたことがわかる。また現存伝本は八十数本を下らず、[4]『源氏物語』『狭衣物語』にこそ及ばないものの、王朝物語のなかでは抜群に多い。いずれも江戸時代の書写本であることから、この時代における人気のほども推察される。作品の評価・受け止められ方は、評価を下すその時々の常識・風潮に多く左右されるのである。

さて昨今、性の多様性を積極的に認めていく風潮が勢いを増している。ＬＧＢＴＱ（レズ・ゲイ・バイ・トランスジェンダー・クィアないしクエスチョニング）[5]の問題のほか、二〇一〇年のユーキャン新語・流行語大賞には女装男子を意味するスラング「男の娘（おとこのこ）」がノミネートされた。こうした社会背景のなかで、本作の異性として生きる女君・男君の造型やそこに付随する同性愛的描写は、個人の好悪は別として、ごく当たり前の表現の一つとして受け入れられていくだろう。少なくとも、これらの表現の存在を以て「醜穢」「変態的」と一蹴に付されることはなくなるはずだ。他方、だからこそ注意すべき問題もまた新しく立ち上がってくる。たとえば本作を「トランスジェンダーの物語」「男の娘の物語」と説明することの是非について。こうした現代的概念に当てはめた説明は、馴染みの薄い古典の世界を身近に感じさせてくれる反面、その枠からはみ出した部分については見落とされてしまうリスクを伴う。以下、「新しい古典」としての『とりかへばや物語』にとくに注目されるであろう二人の異性装、および同性愛的描写の問題を取り上げ、その基底にある思想と本質についての考えを示す。

二　左大臣家の繁栄と異性装

本作で男女入れ替わりの最初のきっかけとして語られているのは、幼少期のきょうだいの性格である。男君は父に会うことさえ憚る極度の恥ずかしがり屋で、室内に籠もり、貝覆いや雛遊びなどをして過ごすのが好きな子どもであった。一方の女君は活発で、屋外での蹴鞠や弓遊びを好むほか、客人の前で笛の演奏や漢詩の朗詠を披露して見せたりもする。当時の一般的な規範に照らし合わせると、前者が女子、後者が男子の行動であり、世間の人々は女君が男、男君が女であると納得し、きょうだいの父もひっこみがつかなくなってしまった。

こうして男女取り違えたままきょうだいの元服（袴着・裳着）が行われることになったのだが、その後の二人の行動や心情描写からは、双方とも異性になりたいと望んでいたわけではないことがはっきりと読み取れる。まず女君は、男として元服・出仕して早々、帝や宮中の人々からの賞賛とは裏腹に、自らを「人に違ひける身」（巻一・一七八頁）と深く嘆くようになる。このとき彼女に語られる心境——幼い頃は自分のような姫もいるものだと得意になっていたものの、社会に出て世間を知るにつけ自分の特異さを思い知ったのだという描写や、その後、帝の寵愛を受ける女御の姿に本来の自分の姿を重ね合わせる様子からは、彼女の性自認が一貫して女であることがうかがわれる。また男君の方も、全体的に描写が少ないものの、尚侍として出仕してすぐに女春宮と男女の仲になること、求婚する宰相中将を振ることなどから、やはり男としての性質が強く押し出されていると言える。一方、異性としての生活自体への違和感や不満は二人ともに描かれない。それどころか、女君は男としての自分を「大方の世のおぼえは塵つくべうもあらぬ身」（巻一・二二一頁）「大方にはかくきらきらしうなりのぼる身」（巻二・三〇五頁）と高く評価しており、この華々しい経歴を捨てることこそが、異性装を解く上での心の障壁となっているのであった。

以上のことから、本作で扱われているのが自己の性に違和を覚えるトランスジェンダー的問題や異性装趣味ではなく、自らの性に求められる世間の常識と自己の充足感とのずれ、すなわち「男らしさ」「女らしさ」という規範や性役割による抑圧の問題であることが理解されてくる。女君の男装、男君の女装は、男／女の分別・秩序(6)が現代以上に厳格で、その規範からの逸脱が許されぬ時代だからこそ、それを越境した二人が異性であることを社会から押しつけられてしまった結果なのである。こうした点には今日のジェンダー思想的な問題を読み取ることも可能である。

ただし、本作で彼らに本来の性役割が求められることの基底には、今ひとつの問題――〈家〉の繁栄を優先する思想が根強い。そして登場人物たちはその常識・価値観のなかで生きている。たとえば女君にはたびたび自身を「世づかぬ」と嘆く姿が描出されているが、この「世」には、世間一般という意味のほか、男女の仲や、ひいては次世代を担う子の誕生などの意味までが含まれてくる。きょうだいの父は時の関白の息子であり、娘しか持たない兄右大臣を追い越し左大臣に任じられた。このことは、摂関家の命運が彼の子である男君・女君に託されたことを意味している。男君が関白左大臣の位を継ぎ、女君が中宮となる――もっといえば、彼女の産んだ皇子が即位し、家に天皇の外戚としての権力をもたらす。これが摂関政治における基本的な権力再生産システムであり、本来二人に求められることなのだ。ところが男女入れ替わった状態でこれは果たされ得ないのであり、女君の「世づかぬ」ことの嘆きには、本人の生き難さの問題のほかに、女としても男としても〈家〉に対する責務を全うできないことへの自責の念までを読み取る必要がある。最終的にきょうだいが再度入れ替わり大団円を迎える本作の結末は、現代のジェンダー問題に対する感覚に照らし合わせれば性規範からの脱出の失敗であるかのように理解されるが、彼女の「世づかぬ」嘆きの解消という点においても、また、〈家〉の存続・繁栄が物事の価値基準の多くを占める時代を生きていた成立当時の読み手の納得しうる幸福な結末という点においても、積極的に捉えるべき結びなのである。

三　同性愛的描写と女君のコンプレックス

本作にはいくつか同性愛を思わせる描写が認められるが、最もそれに近いのは巻一における男装の女君と吉野の大君のエピソードであろう。妻である四の君の密通および懐妊に衝撃を受け厭世観を強めた女君は、吉野に隠棲する宮のもとを訪ねるが、宮の娘である姉妹を紹介されると、あろうことが御簾のなかに入り込み、奥に隠れようとする大君を「世の常めかしく」（巻一・二四七頁）引き留め、添い臥してしまう。親同士の話し合いによって決められた四の君との結婚とは異なり、彼女が女性に対し積極的に行動を起こす唯一の場面であるが、男装をを隠し色事を遠ざけてきたこれまでの振る舞いからは大きく逸れている点に留意される。

この不自然とも取れる女君の行動を読み解くヒントは吉野訪問の場面の直前にある。

中納言の君（女君）は、宰相（宰相中将）のいとありしやうにはあらずいみじくものを思ひ入れたる気色、もとより心ざし深しと聞きしに、この人ばかりこそあらめ、さは言へど異人はえふと思ひ寄らじを、さらば異人よりもうちまもり下に思はんことの恥づかしくもねたくもあるべきかな、と思ひ寄れど、さしてさは知りがたきことなりかし。（巻一・二二六〜二二七頁）

ここにきて彼女ははじめて、妻四の君の密通相手が色好みな同僚の宰相中将であろうことに思い至る。密通発覚時、妻を奪われた怒りや屈辱よりも〈左大臣家の男君〉としての欠陥を人に知られてしまったことの辛さを嘆いていた女君であったが、傍線部の通り、その相手がよりにもよって最も親しく接してきた人物である可能性に気づいてしまったことで恥ずかしさや悔しさは一層深まり、ますます厭世観を募らせるようになった。

さらに吉野に到着後、姉妹とはじめて出会った際にも、この宰相中将のことが真っ先に彼女の頭をよぎっている。

我にてはかひなくもあるかな、宮の宰相（宰相中将）はかかる人世にものしたまふともいまだ聞きつけぬにやあらん、いかに聞き迷ひ心を尽くさんと、まづ思ひ出でられて、わが身も嘆かしくうち笑まれ、……（巻一・二四四〜二四五頁）

恋の対象となりそうな風情ある女性を目前にして女君は、自分と宰相中将とを比較し、今ここにいるのが自分では甲斐のないものと、わが身の嘆かわしさに失笑する。このことからは、宰相中将に対する女君の〈男〉としてのコンプレックスがうかがわれる。吉野の大君を前にした女君のいつになく「世の常めかし」い振る舞いはこの直後に語られたものであり、その同性愛的行動は、四の君の一件で「世づかぬ身」のコンプレックスを刺激された彼女が「世の常」の男である宰相中将の振る舞いを模したものなのだ。

四　『とりかへばや物語』の思想・本質

以上の通り、『とりかへばや物語』には極めて今日的と思われる思想と時代性を帯びた思想の二つが交錯する。そしてこれらを支えているのは登場人物たちの細やかな心情描写である。

たとえば、平安時代における物事の基本的な捉え方として宿世観がある。自分の身に起こる出来事は前世との因果関係に起因するという考え方で、本作のきょうだい入れ替わりも、最終的には「昔の世よりさるべき違い目のありし報い」（巻三・三七七頁）であったと説かれている。ただしこれが明かされるのは男が男、女が女に正された物語終盤のことであり、それまでは先述の通り、あたかも幼少期における二人の性格が入れ替わりの原因であるかのように語られ、登場人物たちの苦悩や葛藤、また、ときに異性として活躍することの充足感が細かく描出されている。懐妊によりこれまで男として築き上げてきたキャリアを捨てなければならない男装の女君の苦悩描写などは八〇〇年以上の時を経てなお胸に迫るものがあり、現代的な分析にも十分耐えうるだけの深みを持つ。

成立当初における高い評価も、このような心理描写の精巧さによるところが大きい。先に挙げた『無名草子』

には、本作を次のように評した箇所がある。

もと（古本）には、女中納言のありさまいと憎きに、これ（今本）は、何事もいとよくこそあれ。かかるさまになる、うたてけしからぬ筋にはおぼえず、まことにさるべきものの報いなどにてぞあらむ、と推し量られて、かかる身のありさまをいじみく口惜しく思ひ知りたるほど、いといとほしく、尚侍もいとよし。

（二四三〜二四四頁）

「もと」とあるのは、本作の原作となった散佚古本のことで、『無名草子』の別の箇所から、女君が男装のまま髻を揺らして出産する描写や、一度死んで生き返る、鏡を用いて万物を見通すなどのマージナルな力の付与があったことが知られている。この古本の女君のさまが「いと憎き」とあるのに対し、現在『とりかへばや物語』として知られる「これ」（今本）の女君は「いとよくこそあれ」と賞賛されており、その理由の一つとして傍線部、男として生きる状態を彼女自身ひどく残念に思っている点がかわいそうに思われることが挙げられている。つまり異性装や男女の入れ替わりという奇抜な趣向自体が好まれているのではなく、登場人物の煩悶や苦悩といった内面が細密に描写されているからこそ、それが心を打つありさまとして評価を得ているのだ。こうした要素が、各々の時代で本作が受け入れられてきたことの根幹にあることは間違いなく、『とりかへばや物語』の本質の一つであるといえよう。

最後に、これまで『とりかへばや物語』は異性装・男女入れ替わりの物語として、また「男らしさ」「女らしさ」といった性規範の問題を問い得る物語としての側面が重視されてきたが、それは異性装のモチーフの特異性に目を向けたものである。今後男装の女君・女装の男君であることの特異性が取り払われたとき、いかなる問題を見据えていくのか。今一度、新たな視点で本作を捉え直すべき時期に差し掛かっている。

注

（1）藤岡作太郎『国文学全史平安朝篇』（東京開成館、一九〇五年）

（2）鈴木弘道『平安末期物語の研究』（初音書房、一九六〇年）、同『とりかへばや物語の研究　校注編・解題編』（笠間書院、一九七三年）など。

（3）河合隼雄『とりかへばや、男と女』（新潮社、一九九一年）

（4）『中世王朝物語・御伽草子事典』（勉誠出版、二〇〇四年五月）に依る。なお、新居和美「伊藤光中の注記・説を有する『とりかへばや』伝本考―國學院大學本と神宮文庫本について」（『古代中世国文学』二一号、二〇〇五年五月）では百本以上とされており、実際にはさらに多くの伝本が残存する可能性も高い。

（5）ＬＧＢＴＱの概念に関しては未だ形成途上にあり、その定義に関しても揺れが大きい。本稿執筆にあたってはヴァネッサ・ベアード『性的マイノリティの基礎知識』（作品社、二〇〇五年）等の文献を参考とした。

（6）前掲注（2）河合氏著書。

【付記】本文引用に際してはすべて新編日本古典文学全集（小学館）の本文に拠り、（　）内に該当する頁数を示した。

13 『古事談』 ——「抄録の文芸」——

蔦尾和宏

一 『古事談』の方法

『古事談』は従三位・刑部卿に至った源顕兼（永暦元年〈一一六〇〉～建保三年〈一二一五〉）によって編まれ、「王道后宮」「臣節」「僧行」「勇士」「神社仏寺」「亭宅諸道」の六巻、約四百六十話を収める説話集である。作品内の最新の出来事が建暦二年（一二一二）九月（巻三・八二話）なので、成立はそれ以降、編者・顕兼が世を去った建保三年（一二一五）以前となる。

一般に、説話集は先行の文献より逸話を切り出し、その逸話を通じて語ろうとする自らの目的に合致させるべく原典の表現に加除・修正を加え、さらには多く話末に、その説話に対する自己の解釈（話末評語）を明示し、自らの作品の一部として切り出した逸話を定着させていく。この原典に介入しようとする力は、説話集によって強弱があるが、恐らくその力の最も強い作品の一つが『今昔物語集』であり、これと対極を成すのが『古事談』だろう。原則的に『古事談』は出典の表現に大きく手を入れることはなく、自ら話末評語を付けることもない。

例えば、次の如くである。先に『古事談』、次いで出典を挙げた。

有国以二名簿一与二惟成一。々々驚云、「藤賢式太往日一双者也。何故以如レ此」。有国答云、「入二一人之跨一、欲レ超二万人之首一云々」。（『古事談』巻二・二八）[1]

有国以二名簿一与二於惟成一。々々驚曰、「藤賢式太往日一双也。何敢以如レ此」。有国答云、「入二一人之跨一、欲レ超二万人之首一」。（『江談抄』三・三二）

藤原有国が、（花山天皇の乳母子として辣腕を振るう）藤原惟成に臣従を申し出た。惟成はびっくりして「藤賢（有国の通称）式太（惟成の通称）と昔は並び称されたのに、どうしてこんなことを」と言うと、有国は、「今を時めくあなたの臣下になって、他の連中を超えてやろうと思うのです」。出典との目立った違いは「敢」が「故」になっているくらいで、これとても字形相似による単なる誤写の可能性が高い。話そのものはなかなか面白いが、ほぼ出典丸写しである。このように、ともすれば出典の引き写しの資料集に見えてしまう『古事談』を文学作品として読み解き、『古事談』読解の画期を成したのが、益田勝実氏が『古事談』所収の二十話余りを分析した「古事談鑑賞」（一〜十一）[2]である。氏は藤原伊周配流の顛末を語る巻二・五一話を出典である『小右記』と対照させ、『古事談』が原典の日付を抜き、「一連の近接したできごとであるかに抄出」することで、「原〈記録〉の破壊」から「伊周流謫の〈説話〉が浮かび上」がることを指摘、記録のような〈説話の素材群〉を前にしたとき、『古事談』は「あるところでは要約し、あるところでは原典の細部叙述を忠実に抄出」し、事件や人々の行動のイメージを喚起させるようにしながらも、「自己の文体で語らず、原典のことばで語ろうとする」、言わば、説話自身に説話を語らしめる『古事談』の方法を看破し、これを「抄録の文芸」と名付けたのだった。[3]「抄録の文芸」は、現在でも『古事談』の性格を一言で衝いた語として、広く認められている。[4]

出典が判明した説話であれば、出典との対比から、たとえわずかな改変でも、そこを梃子に『古事談』の説話理解に踏み込んでいけるが、出典が不明なところに、話末評語まで欠くとなると、作品の構成や配列のなかに、その説話がいかに位置付けられているのか、構成や配列の文脈に即して説話を考えざるを得ない。[5] いかなる説話集であれ、構成や配列から所収説話を考察することは必要なのだが、自ら説話を語らない、寡黙な『古事談』の場合、それが他の説話集以上に大きな意味を持つことになる。そして、『古事談』には本文外の知識を前提に語られる説話も珍しくなく、この場合、どこまで外部の知識を導入すれば、作品の意図する説話理解に到達するのか、その匙加減がまた難しい。このようにまとめてみると、『古事談』が読み解くのに手こずる、なかなか厄介な説話集であることがよくわかる。

二　或る説話の抄出から

難しい作品だが、『古事談』が説話を切り出す、具体的手法を見ていくとしよう。考察するのは巻四・一五話、その内容をまとめれば、（源）頼義は随身の（中臣）兼武と母を同じくする。母親は「宮仕」の女性で、（頼義の父）頼信に愛されて頼義を生んだ。その後、母親の下女と兼武の父が関係を持ったが、母親が下女に「そなたの夫と会わせてくれ」と、自分から密通して兼武を生んだ。これを知った頼義は「心憂キ事也」と、永久に母親を絶縁し、母親の死後、自分の愛馬の供養はしても、母親の供養はしなかった、という一話である。左に原文を示そう。

頼義与二御随身兼武一ハ一腹也。母宮仕之者也。件女ヲ頼信愛シテ令レ産二頼義一云々。其後兼武父、件女ノモトナリケル半物ヲ愛ケルニ、其主女、「オノレガ夫、我ニアハセヨ」トテ、進ミテ密通之間、兼武ハウミタル也。頼義聞二此事一、「心憂キ事也」トテ、永母ヲ不孝シテ、ウセテ後モ、七騎ノ度、乗タルケル大葦毛ガ忌日ヲバシケレドモ、母ノ忌日ヲバセザリケリ。（『古事談』巻四・一五）

話中の「七騎ノ度」とは頼義が陸奥守として安倍氏を相手に戦った前九年合戦における黄海の戦いを指す。この合戦に大敗した頼義は主従七騎で敵に包囲され、乗馬を流れ矢で失いながらも、家来が敵の馬を奪ってこれを助け、彼らの奮戦もあって死地を脱した。「大葦毛」は、言わば頼義の命に代わった馬であった。

次に、右の出典である『中外抄』下・五三を挙げる。

仁平四年三月二十九日。雨降。祗二候御前一〈于時御二坐仲行宇治宿所一。春日御精進〉。御物語之次仰云、「頼義与随身兼武トハ一腹也。母宮仕者也。件女ヲ頼信愛レ之、令レ産二頼義一了。其後兼武父、件女ノ許なりける半物ヲ愛ケルニ、ソノ主ノ女、『我ニあはせよ』と云テ如レ案婚了。其後生二兼武一了。頼義後ニ聞二此旨一テ、『ゆ、しきことなり』とて、七騎の度乗タリケル大葦毛忌日ナムドヲバシケレドモ、母忌日ハ一切不勧修ざりけり。義家母者直方娘也。為義母ハ有綱女也。已華族也」。（『中外抄』下・五三）

本話は益田氏も「抄録の文芸」の一例として取り上げており、頼義は「自分と低い身分の兼武が同胞なのが屈辱なのであつて」「近代のような一夫一婦の倫理上の貞潔を、母に求めたのではなかろう」と読み解き、出典との対比から、「顕兼は、原典にほとんど手を加えていない。末尾の、「義家の母は直方の娘なり。」うんぬんを削つたにすぎない。そうすることによつて、家格の話の例話が、本来の武者かたぎの話に還元されている」[6]と指摘する。出典では家格を語る逸話を、『古事談』が頼義の人間性を語る逸話へと変えたとするのはその通りだが、『古事談』が抄出しなかった出典箇所を□で囲み、『古事談』に相当する箇所はあるが、出典の表現が大きく変えられた箇所に波線を、『古事談』が新たに付加した箇所に実線を付してみると、本話は『古事談』には珍しい、かなり原典に介入した一話であるのは明らかで、「原典にほとんど手を加えていない」とは言い難い。

田村憲治氏は、益田氏の見解を踏まえつつ、『古事談』が「説話部分においても先行文献に増補と省略を同時に行」う、すなわち、大きく原典に介入することで、「古事談」は頼義が母親の秘密を知ったのが、母親の生前であるのを明確にし、母親への怒りの強さを生前も死後も「不孝」したという行動で示してみせ、本話に「母の恥ずべき行為を決して許そうとしない頼義の強い態度」を捉えたと論ずるが[7]、妥当な見解であろう。

前節に、『古事談』所収話は配列のなかで考えるのが非常に重要である旨を述べたが、作内において本話に続くのが頼義の極楽往生の逸話（巻四・一六）である。頼義は出家の後、殺生に明け暮れた人生を悔いて、「悔過悲泣之涙、自二板敷一縁ニ伝流レテ地ニ落」ちるほどで、往生を望む気持ちは前九年合戦で敵の拠点「衣河ノ館ヲオトサムト思ヒシ時」と変わらないという覚悟で日を送り、ついに往生の素懐を遂げた。これと決めたならば、猛進して揺るがない一徹な姿は、前話が語る、生きても死しても母親を許さなかった頼義に重なるものであり、極楽往生にかける頼義の思いとその往生は真実のものとして読者に迫ったに違いない。『古事談』は両話を並べる配列によって内容の真実なることを証立てたと言えるだろう。

さて、本稿が着目したいのは、先行研究が触れない形容詞の改変についてである。本話は母親の振舞に対する頼義の思いを、「ゆゆしきこと」から「心憂キ事」へと改めるが、「ゆゆし」と「心憂し」では意味が少なからず異なり、説話の読解そのものを左右しかねないため、看過すべからざる改変と言わざるを得ない。「ゆゆし」に従えば、これはひたすら母親の行為を軽蔑し、強く嫌悪・拒絶する心情である。一方、「心憂し」は、母親に向けられたとすれば、母親の行為を厭う心情となるが、「ゆゆし」の持つ激しさには及ばず、自らに向けたとすれば「こんな母親を持つとは、我ながら情けない」という、嫌悪よりも落胆・失望の色合いが強くにじむ心情になるだろう。後文に記された、母親の存命中は無論、死後も母親を許さない、頼義の一徹な態度には、激しい嫌悪を表す「ゆゆし」がより相応しいと思われるが、『古事談』はこれを採らなかったのである。

そして、この改変は『古事談』の抄出の方法自体に照らして異例のものだった。『古事談』は、「鰯ハいみじき薬なれども（『中外抄』下・三三）→鰯ハ雖レ為二良薬一（巻一・六九）」「御堂被レ仰云、此牛こそ尤逸物なれ。（『中外抄』・上・一四）→御堂被レ仰云、此牛ハユヽシキ逸物カナ（巻二・五）」「其中四条大納言書ヲバ故殿事外ニメデタガラセ給キ。（『富家語』四八）→四条大納言北山抄ハ神妙ノ物也。…メデタキ物ニテアル也。（巻二・一九）」のように、出典の形容詞や形容を改めることはあっても、その変更は出典と意味が重なる範囲に留まり、意味の変更には及ばないのである。巻二・三四話は「彼人ハ為レ世為レ人ニいみじくうるはしき人也」（『中外抄』・下・二二）を「件行成ハ為レ世為レ人イミジク正直之人也」と抄出し、「いみじくうるはしき」を「正直」とするが、

「直」には「ウルハシ」(『字類抄』)の訓があるため、やはり出典の意味を変えるものではない。

『古事談』は自らの方法としては異例な、かつ、「ゆゆし」の方が後の頼義の行動と整合的と思われる、改変をあえて施すことで、本話に何を描こうとしたのだろうか。出典に見えない表現と言えば、「心憂き」のみならず、母親の振舞をいう「密通」もまた出典には存在せず、『古事談』が選び取ったものだった。この二つの言葉を併せると、該当箇所は次の如く要約できる、「「密通」を知った男が、「心憂し」と嘆く。男は女の行為を決して許さなかった」と。そして、その男は源氏だった。当時の教養ある者ならば、恐らく次の場面が連想されただろう。

めづらしきさまの御心地(注:女三の宮の懐妊)もかかることの紛れにてなりけり、いで、あな、心憂や、かく人づてならず憂きことを知る知る、ありしながら見たてまつらんよ、とわが御心ながらも、え思ひなほすまじくおぼゆるを、…。(『源氏物語』若菜下)

女三の宮に宛てた柏木の恋文を見つけ、女三の宮と柏木の関係を光源氏が知ってしまう場面である。密通を知った源氏は「あな、心憂や」とうめき、密通という女三の宮の裏切りは、光源氏には「え思ひなほすまじくおぼゆる」、とても許せるものではなかったのだった。

『古事談』とほぼ同時代に成立した『無名草子』は『源氏物語』を評するなかで、「女三の宮の、右衛門督(注:柏木)の文、源氏に見えたること」を「あさましきこと」として取り上げており、如上はよく知られた『源氏物語』の一こまだったようだ。そして、この時代、詠歌の題材として歌人たちによる『源氏物語』摂取が盛行しており、編者・顕兼自身はそこまで深く『源氏物語』に関心を寄せてはいなかったようだが(8)、彼の唯一の勅撰集入集歌「おのれ鳴く心からにやうつせみの羽におく露に身をくだくらむ」（『新勅撰和歌集』恋五・九八五）は、『源氏物語』空蝉を踏まえた一首であり、顕兼が『源氏物語』に一定の知見を有していたのは間違いない。

表現と状況の一致から、光源氏に密通が発覚した、右の場面を念頭に、形容詞の改変を伴って本話は構成されたと稿者は考えるのだが、そのような構成がなされた理由に特段のものはあるまい。ただ面白かったからだろう。本話はこの他にも、出典には欠ける母との絶縁が明記されているが、他に採るべき表現もあるだろうに、本話はそれを「永母ヲ不孝シテ」と記した。『沙石集』（巻一・九）に密かに僧侶と通じ、男子を生んでしまった娘を、「父母聞きて大きに怒りて、やがて不孝したりければ」とある如く、「不孝」とは親が子どもを絶縁するのを意味するもので、決してその逆ではなかった。それにもかかわらず、『古事談』はあえて「不孝」という、正反対の語を話中に持ち込んできた。本話には遊びの要素が窺われるのである。

凡そ『古事談』は目を見張るような改変を出典には加えないし、独自の評語を付すこともない、寡黙な説話集である。だが、出典のささやかな改変に目をこらすと、その向こうに思いがけない様々な風景が立ち上がることもある。「神は細部に宿る」、この有名な言葉は建築ばかりでなく、『古事談』の本質にも叶うものだろう。

三　おわりに

平成十七年（二〇〇五）、新日本古典文学大系の一冊に犀利・精緻な『古事談』の注釈が加わり、『古事談』読解の基盤が最新の知見を加えて広く提供されることとなった。(9) それでも、『古事談』が収める約四百六十の説話のうち、現下、出典が判明しているものは約二割に過ぎず、出典の考証という基礎作業も未だ道半ばであり[10]、数百に及ぶ豊かな説話の鉱脈が読み解かれる日を待って静かに横たわっている[11]。成立からわずか数年、承久元年（一二一九）には早くもその書名を意識した『続古事談』が誕生し、建長四年（一二五二）成立の『十訓抄』を筆頭に、説話の出典として後続の説話集に大きな影響を与えた文学史を有し、今後、読解の深まりが期待される『古事談』は「新しい古典」と称するに相応しい作品と言えるのである。

注

（1）『古事談』は国史大系に拠り、説話番号は新日本古典文学大系に従う。引用に当たり、割注を〈 〉に収め、異体字は通用の字体に改めて、私意により句読点を付した。また、『江談抄』『中外抄』『富家語』は新日本古典文学大系に拠る。

（2）浅見和彦編『古事談を読み解く』（笠間書院、二〇〇八年七月）に再録。初出は一九六五～六六年。

（3）益田勝実「抄録の文芸（一）」、注（2）前掲書。初出は一九六六年。

（4）「抄録の文芸」は、確かに『古事談』の性格の一面を正しく言い当てた、余人に真似のできない、益田氏一流の印象的な用語である。だが、絶妙なキャッチコピーは、絶妙なるが故に独り歩きして、個々の説話に即した『古事談』の具体的方法の探求を逆に鈍らせる、負の影響もあったのではないかと、稿者には思われる。

（5）以下、川端善明「『古事談』解説」（新日本古典文学大系『古事談・続古事談』、岩波書店、二〇〇五年十一月）参照。

（6）益田勝実「抄録の文芸（二）」、注（2）前掲書。初出は一九六六年。

(7)田村憲治『言談と説話の研究』一三三～三四頁（清文堂出版、一九九五年十二月）。

(8)田渕句美子「源顕兼」、『中世初期歌人の研究』（笠間書院、二〇〇一年二月。初出は一九八九年）。

(9)注（2）前掲益田論文以降、数は多くないものの、着実に『古事談』の読みは深められてきたが、紙幅の都合上、まとまったものとして伊東玉美『院政期説話集の研究』（武蔵野書院、一九九六年四月）を挙げるに留める。

(10)従来、『古事談』の出典に『今鏡』が想定されてきたが、『古事談』が原則的に和文を出典としないことを実証的に論じた鈴木和大「『古事談』と『今鏡』の関係について」（『説話文学研究』五五号掲載予定）によって、ほぼ否定されたと言ってよい。

(11)前田雅之「放り出された「古事」」（注（2）前掲書）は、本文外の知識や構成・配列を根拠とした、本文の過度の読解を戒めている。

14『徒然草』をひらく
――「傷つきやすく柔らかな心」を抱えた読者へ向けて――

田村美由紀

一　『徒然草』の読まれ方

清少納言『枕草子』、鴨長明『方丈記』と並んで日本三代随筆に数えられる兼好『徒然草』は、学校教育における古典の入門教材として取り上げられることも多く、「つれづれなるままに……」から始まる序段の一文はあまりにも有名である。近年も神奈川県立金沢文庫で「特別展　徒然草と兼好法師」[1]（二〇一四年四月二四日～六月二二日）、サントリー美術館で「徒然草――美術で楽しむ古典文学」[2]（二〇一四年六月一一日～七月二一日）といった展覧会が開催されるなど、成立から約七〇〇年経った現在も『徒然草』に対する人々の興味関心は衰えることを知らない。

このように現代において最も親しみ深い古典文学の一つである『徒然草』に対して、これまで形成されてきたイメージはどのようなものだろうか。おそらく真っ先に想起されるのは、透徹した観察眼に裏打ちされた日本屈指の随筆文学という文学史上の位置づけだろう。『徒然草』は、成立後比較的早い中世期においても、既に正徹、心敬、東常縁といった歌人や連歌師、僧侶、武士など幅広い層に読まれていたとされるが、それが一気に流行し、本格的な享受が始まったのは江戸時代初期、慶長年間からだと考えられる。『徒然草』の享受史に関して、その具体的な諸相をここで詳述することはできないが、秦宗巴『徒然草寿命院抄』（慶長九年・一六〇四年刊行）を嚆矢として、近世以降、林羅山『野槌』（元和七年・一六二一年成立）や青木宗胡『鉄槌』（慶安元年・一六四八年刊行）、松永貞徳『なぐさみ草』（慶安五年・一六五二年刊行）、北村季吟『徒然草文段抄』（寛文七年・一六六七年刊行）など多くの注釈書が刊行され、各章段に対する様々な捉え方や理解の道筋が示されてきた。注釈書の刊行が相次ぎ、複数の注釈書が連立する状況は、貞亭五（一六八八）年に『徒然草諸抄大成』がまとめられたことで一応の収束をみたものの、作者である兼好自身への関心も高まり、虚実入り混じった兼好の評伝が執筆されるなど、研究や鑑賞の対象としての域を超えて、多様な創作実践にも結びつく受容がなされてきたといえる。

特に近世以降の享受態度の主流を成したのは、「町人教訓的な現実的・現世的とらえ方」[3]である。すなわち、各章段で展開される冷徹な人間観察や辛辣な批評、自己や社会への懐疑的な省察から、日常的な教訓を引き出そうとする読み方だ。現在に至るまで『徒然草』享受史の根底にある処世訓、人生訓としての捉え方は、近世期における啓蒙主義的な解釈の蓄積を通して定まってきたとみてよい。このように『徒然草』の享受史においては、中世の美意識に根ざした芸術的共感を示す態度から、現実生活の指針となり得る教訓書としての価値を見出そうとする態度へと、各時代の時代性を反映したゆるやかな変化の潮流を辿ることができる。[4]

無論『徒然草』の有する批評性・思想性を称揚するまなざしは、前近代に限られるものではない。『徒然草』

は近代の文芸批評の文脈においても注目を集めてきた。とりわけ、小林秀雄は『無常といふ事』（創元社、一九四六年）に収められたエッセイのなかで、兼好を不世出の「批評家」として高く評価した。

彼は批評家であつて、詩人ではない。徒然草が書かれたといふ事は、新しい形式の随筆文学が書かれたといふ様な事ではない。純粋で鋭敏な点で、空前の批評家の魂が出現した文学史上の大きな事件なのである。僕は絶後とさへ言ひたい。彼の死後、徒然草は、俗文学の手本として非常な成功を得たが、このもの狂ほしい批評精神の毒を呑んだ文学者は一人もなかつたと思ふ。(5)

小林が絶賛した兼好の批評精神に基づけば、社会を冷徹に見通す、孤高の存在として彼の立ち位置が浮かび上がってくる。ともすると、それは処世術に長け、世間を渡り歩く熟達した能力を身につけた兼好の言葉から、実利的な教えを引き出そうとする教訓書としての解釈や読みを裏づけるものであるようにも思われる。たしかに、第百三十七段で仏教的無常観の論理をもって生の有限性を説き、第百六十七段で自己顕示欲や競争心を捨てた理想的な人間のあり方に切り込む姿勢などからは、兼好の人生に対する達観がうかがえよう。

しかしその一方で、『徒然草』からは同時に兼好の違う一面もみえてくる。例えばしばしば引き合いに出されるが、第百十七段で展開されている友人論において、兼好は「友とするのに悪き者」として「若き人」や「病なく、身強き人」を挙げている。また百二十九段でも、「身をやぶるよりも、心を傷ましむるは、人を害ふ事なほ甚だし。病を受くる事も、多くは心より受く。外より来る病は少し。薬を飲みて汗を求むるには、しるしなきことあれども、一旦恥ぢ恐るることあれば、必ず汗を流すは、心のしわざなりといふことを知るべし。凌雲の額を書きて、白頭の人となりしためしなきにあらず」と、病の発生が精神に起因することを忠告している。兼好自身が虚弱体質であったことは先行論でも指摘されており、稲田利徳は「強靭な身体をもつ人間と病弱な人間の思想や人生観は、おのずから相違してくるものである。その意味で徒然草を虚弱な人間の執筆したものとして読み味わうとき、筆者の思いを素直に受け入れられる章段が多い[6]」と述べている。兼好自身の病への不安によるものか、『徒然草』には健康な身体や強靭な精神を持たない者に理解を示すような章段も散見される。『徒然草』におけるこのような筆致の揺れを目の当たりにするとき、読者のなかの浮世離れした兼好のイメージ、あるいは人生の教訓書としての『徒然草』のイメージとは異なるありようが見えてくるだろう。

二　『徒然草』の思想

近年、小川剛生『兼好法師―徒然草に記されなかった真実』（中央新書、二〇一七年）など既存の兼好イメージを再検証する試みが盛んだが、なかでも島内裕子が記した評伝『兼好―露もわが身も置きどころなし―』（ミネルヴァ書房、二〇〇五年）で描出された兼好像は示唆に富む。島内は「人生の達人」「出家した年配者」といった、ある種固定化された兼好像に疑義を呈し、未成熟で感傷的な兼好の姿を『徒然草』のなかに積極的に読み込もうとする。そのために提唱されるのが、『徒然草』の生成過程を慎重に見定めつつ、各章段の前後の繋がりを意識して本文を連続的に読む手法である。ここから浮かび上がってくるのは、「傷つきやすく柔らかな心を持った、知的で読書好きな孤独な青年兼好[7]」という、「人生の達人」とは真逆の相貌だ。ここでは、現実世界で心の通う友を得ることよりもむしろ、書物の世界に耽溺することを標榜した兼好が、書物から得た理想主義的な価値観の限界に直面し、現実の生身の人間との対話に再び身を投じていくようになるという内面的な変化の過程が、序段から第四十一段までの章段の分析を通して明らかにされるのだが、そのような兼好の捉え方は、例えば以下第四十段の読みにも端的に表れている。

因幡国に、何の入道とかやいふ者の娘、かたちよしと聞きて、人あまた言ひわたりけれども、この娘、ただ栗をのみ食ひて、更に米のたぐひを食はざりければ、「かかる異様のもの、人に見ゆべきにあらず」とて、親許さざりけり。

小林秀雄も先のエッセイでこの章段を引用しつつ、「これは珍談ではない。徒然なる心がどんなに沢山な事を感じ、どんなに沢山な事を言わずに我慢したか」という意味深長な言葉で文章を閉じている。従来の注釈書では、娘を嫁がせなかった父の判断の成否が論じられるなど、子に対する親の関わり方の教訓を引き出すことに重点が置かれてきたが、島内はこの章段を次のように解釈する。

栗しか受け付けない娘の肉体は、彼女の精神のあり方とどこかで繋がっていよう。おそらくこの娘の精神は、何物かによって外部と決定的に隔てられている。彼女は、肉体においては栗を通してだけ外部と繋がり、心は父親とだけ繋がるという、ごく細い経路しか持たない。外部の世界から隔絶した静かな生活。それを、娘自身が望んでいる。結婚するとかしないというのは、一つの象徴にすぎない。娘の置かれた状況を人間関係からの隔絶と捉えるならば、この因幡の娘には新たな人間関係を結んで新しい世界に進んで入ってゆくことへの強いためらいが読み取れる。外部の世界と隔てられていても、娘の心には平穏な現状を選択する気持ちが潜んでいる。そして、それはそのまま当時の兼好の姿でもあったのだ。(8)

栗しか食べないというこの娘の行動を、単なる極端な偏食とみるのではなく、外界に上手く順応できない娘の精神的な緊張を表すサインだと捉える島内は、外界と隔絶した生活を送るこの娘に兼好が共鳴し、自身の苦悩をそこに重ね合わせたのではないかと推測する。他者との距離を測りかね、自閉していく自己を、いかにその孤絶した状況から引きずり出し、他者と関わらせていくのか。『徒然草』冒頭付近の章段に垣間見えるのは、書物に導かれた理想主義的な世界と、現実世界とのズレを乗り越えようとする兼好の自己改革の軌跡なのだ。

兼好を単に優れた人間観や社会観を有する人物として評価するのではなく、彼もまた社会の中に自己を定位する難しさに懊悩し、精神的な発達の途上で葛藤した可能性を確認しておくことは、老いや貧富といった社会の中での身分階層に対する兼好の見方を理解するうえでも重要だろう。先述の病や健康に関する章段に加え、『徒然草』には第百七十二段のように若さと老いの特質を比較し、老人の知恵や思慮深さを肯定しようとする書きぶりも見てとれる。病弱であることや老いなど、一般的には否定的に捉えられがちな人間の性質、いわゆる社会的弱者にカテゴライズされるであろう人々のあり方にむしろ価値を見出すような論が展開されるところは、『徒然草』のひとつの特徴といえるだろう。

ただし、このような兼好のまなざしを、弱者に寄り添う、というような単純な言葉で片付けることはできない。兼好は老いることの価値を評価しながら、同時に老人の年齢不相応な振る舞いについては辛辣な批判を加えてもいる。弱者への単純な同情でも、偽善的な憐憫でもなく、兼好の視線は性質の異なる者同士が共存していることの意味と、そこで生じる避けがたい摩擦や軋轢へと向けられているのだ。島内の論に倣うならば、それは「人生の達人」としての兼好の諦観から生まれたものではなく、他者との接触によって傷つくことを恐れながらも、その関わりのなかに踏み出した兼好の実感に根ざしたものといえるだろう。

第百三十一段や第百三十四段で、兼好は「分を知ること」、すなわち自分の身の程を弁えることの重要性を繰り返し説いている。ここからわかるように、兼好が提示するのは、身分や階層に囚われず、自由に生きることを夢想するような理想主義的な人のあり方ではない。一見消極的に思われる「分を知る」という生き方は、世の中に貧富や老若といった決して越えられない境界、避けられない分断があることを認めたうえで、その矛盾自体を引き受けながら、いかに他者と関わっていくかという方法の模索として捉えられる。老人が若者の振る舞いを真似たり、貧者が富者のように自らを偽ったりすることは、そのおこない自体が貧／富、老／若という二項対立の中で後者を優位なもの、より良いものとみなす価値基準を強化することにつながる。兼好はそのようにどちらか一方に価値を認めるのではなく、それぞれの領分にふさわしい生き方があることを教える。それは、単に強い者、富める者を憧憬の対象とするのではなく、どんな弱者であっても自己を肯定しながら社会で生きていく術があることを意識した思想といえるのではないだろうか。それゆえに、『徒然草』からは対人関係の場での振る舞いに対する慎重さや配慮の意識が強く読み取れるのだ。このような兼好の思想の背景にあるのは、やはり第七十四段に綴られているような、身分の違いに関わらずあらゆる者に平等に老いや死が訪れるという無常観であろう。老いや死の前では人間同士の身分の差や階層秩序は雲散霧消してしまう。だからこそ、有限な生の世界において自己をその弱さも含めて肯定しつつ社会の中に定位する意識が必要なのだ。

三　「新しい古典」としての『徒然草』

『徒然草』には、章段同士の論理の矛盾や自己撞着とも読みうるような箇所も見受けられるが、それは他者と交わって生きることと、それによって人間は否応なく傷ついてしまうことという、それ自体が矛盾をはらんだ営みを徹底的に凝視するがゆえの錯綜であるようにも思われる。このような自己と他者との葛藤は、現代の人々が抱える苦悩とも共振する問題意識といえるのではないだろうか。島内は『徒然草』が現代にまで読み継がれてきた理由を次のように説明している。

徒然草が現代にいたるまで、なぜ読み継がれてきたのか。徒然草はなぜ読者の心を開く言葉の宝庫なのか。それは兼好が自分の孤独と誠実に向き合い、世の中のあり方に深く悩み、精神の危機を体験したことを尊い代償として、徒然草に新たな世界を切り開き、生きた言葉を書き記し続けたからである。(9)

『徒然草』の言葉の力は、たしかに現代にも伝播している。二〇一九年四月、サントリーは自社製品のプロモーションの一環として「徒然なるトリビュート―徒然草の再解釈―」というプロジェクトを立ち上げ、五組の気鋭のアーティスト（フジファブリック、崎山蒼志、tofubeats、Saucy Dog、ネクライトーキー）が『徒然草』を再解釈しオリジナル楽曲を制作、MVを公開するという試みを展開した。(10)そこでは『徒然草』から抽出された生きることの不確かさや日常の再発見、他者への関心、自己への苛立ちなど多様なメッセージが、音楽や歌詞という形に昇華され、新たな表現様式のもとで発信されている。このようなポップカルチャーとの融合をも可能にする『徒然草』のアクチュアルな批評性が、何よりも現代的な思考や感覚との親和性を物語っているだろう。

以上のように、『徒然草』を今「新しい古典」として読み直す意義があるとするならば、それは類まれな批評眼を持つ希代の随筆家が綴った人生の教訓書として『徒然草』を受容することでは無いだろう。現在のような激しく流動する社会を、たくましくかつ戦略的に生き抜くための万能な処世術はおそらくどこにも存在しない。しかしながら、『徒然草』に示された、人間が生きていくなかで否応なく抱える傷や弱さを凝視する思想は、心奥の苦しみを慰撫し、他者との摩擦や軋轢の渦中で生きていくためのささやかなしるべとなるはずだ。『徒然草』が有する独自の、そして現代にも通じる普遍の価値は、兼好同様に「傷つきやすく柔らかな心」を抱えた読者に向けてこそひらかれているのである。

注

(1)『特別展 徒然草と兼好法師』(神奈川県立金沢文庫、二〇一四年)。
(2)海北友雪筆(絵巻、サントリー美術館所蔵)、島内裕子(監修)、上野友愛(訳・絵巻解説)『絵巻で見る・読む徒然草』(朝日新聞出版、二〇一六年)。
(3)島内裕子『徒然草の変貌』(ぺりかん社、一九九二年)一〇二頁。
(4)島内裕子『徒然草の変貌』、七八頁。

（5）『新訂 小林秀雄全集第八巻　無常といふ事・モオツァルト』（新潮社、一九七八年）二四～二六頁。
（6）稲田利徳「兼好の顔」（久保田淳編『徒然草必携 特装版』、學燈社、一九九三年）一三頁。
（7）島内裕子『兼好―露もわが身も置きどころなし―』（ミネルヴァ書房、二〇〇五年）二一三頁。
（8）島内裕子『兼好―露もわが身も置きどころなし―』、二〇六頁。
（9）島内裕子『兼好―露もわが身も置きどころなし―』、二一三頁。
（10）サントリー公式ホームページ「徒然なるトリビュート―徒然草の再解釈―」（https://www.suntory.co.jp/water/tennensui/greentea/tsuredure/index.html、二〇一九年九月一五日閲覧）。

付記
『徒然草』の本文引用は、『新編日本古典文学全集44』（小学館、一九九五年）に拠る。

15 新しい古典としての西鶴

塩 村 耕

一 近世人の読書

古典ということばには負の側面がある。遠い昔の、権威ある文学作品というニュアンスが含まれ、それは読者との間に壁を作る要素となる。学校の教科書で読む古典が、しばしば面白く感ぜられない一因でもある。そうではなくて、自分たちの人生上の問題を共有するような、ある意味で同時代的な作品として、昔の人の書き残したものを切実に読むという態度が望ましい。そのような主体的、積極的な享受による新しい古典を構築してゆく必要がある。

『徒然草』は近世になって俄かに読者を獲得、版本や注釈書が陸続と出、最初のベストセラーとなった作である。絵入り版本の挿画が、しばしば当代的な風俗で描かれることからもわかるように、近世人たちは必ずしも古典として読んでいたのではないと思う。その享受の一例を見よう。近世中期の安永二年（一七七三）に江戸で刊行された噺本『聞上手』に「格子作り」という題の小咄が載っている。左がその全文である。

天気が良さに友だちを誘ひ、夕薬師と出かける。茅場町へ行く道に、よい身代と見えたる格子作りの内に、二十ばかりの息子が書物を見てゐる。「アレマア、この暑いのに何が楽しみで気のつまる本を見る。ナア、変なやつじやアねいか」と言ひながら薬師へ詣り、帰りがけにさつきの内を見るに、まだ机にかかつてゐる。「とんだこつた、まだ本を見てゐるは」と暫く立ちとどまれば、息子はずつと立つて、のびをしながら、「アア壱分欲しい」。

表題ともなった「格子作り」とは、通りに面した表構えを見世棚ではなく格子作りにしている、つまり客相手の商いをしていない家のことで、金貸しや家作のある富裕人が多い。金持ちの家の、遊び盛りの年ごろの息子が、日がな家に籠もって本を読んでいるという謎を、最後の台詞でオチを付けるという笑いだ。

この話は、『徒然草』第四十三段、「春の暮れつかた、のどやかに艶なる空に」で始まる章段を巧みに踏まえている。そんな気持ちのよい日、筆者がいやしからぬ家の前を通ると、庭の木立が茂って、花が散りしおれているのを見過ごしがたく、ふと敷地の中に入ると、家の南面の格子（こちらは上に吊り上げる蔀戸のこと）は下ろしてあったが、東側の妻戸が少し開いている。御簾の破れからのぞくと、「かたち清げなる男の、年二十ばかりにて、うちとけたれど、心にくくのどやかなるさまして、机の上に文を繰り広げて見ゐたり。いかなる人なりけん、尋ね聞かまほし」で終わる短い章段だ。それとは明示しないものの、殊更に記される「格子」や「二十ばかり」がシグナルワードとして響いており、わかる人にはわかる仕掛けとなっている。しかも「いかなる人なりけん」という原典にある問いかけを、小咄は見事に当世化して受け返す。この小咄が成立する背景には、読者に疑問を投げかけたままで閉じられる『徒然草』のこの章段の趣意について、あたかも文学部の日本文学演習で行われるような読みの議論が、近世人の間で重ねられていたことをさえ思わせる。近世人の享受は、新しい古典のあらまほしい姿を示唆している。

近世人の読書、特に娯楽的なそれは、基本的に個人的な黙読ではなく音読で、しばしば他者と共有しつつなされたことがわかっている。その具体的な状況は、たとえば幕末の国学者、堀秀成が草津温泉の風俗を和文で活写した、慶応元年（一八六五）成『草津繁昌記』（岩瀬文庫蔵写本）に、湯治客の様子について、

> あるは枕引き寄せ、何軍記など表題（うはぶみ）したるをさしかざし、つぶつぶと読むままに、その声も秋の野末に鳴く虫の、初霜に逢ひたらむやうになりつつ、行（くだ）りも違（たが）ひゆくままに、書（ふみ）をば手よりすべらしたる、友だちの「いざあと読み給へ」とそのかすに、おどろき顔に「湯浴（ゆあ）みばかり疲るるものはあらず、あな眠くなりし」など、ゆくらかに足さし延べたる、玉の緒ももろともに、と見えたり。

とある名文に如実に見て取れる。このような場から、さらに書物の内容についての質疑応答や議論に進むことは容易で、それは有意義な読書の方法となったはずである。

武家の世界では、さまざまな具体的な事例を材料にして、自分ならばどのように身を処するか、衆議論評することによって、ふさわしい行動規範（武士道）を次世代に伝達する場があった。たとえば、近世後期、出羽庄内

藩家中で行われた議論を反映する『八盃豆腐』（岩瀬文庫蔵写本）によると、喧嘩の場に行き逢った場合、駆け込み者（自邸に逃げ込んできた者）があった場合、家来を手討ちにし損じた場合、道理に反した役儀を命じられた場合など、さまざまな難しい局面にどのように行動すべきかが、具体的に、時に固有名詞を交えて語られている。ちなみに表題の八盃豆腐とは、一丁の豆腐を、長辺を二等分に切り、出来た四角を対角線で二等分し、さらに厚みの半分で切り、全部で八等分し、それを一人分の汁の実とした手軽な吸い物料理のことで、仲間内の寄り合いの質素な酒宴の肴を意味し、ざっくばらんな衆議論評を象徴した秀逸な書名となっている。

各地の藩でも同様の場が存在したらしく、元文元年（一七三六）の原写本『武鑑物語』（塩村蔵）も同様の性格の内容で、こちらは越前福井藩家中で成立した本である。その中にたとえば、次のような一話がある。享保六年（一七二一）のこと、江戸与力某の息子亀松十一歳が、傍輩の与力の子、才三郎十二歳に雪駄で頭を打たれ、直ちに父の脇指を持ち出し、才三郎を斬り殺した。話を聞いて母は驚くが、夫は当番で留守中のため、独断で息子に覚悟を言い含め、行水の上、衣服を改めさせ、息子を連れて才三郎の家に出向き、息子の身柄を引き渡そうとする。才三郎親は驚き悲しみながらも、御女中の手から身柄を引き取ることはできないと、明日出直すように言う。翌朝、御番から戻った父は妻の処置をもっともであるとし、あらためて息子を連れて出向くと、才三郎親は、討たれた息子は侍の頭を打つような馬鹿者であるとし、代わりに亀松を跡継ぎとして申し受けたいと願い出る話である。末尾は「是は妻母の仕形（しかた）宜しきより、事（こと）無事に納まると評する也」と締めくくられ、衆議論評の痕跡を残している。この話は西鶴『武家義理物語』巻二の四「我子をうち替手（かへで）」とよく似ている。

あるいは『武鑑物語』の中に次の短い話がある。

加藤肥後守殿城下にて、一家へ三人取り籠もり之有るに就き、加藤殿、扈従（小姓）、十八歳に成る者呼び、「尓（なんじ）、行き向かひて討つべし」とあり。「畏まる」と答へ、既に罷り立たんとす。「暫く」と、「世の中に一人とどまる者あらばもし我かはと身をや頼まん、此歌の心を心得たるか」と御申し候へば、「心得たり」と答へ、早速彼の家へ駆けつけ、「此内に一人御助けあり」と高声に呼ばはり駆け込み、三人共に難無く討ち留めしとなり。

加藤肥後守は加藤清正で、「世の中に」の歌も『寒川入道筆記』に見えるから、近世初頭の話と見られ、これと同じモチーフが西鶴『新可笑記』巻四の三の中にあり、同じ原話に由来するのであろう。

このようによく似た性格の話を扱うことから考えると、『武家義理物語』はじめ武家物と呼ばれる西鶴の一連の作品群は、右に述べたような場での衆議の素材として提供された可能性がある。そうであるならば、文字通り議論の余地を残している作を含んでおり、近代の完結した文学作品とは一線を画している。

二　『万の文反古』巻二の三を読む

優れた古典には深読みを喚起する余白がある。西鶴の遺稿集で、日本文学史上、書簡体小説の白眉、元禄九年（一六九六）刊『万の古反古』巻二の三「京にも思ふやうなる事なし」を例にして、少し詳しく読んでみよう。

書簡の発信人は郷里の仙台を若気の至りで出奔し、京で十八年間を過ごしてきた中年男。受信人は仙台に住む人物で、発信人との関係の詳細は不明ながら、古くから発信人の家のことを詳しく知る目上の人物である。

発信人の男には故郷に妻を置き去り——女を家に置いたまま、自分が逐電することにより離縁する（去る）、緊急避難的ないし非道な方法のこと——にしてきた過去がある。さぞ自分のことを恨んでいるだろうと、その後、暇の状（去り状）を両三度まで送ったのに、女は再縁しない。女のそんな態度を男は「無用の心中を立て」という。そして「（女のことを）この方（はう）にはふつふつと思ひ切り申し候。これ程つらく申し候男に、何とて執心残し申し候や。この段々よくよく御申し聞かせなされ、いまだ若いうちにかたづき候が、その身のためと存じ候」と、女に対して、自分のことはあきらめて再婚するよう説得することを受信人に依頼、それがこの書簡の主意である。当然、過去に両三度、去り状を送った際には、本人に対して同様の説得がなされたはずで、それでも女が翻心しないため、思いあまって第三者である受信人に説得を依頼したというような事情が、言外に示されている。

次に「常々悋気（りんき）言ひつのり候に、ふつふつと顔見る事もうたてく」と女を置き去りにした理由について手短に語り、以下、京に出てきて以来、結婚の失敗を繰り返し、産を破るに至った懺悔話を展開する。上京以後、最初の妻は寺町の白粉屋の娘。容貌も十人並みだったので呼び迎えたところ、「其元（仙台）の女房どもとは各別違ひ、遊山夜歩き（あり）にかまはず、かつて悋気いたさぬ」ことをいぶかしく思っていたところ、自分のことを嫌い、別れてくれと言い出し、結局別れる。二番目の妻は六角堂門前の巡礼宿の娘で、夫に死に別れて戻ってきた年増女。いかにも風俗がよく、三十の内外と見定め一緒になったが、生活を共にするうちに「思ひの外、古い所あはれ」、事情を知る人に尋ねて、実は五十二、三と判明する。驚き、それ以来、女の様子を「尻目にかけて試し見るに、毎日の仕事に白髪をしのびしのびに抜く手元堪忍ならず」、離縁する。
三番目は「御所方に勤めし女﨟衆あがり」、容貌も性格も申し分のない女。ところが落語の「延陽伯」（江戸の「たらちね」）さながら、世間のことにあまりに疎く、これも別れる。四番目は自宅の外に、烏丸に月七十目ずつ家賃の取れる家作を持つ後家。これは掛かり者（寄食者）の親族が八、九人もある上に、家に付いた借銀が二十三貫目もあり、あきらめる。五番目は竹屋町の古鉄屋の娘、器量も人並みで敷銀三貫目が付くので迎えると、月に二、三度乱気になり、丸裸で表に飛び出すので、そのまま送り返す。

こんな調子で祝言事に金を使い果たし、今は「手と身ばかり」になり、「竹田通の町はづれなる、伏見に近き裏家住まひして、菅笠の骨をこしらへて、其日暮らしに、扨も死なれぬ浮世に御座候」という身の上に至る。ところが、それでも男は次のように言う。

> 是程かなしき身に罷り成り候へども、其元の女に微塵も心残らず候は、よくよくの悪縁に候。いよいよ此むごき心底を御物語りあそばし、早く縁付いたし候やうに頼み申し候。京も田舎も住み憂き事少しも変はらず、夫婦は寄り合ひ過ぎと存じ候。

もはや言うまでもなく、男の失敗の最大の原因は、結婚について経済的な都合を重視した一点にある。上京後、最初の結婚の動機について、男は「何事も華奢に世を渡れば女は上方にて、しかも手業に油断なく、大かた走り夫婦は銘々過ぎいたせば、女房持つも勝手づくに罷り成り候と存じ」と、上方の女は食い扶持がさほどかからず、共稼ぎができるからという。二番目は、「兎角年の行きたるが世帯薬」と家計のためになる年増女を探している。

三番目は逆に「我人（われひと）（自分も他人も）の気に入る」女なのに、「是では小家の台所預けられず」と泣く泣く離縁する。四番目、五番目は、あからさまに金目当ての結婚だった。

しかしながら、そのことは言外にではなく、直接的に書かれており、もちろん男も自覚している。その結果、「京も田舎も住み憂き事少しも変はらず、夫婦は寄り合ひ過ぎと存じ候」、とかくつらいことのみ多い世の中にあって、夫婦だけは純粋にお互い助け合って生きるべきなのだという真実に、男はたどり着いている。

問題は右の引用文中、「其元の女に微塵も心残らず候」である。果たして、これは男の本心なのだろうか。その点については、議論の余地があるように思われる。これを言葉通りに受けとめて、ことほどさように男と女の間には道理を超えた悪縁というものがあるのだと見るのもよかろう。あるいは、これを本心にあらず、仙台の女の幸せだけを考えて、自分を消し去ろうとする、男の愛情ある嘘と見るのも、一つの読み方だろう。読者の読みに任された余白の部分である。

ただ、それを承知の上で言えば、わたしは後者の読みに加担したい。右の引用部に続けて、次のようにある。

今の身に比べては、昔の仙台の住所ましと存じ候。都ながら桜を見ず、涼みに行かず、秋の嵯峨松茸も喰はず、雪のうちの鰒汁も知らず、やうやう鳥羽に帰る車の音を聞きて、都かと思ふばかりに候。はるばるの京に上り、女房去つて身体（しんだい）つぶし候。恥づかしき事に候。必ず必ず他人には聞かせぬ事に候。

「都ながら桜を見ず」以下は古今の名文で、しみじみとした真情に満ちている。そのためもあって、「他人には聞かせぬ事」を、わざわざ他人の受信人に聞かせているのは一体なぜなのだろうかと、誰しも考えるであろう。

「昔の仙台の住所ましと存じ候」というのは、住所だけでなく、女房との暮らしではなかったか。

この読みの当否はともかく、そのようなさまざまな意見を開陳しあって、さらに読みを深めてゆくというのが、新しい古典につながる態度であるように思われる。語り手や登場人物に嘘を語らせるというような高等技法を駆使する西鶴は、衆議的な読書の最も適切な素材となるであろう。

16　長塚節『土』を読み継ぐ
――一九一〇年の国土――

永井聖剛

「自然」が人間にとって自明なものではなく、ロマン主義的な想像力によって構築もしくは発見されたものであるという認識は、こんにち、大方の了解を得られることだろう。この場合、「自然の発見」には、主に二つのプロセスがあると思われる。一つは、失われた、もしくは失われつつある自然を惜しみ、いとおしむことによってその価値が見いだされるというもの。もう一つは、他人のロマン主義的感興（文学、映像など）に感化されて、周囲の日常的な光景がさも意味のあるもののように見えてくるというもの。

これと同じことが、「農」についてもいえる。近代化とは、農業社会から工業社会への移行を伴うことであるから、自ずと「農」はノスタルジーの対象となり得る。それは脱工業化の段階に至った現代でも同様で、日常空間が「自然」や「農」から遠く隔てられれば隔てられるほど、また、現実空間が表象によって埋められれば埋められるほど、「自然」や「農」が召喚されることは多くなるはずである。「自然に帰ろう（帰りたい）」「農に帰ろう（帰りたい）」といったテーマの書物や雑誌、テレビ番組が今日いかに多く生み出されていることか。

明治時代、ことに日露戦後は、産業資本主義の発達により都市化が加速した時期である。おのずと反動的な言説が世に蔓延(はびこ)ることになったが、その典型が、近代思想としての農本主義、(1)あるいは地方改良運動である。「農」や「地方」を見直そうという機運自体は悪いことではない。ただし、往々にしてそこでは、都市か地方か、人工か自然か、商工業か農業かといった二分法的で垂直的な思考が支配的になってしまうことには注意したい。

こうした時流に抗して、二分法的思考の外部に立つことは、それ自体、きわめてクリティカルな振舞いといえるが、中でも最もインパクトのある外部を提示した同時代テクストを挙げるとしたら、『遠野物語』(一九一〇年六月、聚精堂)であろう。よく知られているように、古代先住民の末裔としての山人の消息を「現在の事実」として記した本書の序文で柳田国男は、「願はくは之を語りて平地人を戦慄せしめよ」という挑発的な発言をした。古典的なテクストとは、読む者のいまを歴史的に相対化してくれる「鏡」のようなものだ。『遠野物語』を読むことで私たちは、都市か地方かといった「平地人」の思考がいかに狭小なものかを思い知ることができる。

一　主体としての自然

前置きが長くなったが、本稿が取り上げるのは、『遠野物語』刊行と同年同月に連載が始まった長塚節の『土』(一九一〇年六月〜一一月、『東京朝日新聞』。のち、一九一二年五月、春陽堂刊)である。この書物のインパクトは、『遠野物語』に劣らないものがあると、私は考える。その理由は、「農」をめぐる紋切型の思考を内破する力がこのテクストに溢れていることに尽きるが、その本領は、テクスト冒頭の語りからしてすでに明らかである。

《烈(はげ)しい西風が目に見えぬ大きな塊をごうつと打ちつけては又ごうつと打ちつけて皆痩(みなやせ)こけた落葉木の林を一日

苛め通した。木の枝は時々ひう〳〵と悲痛の響を立てゝ泣いた。短い冬の日はもう落ちかけて黄色な光を放射しつゝ目叩いた》（一）。

この小説における自然は、人間の観察対象としての客体ではない。あくまで主体の格を有していることが、ここでは擬人法のレトリックを伴って語られている。主体としての「西風」は、客体としての「落葉木」を「一日苛め通」して泣かせる。その様子を、主体としての「短い冬の日」が、客体として映し出している。つまり、自然を構成する各々が、主体と客体との座を入れ替えつつ、全体としての動的な同一性を織り成しているのである。

そこに、これもやはり自然の一構成物、ということなのだろう。天秤棒を担いだお品が登場する。《お品は百姓の隙間には村から豆腐を仕入れて出ては二三ヶ村を歩いて来るのが例である。手桶で持ち出すだけのことだから資本も要ない代には儲も薄いのであるが、それでも百姓ばかりして居るよりも日毎に目に見えた小遣銭が取れるのでもう暫くさうして居た》。すぐに判るだろう。お品の物語世界への登場場面は、自然からの人間の疎外を黙示しているのである。そのお品を、「烈しい西風」が容赦なく苛め通す。《お品は自分で酷く足下のふらつくのを感じた。ぞく〳〵と身体が冷えた》。《林の雑木はまだ持有の騒ぎを止めないで、路傍の梢がずつと撓つてお品の上からそれを覗かうとすると、後からも〳〵林の梢が一斉に首を出す。さうして暫くしては又一斉に後へぐつと戻つて身体を横に動揺ながら笑い私語めくやうにざわ〳〵と鳴る》（一）。

自然の構成物は、過酷ともいえる相互の作用・反作用を繰り返し、それに黙々と耐えるのみであるが、人間だけがそうした相互応酬関係から離脱し、安く仕入れたものを売って安易に利益を得ようとする（このとき、お品の夫の勘次は何をしているのかというと、やはり彼も、この土地から離れて、利根川開鑿の賃工事に出かけているのである)。そして、彼ら人間の営みを「林の梢」が「笑い私語めくように」見下ろしている――。

また、これに続く場面には繰り返し、「遅れ」の主題が描かれている。勘次が賃仕事に出ているので、その季節にやっておくべき仕事が放置されていたのだ。以下は、お品の病気を聞いて帰宅した勘次とお品との会話である。

《「菜は畑へ置きつ放しだつけべな」勘次がいつた時お品も驚いたやうに「ほんにそうだつけなまあ、後れつちやつたつけなあ、俺ら忘れてたつけが大丈夫だんべかなあ」といつた。》(三)

ここにも、自然(の時間)から心ならずも離脱してしまった人間たちの焦燥を読み取るのはたやすい。果たして勘次の一家は、この「後れ」を取り戻すために他所からの盗みを繰り返すよりほかないのであった。他人の農作物を盗む行為は、反社会的・反道徳的であると同時に、農村の時間の流れを侵犯する行為だから処罰の対象となる。ただし、この「時間どろぼう」(M・エンデ『モモ』[2])は、個としての勘次、もしくは小作農としての勘次の責任に帰せられるべきものではなく、おそらく近代という時代そのものの中に胚胎していることのはずである。

話を戻そう。自然の摂理はただ苛酷なだけではない。それは、実りや新たな生命の誕生をもたらすものでもある。たとえば、春が到来して、仮死状態から覚めた蛙たちの活動は、以下のように、実に生き生きと描かれる。

《彼等は更に春の到つたことを一切の生物に向つて促す。草や木が心づいてその活力を存分に発揮するのを見ないうちは鳴くことを止めまいと力める。田圃の榛の木は疾に花を捨てゝ自分が先に嫩葉の姿に成つて見せる。(中略)岬のやうな形に偃うて居る水田を抱へて周囲の林は漸く其の本性のまに〳〵勝手に白つぽいのや赤つぽ

いのや、黄色つぽいのや種々に茂つて、それが気が付いた時に急いで一つの深い緑に成るのである。》（六）

蛙たちの大音声に刺激を受けたように、周囲のありとあらゆるものが生気を帯び始め、やがて今年も「一つの深い緑」の営みが編成されてゆく。ここでも生物たちが自ずからそう活動する主体として扱われていることに着目しよう。ここではすべてが自然的存在者として自足し、共鳴し、連関しながら、全体を形作っているのである。

溌剌と漲る生命力の交響がかくも印象的に描かれていることの意味は、その直前の、お品の死にまつわる反自然を強調するため以外には考えにくい。お品は「自分の手で自分の身を殺したのである」（五）。どういうことか。

お品は十九歳のときに長女おつぎを産んだ。翌年に二人目を身籠もったが、「其の時は彼等は窮迫の極度に達して居たので（中略）七月目に堕胎して畢つた」。おつぎが十三歳のときには与吉が生まれた。二年後、おつぎの奉公話が持ち上がったが、またお品は妊娠した。奉公は棚上げにされ、またすぐ収穫の季節が来た。収穫が済むと夫の勘次は、住込みの開墾工事へ赴いてしまう。腹の子のことは「おめえ好きにしてくろうよ」と言い残して。

《お品は其混雑した然も寂しい世間に交つて遣瀬のないやうな心持がして到頭罪悪を決行して畢つた。お品の腹は四月であつた。其の頃の腹が一番危険だといはれて居る如くお品はそれが原因で斃れたのである。》（五）

お品は、一つは間引きの発覚を怖れたため、もう一つは生計の心配のために、堕胎後すぐに畑に出なくてはならなかった。自然の時間の流れは人間の側の事情を慮らない。胎児の成長も、作物の成長も、病状の恢復も、である。こうしてこの小説は、自然的存在者である蛙よりも人間の方が不如意な人生を強いられていることを物語る。啓蟄（虫や蛙などが冬眠から目覚め、這い出ること）を境に季節の運行に併せてダイナミックに躍動する生命に較べて、人間たちのいかに不自由なことか。自然が無慈悲なのか。いやそうではない。そもそも人間だけが「土」を如意のものにしようとしたからである。[3]語り手はこう言う。《然し孰れにしても病毒は土が齎したものでなければならなかつた》。ここでも明らかに人間は、周囲環境から、そして「土」から疎外されているのである。

二　自然と人間

近代人たちは「農」にロマン主義的な感興を催すと述べたが、具体的には何を指すのか。ひとつの説明の仕方は、あらゆるものを分割・分解することで成り立つ近代社会（機械論的世界）に暮らす者たちが、「自然」との一体感、つまり、全体性を回復させようと「農」を指向する、というものだ。しかし、人間にとっての「農」とは、そのようなものなのか。『土』は、私たちの抱くこうしたイメージがあくまで幻想でしかないことを、素朴かつ客観的に物語っている。たとえば、「六」に描かれた春の訪れの場面では、こういう語り方がなされていた。

《此の時凡ての樹木やそれから冬季の間にはぐつたりと地に附いて居た凡ての雑草が爪立して只空へ〳〵と暖かな光を求めて止まぬ。（中略）それで一切の草木は土と直角の度を保つて居る、冬季の間は土と平行することを好んで居た人も鉄の針が磁石に吸はれる如く土に直立して各自に手に農具を執る。》（六）――ここでは、草木と人間とが同列に扱われているようにも見えるが、そうではない。草木は自然の摂理に従って直立するが、人間だけが自然を従えようと躍起になっているのだ。彼らの労働は、「生産」のために急き立てられ、働かされているといった方が適当である。それはたとえば、《鳴くべき時に鳴く為にのみ生れて来た蛙は苅株を引つ返し〳〵働いて居る人々の周囲から足下から逼つて敏捷に其手を動かせ〳〵と促して止まぬ》（六）というように、奔放に「いま」を生きる蛙との比較でもって、いかにもせせこましく語られていることからも明らかだろう。

「農」が「自然」の時間の流れと一体化した人の営為であるという考えは虚構なのである。実際は、農具や肥料などの道具を手に入れた人間が、自然の時間の流れに追いつける、追いこせる、挙げ句の果てには、それを管理できるという幻想を抱いただけではないのか。少なくとも、この小説に登場する人たちに、充溢した「いま」を感じている者はひとりもいない。それは「農」が、つねに彼らの「いま」を奪い、それを来たるべき「いつか」のための準備に充てよと命ずるからである。これは「時間どろぼう」に「いま」を譲り渡した人間たちの生き方そのものなのではないか。小作に生きる道を見いだせなくなった勘次が最終的に身を落ち着けたのが、大地主の土地の開墾作業であり、それが賃仕事でしかなかったことが、如上のことを雄弁に物語っている。「一つの深い緑」を切り倒し、根をこそぎ、鍬を入れ、耕地に整える。彼等にとってのそれは、人間が一方的に利益を得るために自然を占有することにほかならず、その逆ではまったくない。結果、勘次は自然と一体化するのでなく、農具と一体化してしまう。《唐鍬なんざ銭出しせえすりや幾らでも有んが、此の手つ平はねえぞ、二年三年唐鍬持つたんぢや恁うは成んねえかんな、俺らが唐鍬の柄さすつかりくつついちやつたんだから、こんで毎年四五反歩位は打開墾すんだから》（十九）――これは、勘次がおつたに向かって誇らしげに言い放った台詞である。

今村仁司は、自然と人間との相互的関わりを「交易」と呼び、労働が交易になるためには自然が「人間と同格の当事者である」必要があるという。そのとき、「人間は自然を人間と同格の当事者「として」解釈し、その理解のもとでそれにかかわらなくてはならない」[4]。この議論の枠組みを借りつつ、ここまで述べたことをまとめよう。

この小説の語り手は、明らかに自然を人間と同格の当事者として語っていた。自然を人格的存在として解釈し、であるがゆえに、自然ななりゆきとして擬人法が用いられていた。ところがお品も勘次も、日常のふるまいの中で、自然を人格的存在として遇してはいない。すなわち『土』の語りは、同一の対象（＝自然）に向けられた二つの態度――人格的存在として遇する／遇さない――を描き分けることで、「農」が反自然的な営為に他ならないという実態を示していたのである。ここで急いで補っておかねばならないのは、このことは、地主層である作者が小作農の頑迷をあげつらっているのでは決してないということである。そうではなく、自然を知悉していた作者だからこそ、無限ともいうべき自然と有限存在としての人間との間に宿命的に生じてしまう断絶を書かない訳にはいかなかったのではないか。それはつまり、（明治期の）「農」では、自然と人間との間に「交易」的な関係を築くことなどできないという通察でもある。『土』研究史では、漱石の「蛆同様に憐れな百姓の生活」[5]という評言が適当かどうかがしばしば話題になるが、勘次ら登場人物たちは、むしろ、あまりに人間的すぎたのである。

三　農業社会＝循環型社会というフィクション

日本近世史の武井弘一は、新田開発によって水田が激増し、ピークを迎えた一八世紀に、すでに農業をめぐる環境（生態系）は破綻していたと論じている[6]。「江戸時代＝循環型社会」というイメージは虚構なのである。

江戸幕府が奨励した新田開発は人口増加に対応するための施策でもあったが、開発が頭打ちになると、耕地にかかる負担が増し、おのずと肥料に頼らざるを得なくなった。ただし、新田開発によって草山を削ってしまったあとでは草肥の入手は困難で、草山の減少は牛馬の飼料が減少することにもつながった。牛馬を飼うにはコストがかかるようになる。草肥の代わりに金肥、すなわち金銭を払って他所から肥料を仕入れるようになると、貧富の差がそのまま農作業の効率や収穫高の差に結びつくようになる。それだけではない。山野が切り開かれることで、山の保水能力が低下し、洪水が起こりやすくなる。こうして百姓たちは、土地を耕すことによって、その土地（生態系）から次第に疎外されてゆく回路に陥る。これらは全て『土』にも描かれていることだ。

《天然の肥料を獲(う)ることが今では出来なくなつて畢(しま)つた。（中略）貧乏な百姓は落葉でも青草でも、他人(ひと)の熊手や鎌を入れ去った後に求める。さうして瘠(や)せて行く土を更に骨まで噛(か)むやうなことをしているのである。（中略）勤勉な彼等は成熟の以前に於て既に青々たる作物の活力を殺いで食って居るのである》（七）。――勤勉であればあるほど自然を損ねざるを得ないような「農」の現実。その営為と、毎年のように彼らを襲う洪水とは、根のところでつながっていたのである。《豪雨が更に幾日か草木の葉を苛めては降つて降つて又降つた。例年の如き季節の洪水が残酷に河川の沿岸を舐(ねぶ)つた》（二〇）。ちなみに、『土』連載中の一九一〇年八月、明治期最大と言われる洪水が関東平野を襲った。物語の舞台である鬼怒川流域でも多大の被害が出たことは言うまでもない。

四　一九一〇年の二つのテクスト

最後にもう一度、『遠野物語』の話題に戻ろう。このテクストが批評的たり得たのは、山人・漂泊民という外部的存在への興味関心を書き募ることが、稲作定住の民によって形成されたとされるこの国の同一性を揺るがす契機を孕んでいたからに他ならない。またそれが「大逆」の年に著されたことも、すぐれて徴候的な出来事だった。

もうお分かりだろう。『土』もまた、稲作定住の民たちによって連綿とこの国が受け継がれてきたという物語を突き崩すだけのエネルギーを内に秘めたテクストなのである。『遠野物語』が、好奇心の赴くままに外部を描くことでそれをなしていたとしたら、『土』は、稲作の実情を内部から真率に描くことで、もはやそれが自己完結的な循環系（システム）などとはとうてい呼べないもの（国土を蝕む制度（システム））になってしまっている事実を物語っていたのである。

注

（1）木村茂光編『日本農業史』（吉川弘文館、二〇一〇年一一月、二七九頁）。

（2）『モモ』（一九七六年）では、物事を合理化しようとする精神が「時間貯蓄銀行」を生むが、節約したはずの時間は「灰色の男たち」に盗まれていて返ってこない。主人公のモモはそれを取り返すべく活躍する。

（3）今村仁司はこう言う。「近代人だけが、生産活動を「労働」と捉え、生産的労働をもって自然を征服し、それによって人間を自然から解放するという思想を持つことになった」（『近代の思想構造　世界像・時間意識・労働』、人文書院、一九九八年一月、一七頁）。

（4）『交易する人間　贈与と交換の人間学』（講談社、二〇〇〇年三月、六二頁）。

（5）夏目漱石「「土」に就て」（長塚節『土』、春陽堂、一九一二年五月、六頁）。

（6）『江戸日本の転換点　水田の激増は何をもたらしたか』（ＮＨＫ出版、二〇一五年四月、二六七〜二六八頁）。

17 中国故事の享受・受容と現代日本人
――古典漢文の素養を掘り起こす中での再認識――

井上次夫

一　はじめに

虞美人草。初夏に花茎を出し、紅・桃・白色などの四花弁を開くケシ科の一年草で、ヒナゲシの別名である。一方、この語からは夏目漱石の同名の小説を思い浮かべた読者もいるはずである。この花の名と小説の名の一致は偶然なのだろうか。花の名は、楚の項羽の自刎した妻虞美人の墓所に翌年の夏、舞うが如く鮮紅色のヒナゲシが咲いたことに由来するという。虞美人は、司馬遷の『史記』で、「有美人、名虞。常幸従。（美人有り、名は虞。常に幸せられて従ふ。）」と登場し、項羽から七言詩の結句で「虞兮虞兮奈若何（虞や虞や若を奈何せんと）」と歌われ、「美人和之。（美人之に和す。）」と記されて以降、登場しない。一方、虞美人草は、漱石の同名小説の中で、毒死した女藤尾の北枕の銀屏に藤尾の象徴として登場し、それが小説名となっている。虞美人が、花の名となり小説の本質部分に関わっているのである。[1]

このように、中国の伝説、また故事成語が現代の私たちの言語、言語文化の奥底に浸透し、何かの機会に想起されることがある。本稿では、そのような日常生活では深層にあって意識されない中国由来の言語、言語文化が、実は学校時代に古典としての漢文を学んだからこそ身に付くものであること、その古典漢文の素養が次代を担う現代日本人の文化、精神の重要な支柱の一つになるものであることを述べる。

二　人間万事塞翁馬

塞翁馬。これを漢文が未習の高校生に読んでもらうと、「ナントカ、オウバ」「…オキナウマ?」と苦戦する。そこで、「塞」は「要塞」の「サイ」[2]、「翁」は「老翁」の「オウ」、「馬」は「ウマ」と読むと伝えると、安心して「サイオウウマ」と読む。ところが、正解が「サイオウガウマ」だと知ると、多くの生徒が怪訝な顔をする。「ガ」の読みはどこから来たのか。「塞翁ノ馬」でないことに納得がいかないのである。その場ではひとまず「我が国」、「君が代」を例に出す。一方で、例えば、六歌仙の「小野小町」、清少納言の『枕草子』の読みを引き合いに出す。教材研究の段階ならば、大伴家持の「和我屋度能　伊佐左村竹(わがやどの　いささむらたけ)」の歌(『万葉集』巻十九・四二九一)、小林一茶の『おらが春』なども準備しておく。

冒頭の「塞翁馬」の読みに戻ると、現代の「sāi wēng mǎ(拼音表記)」に相当する当時の中国語音が日本に伝わった後、「サイオウバ(字音表記)」といった日本語音へ変化し、「サイオウがうま」という日本語の古典文法(助詞・連体格)と語彙(字訓)に基づく読みが生じたのである。この例を敷衍すれば、中国の古典語で書かれた純漢文は、日本で日本語の古典語・古典文法によって訓読した訓読文、万葉仮名を用いた和化漢文(変体漢文)、和漢混淆文、そして漢字仮名交じり文へと変化してきたといえる。

さて、中国故事「塞翁が馬」は、前漢の淮南王劉安撰の『淮南子』「人間訓」第十八を出典とする。本話の文章構成をみると、「主題提示（A）、例証（B）、主題確認（C）」となっている。[3] 以下、適宜、括弧内に書き下し文を付けながらみていく。

A　夫禍福之転而相生、其変難見也。（夫れ禍福の転じて相生ずるや、其の変見難きなり。）

B　本文は、①「近塞上之人、有善術者。」で始まる。②その占術に長けた老人の元から馬が逃げた。そこで人々は「弔之。（之を弔す。）」。だが、老人は「此何遽不為福乎。（此れ何遽ぞ福と為らざらんや。）」と答える。③次に「居数月（居ること数月）」、逃げた馬が胡（匈奴）の駿馬を連れ帰った。そこで人々は「賀之。（之を賀す。）」。だが、老人は「此何遽不為禍乎。（此れ何遽ぞ禍と為らざらんや。）」と答える。④ある時、駿馬が増えて乗馬が好きになった老人の息子が、落馬して腿の骨を折る。そこで人々は「弔之。」。だが、老人は再び「此何遽不為福乎。（此れ何遽ぞ福と為らざらんや。）」と答える。⑤「居一年」、胡の侵攻が始まり若者の多くは戦死したが、老人の息子は片足が不自由だったため兵役を免れて親子はともに無事であった。

C　故福之為禍、禍之為福、化不可極、深不可測也。（故に福の禍と為り、禍の福と為るや、化極むべからず、深測るべからざるなり。）

ここで、例証（B）の文章展開をみると、①登場人物の紹介、②馬の逃走（禍）と人々の慰めへの老人の返答、③逃走馬による駿馬の連れ帰り（福）と人々の祝いへの老人の返答、④子どもの大腿骨骨折（禍）と人々の慰めへの老人の返答、⑤戦争から生命を保った父と息子（福）という流れで出来事が淡々と語られている。そこには、具体的な情景描写や登場人物の心情に関する詳しい説明はない。つまり、「(ア)事象（禍・福）の発生、(イ)人々の反応（慰め・祝い）、(ウ)老人の言葉（反語）、(エ)歳月の経過（居数月・居一年）、(オ)新たな事象の発生（老人の言葉の的中）」という構造に基づく三つの出来事（②〜④）が反復して客観的に叙述される形で話が展開している。

この説話を日本で収載したものに、『十訓抄』（作者不明、一二五二年）、『古今著聞集』（橘成季、一二五四年）、『沙石集』（無住道暁、一二八三年）が挙げられる。最初の『十訓抄』（『新編日本古典文学全集』）六ノ三十一では、前述の主題提示（A）は「憂悦（いうえつ）、ともに深くせざるためし、一証（いちしよう）これあり。（喜びであっても悲しみであっても、激しく表に出したりしないという話の例として、一つの例がここにある。）」と示される。例証（B）の①は「昔、もろこしに北叟といふ翁あり。」と記され、以下②〜⑤が続く。そして、主題確認（C）は「これ、かしこきためしに申し伝へたり。今もよき人は、毎事動きなく、心軽からぬは、この翁が心にかよへるなどぞ見ゆる。（後略）」とあって、人の心の持ちかたの大切さを説く。内容・表現面では、翁が馬貸しで生計を立て、翁の言葉から反語が消え、息子が右肘を骨折するといった小異はあるが、説話としての構造や展開は崩すことなく述べている。次に、『古今著聞集』（『日本古典文学大系』）「唐土北叟が馬の事」では、主題提示（A）はなくなり、例証（B）と主題確認（C）の部分を記す。内容は『十訓抄』を踏襲している。なお、本文の最後に、外来説話を追記した旨の「もろこしのことなれども、いさゝかこれをしるせり。」という一文が書き加えられている。

先の二書に続く『沙石集』（『日本古典文学大系』）「先世房（ぜんぜばう）ノ事」では、主題提示（A）で「世ヲ諂（ヘツラ）ウ事ナク、何事モ先世事トノミ云（いひ）テ、嘆キ悦ブ事ナク」、我が家が焼失しても「コレモ先世ノ事ト云テ、サワガズシテキタリケル」（この世の一切、善悪の因縁を前世のこととして受けとめ、嘆いたり喜んだりする感情を表に出さないでいた）下野国の先世坊のあり方を示す。例証（B）の①でも「漢朝ニ北叟ト云俗アリケリ。事ニフレテ、憂悦事ナシ。」と述べた後、②〜⑤を記す。そして、主題確認（C）の部分では「事ニ触テ、此理リアルベシ。」に続けて、老子の「禍ハ福ノ伏スルトコロ、福ハ禍ノヨル所」（『道徳経』）について述べている。

以上、思想書『淮南子』の「塞翁馬」は、教訓説話集『十訓抄』においてはほぼ忠実に享受されているのに対し、世俗説話集『古今著聞集』では例証（B）と主題確認（C）の部分が採られる。また、仏教説話集『沙石集』では例証（B）のみを採り、庶民を仏道に導き仏法の理解を深める手立てとして活用している。以後、この中国故事は「人間万事塞翁が馬」[4]「塞翁が馬」として日本の中に定着し、国語の教科書を始め、故事成語、ことわざ、慣用句の辞典類に掲載され、日本人の座右の銘ともなっている。そして、青島幸男『人間万事塞翁が丙午』のような直木賞小説を生み、山中伸弥教授の講演タイトルにもなって現在に至る。

三　孫康映雪　車胤聚蛍

蛍の光。これに続けて、といわれたならば「窓の雪」であろう。それから「書よむつき日　かさねつつ」が続く。では、なぜ「蛍の光」といえば「窓の雪」なのか、と問われたならば、これは日本の卒業式などでよく歌われる唱歌の冒頭で、中国の故事「蛍雪の功」に基づくのだと答えることになる。確かに、中国での「蛍雪」についてみると、古くは『文選』巻第三八に「至乃集蛍映雪、編蒲緝柳」とあり、日本でも早くは『懐風藻』（七五一年）

の丹墀真人広成の五言詩の起句に「少無蛍雪志（少くして蛍雪の志無く）」と用いられている。

では、「蛍雪の功」についてはどうか。

『晋書』列伝五十三（六四八年）によれば、晋の車胤は、謙虚な勤勉家で広く書物を読み何事にも通じていたが、家が貧しく燈油がいつでも買えるというわけではなかった。そこで、夏になると練り絹の袋の中に数十匹の蛍を入れ、その光で書物を照らし昼夜の別なく学問をしたという。「蛍の光」は、その「夏月則練嚢盛数十蛍火、以照書、以夜継日焉。（夏月には則ち練嚢に数十の蛍火を盛り、以て書を照らし、夜を以て日に継ぐ。）」に由来する。一方、『蒙求』（『新釈漢文大系』）によれば、晋の孫康は、家が貧しく燈油が買えなかった。そこで、（冬になると）いつも雪明かりで書物を読んだ。「窓の雪」は、その「康家貧無油。常映雪読書。（康、家貧にして油無し。常に雪に映じて書を読む。）」に由来する。この二つの苦学の話は、もとは別々の話として伝わっていたが、『蒙求』（七四六年）で初めて「孫康映雪　車胤聚蛍」の形（孫康映雪と車胤聚蛍の一対）で記されたのである。『蒙求』は、中国故事の童蒙向け入門書として盛唐の李瀚が撰した四字句の韻文（四言句・対偶）である。しかし、日本には韻文ではなく、中国故事の知識を容易に入手できる便利さから平安時代にその古注本、鎌倉時代に補注本が伝わったとみられる。それら『蒙求』注釈本の日本文学における最大の受容作品は、源光行『蒙求和歌』（一二〇四年）である。これは、『蒙求』から抄出した二五〇話を和訳し、その内容を題材として詠んだ和歌一首を添えている。次に、「蛍雪の功」の関係部分を引く。(5)

車胤聚蛍　蛍　晋代大臣也。河東人也。位至大司空。見晋書五十三巻。車胤若リシ時、コノミテ書ヲ誦ニマツシクシテ、油ナカリケレハ、蛍ヲアツメテ、絹ノフクロヲヌイテ、蛍ヲ入テトモシヒトシテ、フミヨミケリ。後ニ司徒ニ至リニケリ。

ヒトマキヲアケモハテヌニアケニケリホタルヲトモス夏ノ夜ノソラ（一巻を開けも果てぬに明けにけり蛍をともす夏の夜の空）〔夏の夜空は短くて、蛍をともして読書に耽っても、一巻を読み終わらないうちに夜が明けてしまうものだ。〕

孫康映雪　雪　〃〃家マツシクシテ油ナカリケレハ映（テラシ）雪（ヲ）書（ヲ）読ニケリ。少（ワカカリシ時）、小人（しやうじん）ニマシハリアソフ事モナク、文ニノミ心ヲノメケル。後ニ御史大夫ニイタリニケリ。

ヨモスカラスタレヲノミソカ、ケツルフミシルニハノユキノトモシヒ（夜もすがら簾をのみぞ掲げつる文見る庭の雪の灯火）〔寒い冬だというのに夜通し簾を上げていた。雪明かりをたよりに文を繙くために。〕

『蒙求和歌』では、二話の排列が『蒙求』の場合と逆転し「車胤聚蛍　孫康映雪」の順になっている。これは四季の部立に従ったのである。次に、文章構成について、『蒙求』「車胤聚蛍」の場合を示すと、「⑴標題、⑵注文=①人物紹介、②若い頃の話柄（説話）、②成人後の経歴」だったものが、『蒙求和歌』では「⑴標題、小部立（歌題）、⑵注文の翻訳=①人物紹介・本話の所在、②若い頃の話柄（説話）、③和歌」と和歌集（の如く）に変更されている。また、文章（文字）をみると、『蒙求和歌』では漢文（漢字）及び和漢混淆文（漢字・片仮名）で表記されている。そこには、中国故事の日本における享受・受容過程の実相を観察することができる。以後、中国故事「蛍雪の功」は、応永年間（一三九四〜一四一八年）頃に成立し明治初期まで広く使用された『庭訓往来』（『新日本古典文学大系』）七月日状に「晩学に候と雖も、蛍雪鑚仰の功」、また『広本節用集』（一四七六年頃）に「蛍雪鑚仰功ケイセツサンキヤウノコウ」とあり、『日葡辞書』（一六〇四年）でも「Qeixetno côuo tçumu」とあることから日本におけるその定着ぶりが窺われる。(6)

さて、本節冒頭の「蛍の光」に戻ろう。これは、『小学唱歌集 初編』（文部省、一八八一年）第二十に「蛍」として発表された楽曲で、作詞は国学者で音楽取調掛の稲垣千頴、曲は「Auld Lang Syne（久しき昔）」を原曲とする。奥山祐二によると、この曲がスコットランド民謡であることを知っていた高校生一年生は四％で、八一％は日本の曲だと思い込んでいたという。(7) そこで、このスコットランド民謡が日本のわらべ歌や童謡と同じ「四七抜き音階（ファとシを除く五音音階）」の曲であることに気付かせる指導を行っている。一方、日本人の稲垣千頴が作詞した歌詞のほうはどうか。冒頭から改めてみていく。

ほたるのひかり　まどのゆき　書よむつき日　かさねつつ　いつしか年も　すぎのとを
あけてぞけさは　わかれゆく

これは、全八句からなる七五調の文語定型詩である。冒頭の二句は対句で、苦労して勉学に励むことを徳目とする中国故事「蛍雪（の功）」を典故とする。「すぎ」は「過ぎ」と「杉」、「あけて」は「開けて」と「明けて」の掛詞になっている。八句目の「わかれゆく」は七句目の係助詞「ぞ」の結びである。

こうしてみると、明治時代の唱歌「蛍の光」は、曲ではスコットランド民謡を採用し、歌詞の冒頭では中国故事を採用していながらも、現在、特に若い世代には「日本の歌」として享受・受容されている。この点で、中国の古典『蒙求』が日本に「帰化した中国古典」（『新釈漢文大系』五八、九五頁）であるとすれば、中国故事「蛍雪の功」は「蛍の光　窓の雪」として日本文化に「帰化した中国故事」であるといえる。

四　おわりに

虞美人草。塞翁が馬。蛍の光。これらの語や故事成語を目にし、耳にしたとき、私たちは何を思い浮かべ、どこまで読み取るか。そこには、現代日本人の知の素養が浮き彫りになる。一知半解ではなく、文字通り「一を聞いて二」を知るならば、それは古典漢文の素養ということになるだろう。さらに、故事成語通り「一を聞いて十を知る」（「聞一以知十」『論語』公冶長第五）ならば、それは漢文の見識ということになる。

いま仮に、次代を担う日本の若い世代がこのような古典漢文の素養を培う機会——例えば、高校での古典漢文の授業——を失うことになったとしたらどうだろう。日本の理知の真髄、日本人の根幹をなす伝統的な言語、文化、思想、精神への打撃は計り知れない。小学校で漢字を習い始め、慣用句・故事成語を学び、中学校で古文や漢文の音読・朗読を通して古典の世界に親しむ。そして、高校で古典漢文を学び日本と中国の文化の関係について理解を深める。このことの意味を噛みしめるとき、古典漢文の素養を培い、後世へと引き継いでいくことの重要性を私たちは再認識する。

後生畏るべし。焉（いづ）くんぞ来者（らいしゃ）の今に如（し）かざるを知らんや。(8)

注

（1）班固の『漢書』巻三十一「陳勝項籍傳第一」（後漢）では「有美人、姓虞氏、常幸従」。

（2）「塞」は「改訂常用漢字表」（内閣告示、二〇一〇年）に追加された漢字。そこには音「サイ（要塞）」「ソク（脳梗塞・閉塞）」、訓「ふさぐ（塞ぐ）」「ふさがる（塞がる）」が示されている。

（3）森野繁夫『漢文の教材研究』第一冊故事成語篇（渓水社、一九八七年）。

（4）『葛原詩話（かつげん）』巻四（六如上人、一八一八年）は、「人間万事塞翁馬ノ句ハ元ノ晦機（カヒ）元熈禅師径山虚谷陵和尚ニ寄スルノ詩ナリ。」と記す。七言詩の尾聯に「人間万事塞翁馬　推枕軒中聴雨眠」とある。

（5）校訂本文及び翻刻は、国立国会図書館本『蒙求和歌』第二夏部第一〇話及び第四冬部第六話に拠る。和歌の現代語訳は、相田満「蛍雪の功」『日本の心 日本の説話』一（大修館書店、一九八七年）に拠った。

（6）陳力衛「蛍雪の功」（『日本語学』二七―三、二〇〇八年）参照。

（7）奥山祐司「移動ド唱法の指導の在り方―《蛍の光》を教材として」（『学校音楽教育研究』一五、二〇一一年）。愛知県内の高校一年生三七二人対象の調査。

（8）「子曰、後生可畏、焉知来者之不如今也。四十五十而無聞焉、斯亦不足畏也已矣。」『論語』「子罕」第九。

Ⅱ　国語教育（小学校・中学校・高等学校）

1　古くて新しい古典教育の問題
――「古典」の位置付けと古典教育に必要な視点――

井上次夫

一　はじめに

平成二九年三月に小学校・中学校の新学習指導要領が告示され、続いて平成三〇年三月に高等学校の新学習指導要領が告示された。この新学習指導要領は、令和時代のこれから約一〇年間にわたって実施される。本稿では、新学習指導要領において「古典」はどのように位置付けられているか、どのような古典教育が求められているか。また、特に高等学校の古典教育が抱えている古くて新しい問題とはどのようなものかについて述べる。そして、これからの古典教育を切り拓くために必要な視点とは何かを示す。

二　新学習指導要領における古典

古典について新学習指導要領をみると、小学校・中学校・高等学校を通じて、「2内容」〔知識及び技能〕における「我が国の言語文化に関する事項」の「伝統的な言語文化」に位置付けられている。[(1)] その中のア系列の指導事項では、小学校低学年で「昔話や神話・伝承などの読み聞かせを聞くなどして、我が国の伝統的な言語文化に親しむこと」、中学年で「易しい文語調の短歌や俳句を音読したり暗唱したりするなどして、言葉の響きやリズムに親しむこと」、高学年で「親しみやすい古文や漢文、近代以降の文語調の文章を音読するなどして、言葉の響きやリズムに親しむこと」を示している。つまり、学年の進行に従って学習対象の幅を広げ、「聞く」ことや「音読・暗唱」などを通して「伝統的な言語文化に親しむ」ことを指導するのである。また、中学校では、第一学年で「音読に必要な文語のきまりや訓読の仕方を知り、古文や漢文を音読し、古典特有のリズムを通して、古典の世界に親しむこと」、第二学年で「作品の特徴を生かして朗読するなどして、古典の世界に親しむこと」、第三学年で「歴史的背景などに注意して古典を読むことを通して、その世界に親しむこと」を示している。中学校では、学年の進行に従って、文語や作品、歴史的背景にも目を向け、「音読・朗読」などを通して「古典の世界に親しむこと」を指導するのである。もう一つの、イ系列の指導事項では、小学校・中学校ともに学年の進行に従って、長く使われてきたことわざや慣用句、故事成語、様々な種類の古典作品などを通して古典に表れた昔の人のものの見方や感じ方、考え方を知ること、古典の一節を引用するなどして使うことを示している。

一方、高等学校国語科において、古典を主教材とするのはともに新設の共通必履修科目「言語文化」（標準二単位）と選択科目「古典探究」（標準四単位）の二科目である。「言語文化」においては、中学校での指導事項を受けて、次の指導事項（〔知識及び技能〕(2)。エ～カは省略）を示している。

ア　我が国の言語文化の特質や我が国の文化と外国の文化との関係について理解すること。

イ　古典の世界に親しむために、作品や文章の歴史的・文化的背景などを理解すること。
ウ　古典の世界に親しむために、古典を読むために必要な文語のきまりや訓読のきまり、古典特有の表現などについて理解すること。

ここで注目すべきは、古典教育の目的がイとウで「古典の世界に親しむ」ことであると明言している点である。この目的は、現行の共通必履修科目「国語総合」（標準四単位）」の「伝統的な言語文化と国語の特質に関する事項」には示されていない。また、「古典B」（標準四単位）の目標「古典としての古文と漢文を読む能力を養うとともに（中略）古典についての理解や関心を深めることによって人生を豊かにする態度を育てる」とも違う。むしろ「古典A」（標準二単位）の目標「古典としての古文と漢文（中略）を読むことによって、我が国の伝統と文化に対する理解を深め、生涯にわたって古典に親しむ態度を育てる」に近い。[2]では、実際のところ、「古典の世界に親しむ」とはどういうことか、どのように捉えればよいか。『高等学校学習指導要領（平成三〇年告示）解説』（東洋館出版、一一八頁。以下、『解説』）は次のように述べている。

古典の世界に親しむとは、古典の世界に対する理解を深めながら、その世界を自らとかけ離れたものと感じることなく、身近で好ましいものと感じて興味・関心を抱くことである。作品や文章に関する歴史的・文化的な情報などを単なる断片的な知識として理解するのではなく、作品や文章に対する影響を与えたものとして理解することを通して、古典の世界のもつ豊穣さや魅力に気付かせることが重要である。

次に、「古典探究」だが、これは「言語文化」を受けて、古典を主体的に読み深めることを通して伝統と文化の基盤としての古典の重要性を理解し、自分と自分を取り巻く社会にとっての古典の意義や価値について探究する資質・能力の育成を重視する科目である（『解説』一九頁）。このため、「古典探究」においては、「言語文化」の指導事項を受けて、次の指導事項（〔知識及び技能〕⑵。ウ・エは省略）を示している。

ア　古典などを読むことを通して、我が国の文化の特質や、我が国の文化と中国など外国の文化との関係について理解を深めること。

イ　古典を読むために必要な文語のきまりや訓読のきまりについて理解を深めること。

これらアとイの文末をみると、「言語文化」のアとウの文末「理解すること」に対し「理解を深めること」としている。しかし、そのウとイの文中にある「古典を読むために必要な文語のきまり」とは、「文語文法のほか歴史的仮名遣いなども含まれる。古文特有のきまりに重点を置いて、仮名遣いや活用の違い、助詞や助動詞などの意味や用法、係り結びや敬語の用法などについて理解を深め、古文を読むことの学習に役立つ」（『解説』二五四頁）といった知識である。よって、その指導に際しては、いずれも断片的な知識の習得を目的とするのではなく、「古典を読むために」必要なものに限定して指導するように留意する必要がある。

三　古典授業における言語活動の重視

現行学習指導要領において、従前の「内容の取り扱い」から「内容⑵」へと格上げされた「言語活動」は、新学習指導要領においても受け継がれ、改めて各学校の創意工夫による授業改善が求められている。

いま、手元にある『言語活動の充実に関する指導事例集』[3]から古典指導に関する指導事例を拾うと、小学校では「神話・伝承などの読み聞かせを聞いたり発表し合ったりする事例（第二学年対象、教材「いなばのしろうさぎ」「やまたのおろち」「海さち山さち」他）」、中学校では「古典の一節を引用するなどして、古典に関する簡単な文章を書く事例（第三学年対象、教材「小倉百人一首」）」、高等学校では「古典（古文）を脚本に書き換える事例（国語総合、教材「大鏡」肝試し）」などがある。いずれも有用なものであるが、各校種における国語教育の現状からは、言語活動の創意工夫が最も活発なのは小学校、次いで中学校の順であり、高等学校は最も低調であると思われる。

この点で、大滝一登氏による次の見解に注目したい。

今回の学習指導要領改訂の主たるターゲットは高等学校であるといわれている。これまで、全国学力・学習状況調査などを通じて改善が進められてきた義務教育の成果が、高等学校に受け継がれず、結果として、社会で生きていく力が十分育まれていないとの問題意識によるものである。[4]

実は、この指摘は、高等学校の古典としての古文の教育（以下、「古典教育」）にも通じる問題である。つまり、小学校、中学校と受け継いで育んできた、古典の音読、朗読、暗唱、歴史的背景などを通じて古典に親しむこと、古人のものの見方、感じ方、考え方に触れ、登場人物や作者の思いを想像することなどが、高校古典教育の段階で途切れてしまうことの常態化が糾弾されているのである。これを現場の国語教員はどう受けとめるだろうか。また、高等学校ではどのようにすれば言語活動を重視した授業へと転換できるのだろうか。

四　高校古典教育におけるジレンマ

高等学校の教員は、学習指導要領が改訂されても、往々にして我関せず、どこ吹く風とばかりに、従来自身が行ってきた、あるいは自身が高等学校または大学で受けた古典の授業を範とする、まさに「古典的」な指導法を続けている現状がある。特に、この傾向が強いと思われる高校古典教育の課題について、中央教育審議会「幼稚園、小学校、中学校、高等学校及び特別支援学校の学習指導要領等の改善及び必要な方策等について（答申）。一二七頁」は、高校生の学習意欲の低さを次のように説明している。

高等学校では、教材への依存度が高く、主体的な言語活動が軽視され、依然として講義調の伝達型授業に偏っている傾向があり、授業改善に取り組む必要がある。また、（中略）古典の学習について、日本人として大切にしてきた言語文化を積極的に享受して社会や自分との関わりの中でそれらを生かしていくという観点が弱く、学習意欲が高まらないことなどが課題として指摘されている。

確かに、高校古典教育では、学習指導要領が示す指導事項を達成するために教材を選択するというよりも、教科書教材が先にあってその教材の内容をどのように指導するかに重点を置く傾向があった。例えば、「古典B」において、「古典を読んで、人間、社会、自然などに対する思想や感情を的確にとらえ、ものの見方、感じ方、考え方を豊かにすること」（2内容・(1)ウ）を指導するために教科書の中から「虚実皮膜（ひにく）の論」（『難波土産』）を選んで教材とするのではなく、教科書に「虚実皮膜の論」が掲載されているからこれを教材としてその内容を指導してきたのである。また、その指導の実際は、多くの場合、予習で本文をノートに写させて古語調べ、現代語訳を課し、授業では本文の音読、逐語的に現代語訳させながら古語確認、文法説明、そして残った時間で内容について説明して考えさせる。いわゆる訓詁注釈（中国古典の文字や章句の意味を解釈する訓詁学の方法）、または文法翻訳法（外国語の対訳による教授法）に基づく授業である。

この指導法は、多人数の学習者相手に短時間で語彙、文法の力を付けられ、対訳することで現代語と古典語の違いが分かりやすく、正確な読解力を養成できる点が長所である。その反面、知識伝授、読解中心の精読であるため教員主導の授業となり、学習者は講義を聞いてノートを取り、教員から質問があればそれに答える受動的な学習に陥りやすい点が短所である。古典学習の場合、古語調べとその暗記、文法学習とその暗記、古文の現代語訳とその暗記などは高校生にとって相当の負担となり苦痛に感じられる。また、座学のため退屈しやすく、現代語訳ができた時点で古典学習も終わってしまいがちである。加えて、そもそも大学受験という目的以外に古典学習の目的や意義がなかなか見出せず、実感もできないといった問題点が挙げられる。

このような旧態依然とした古典教育の状況下で、高校生の多くが古典学習への意欲を持てないまま、古典の授業をやり過ごしていると言えば言い過ぎだろうか。実は、この高校古典教育が直面している古典離れの苦境は、昨今の新しい問題ではなく、従来から繰り返し指摘されてきた古くて新しい問題である。この問題に対し、心ある意欲的な教員は、新学習指導要領を俟つまでもなく、その状況を打破すべくこれまでさまざまな工夫、試みを積み重ねている。なぜ高等学校で古典を学ぶのか、どうすれば意欲的な古典学習を実現させることができるか。

それらの問いを胸に古典の授業改善に臨みながらも、限られた授業時間数、大学入試への対応、専門研究に基づく教材研究[5]を行う余裕のなさ、高校生の必ずしも芳しくはない学習実態や学習意欲の低下といった現実の壁の前に立ちすくむ状況が続く。そこには、国語教員ならば誰しもが求める本来の古典の授業像と現に直面している日々の古典授業の実態とのジレンマがある。

五　おわりに

今般、告示された小学校・中学校、高等学校の新学習指導要領は、「古典」を引き続き、我が国の伝統的な言語文化として位置付けている。そして、「古典の世界に親しむこと」を主目的としている。その目的を達成するための指導上の手立てとして音読や朗読、暗唱を重視するとともに、古典を読むために必要な文語のきまり、古典作品、歴史的・文化的背景などについて理解するように指導することを求めている。しかし、高校古典教育においては、小学校・中学校の状況とは異なり、これまで教員主導による訓詁注釈的な読解と暗記を中心とする指導、それが一因の古典学習への意欲の低下、さらに古典嫌い、古典離れなどの弊害が悪循環しながら今も脈々と受け継がれ、その苦境から高校生も教員も脱却できない状況が続いている。

そのような中、新しい古典教育を切り拓くためには、まずは「古典の世界に親しむこと」を達成するとともに、「我が国の文化と（中略）外国の文化との関係について理解すること[6]」の達成が必要である。その方策として、新古典教育がこれまで培ってきた質の高い教材研究と優れた授業実践の掘り起こしが一つの鍵となる。同時に、新学習指導要領が唱える「主体的・対話的で深い学び」の視点から、改めて小学校・中学校、高等学校を通じた言語活動の工夫と実践例を共有すること、そして、特に高校古典教育においては指導観の変革及び現代高校生の実態を踏まえた新たな学習指導法の開発と試みが重要な鍵を握っている。

注

(1)文部科学省『高等学校学習指導要領(平成三〇年告示)解説』国語編の付録「教科の目標、各科目の目標及び内容の系統表(高等学校国語科)」(東洋館出版社、二〇一八年)。

(2)「古典A」は言語文化の理解を中心的なねらいとし、「古典B」は読む能力を育成することを中心的なねらいとしている。現行高等学校学習指導要領の『解説』。一四頁。

(3)文部科学省『言語活動の充実に関する指導事例集~思考力、判断力、表現力の育成に向けて~』【小学校版】(教育出版、二〇一一年)。同じく【中学校版】(同、二〇一二年)、【高等学校版】(同、二〇一四年)。

(4)大滝一登『高校国語 新学習指導要領をふまえた授業づくり 理論編』(明治書院、二〇一八年)。一八頁。

(5)例えば、井上次夫「『伊勢物語』二十三段の教材研究(一)―本文の注釈と論点の分析―」(『高知県立大学研究紀要 文化学部編』六九、二〇二〇年)。

(6)「言語文化」及び「古典探求」の指導事項〔知識及び技能〕(2)ア。

2 昔話教材を使った古文入門教育／指導法へ
――小中接続を意識した「主体的・対話的で深い学び」のための教材n度読みの試み――

高木史人

一　あなたの知っている「昔話」を教えてください

「あなたの知っている「昔話」の題名を教えてください（できれば、登場人物や粗筋も）」という質問を、「昔話」研究に触れていない大学生にすることがある。そのときの学生の答えとよく似ているのが、小学校一年生用の教科用図書（以下、教科書）教材（学習材）[1]「むかしばなしがいっぱい」（『こくご　一下　ともだち』二〇一四年検定済、光村図書、四〇〜四五ページ）である。この教材は、四一〜四四ページが折込の形になっており、四一〜四二ページには日本の複数の昔話の登場人物と場面が描かれ、文字は一切ない（四三〜四四ページは外国の昔話）。教師用指導書の「学習材の分析」（『小学校国語学習指導書1下　ともだち』光村図書、二〇一五年刊）によると、その「日本の昔話」の絵には、

①雪女　②かさこ地蔵　③うり子姫　④さるかに合戦　⑤力太郎　⑥舌切り雀　⑦ねずみの相撲　⑧わらしべ長者　⑨花さかじいさん　⑩かちかち山　⑪三年寝太郎　⑫ぶんぶく茶釜　⑬聞き耳ずきん　⑭桃太郎

⑮金太郎　⑯鶴の恩返し　⑰浦島太郎　⑱かぐや姫　⑲天狗の隠れみのの一九話が描かれているという。現在の日本の大学生の平均的な答えもこれに酷似している。したがってこれらの昔話の選択は適切だと考えられるかも知れない。しかし、この教材に初めて接したとき、これは大変な誤りを小学校一年生に教え込んでいると感じた。

二　日本の「昔話」研究の一ページめ

昔話研究史を見ると、一九世紀ドイツのグリム兄弟に匹敵する研究として、二〇世紀日本の柳田國男の研究成果が挙げられる。ここでは、以下、柳田國男の昔話研究を中心に見ていく。柳田國男が「昔話」について詳しく説いた最初の文章は「昔話解説」（『日本文学講座』第一六巻、新潮社刊、一九二八年）である。柳田は、「昔話」は子どものための「童話」ではなかったと主張している。柳田は、日本の「昔話」は大人の尊重する「神話」だったものが変化したと仮説を立てた。

古代ゲルマン法学者、古代ゲルマン言語学者であったグリム兄弟も、メルヒェンは古代ゲルマン神話の崩れた形であり、伝えられているメルヒェンを集めて繋いでいけば、古代ゲルマン神話が復元できると考えたが、柳田の考えはグリム兄弟から大きなヒントを与えられていた。

強く信仰され、荘重な語り口を有していた「神話」が、やがて信じられている部分が「伝説」として残り、語り口が「昔話」として残り分化していったと柳田は見、昔話と伝説とを次のように定義した。

▽ 伝説と昔話との差別は、私には是ほど明々白々なものは無いとまで感じられる。詳しく説明すれば切りは無いが、眼目はたつた三つ、（イ）一方は是を信ずる者があり、他方には一人も無いこと、（ロ）片方は必ず一つの村里に定着して居るに対して、こちらは如何なる場合にも「昔々或処に」であること、（ハ）次には昔話には定型句があり文句があつて、それを変へると間違ひであるに反して、伝説にはきまつた様式が無く、告げたい人の都合で長くも短かくもなし得るといふこと、是だけは先づ認められたものとして私の話を進める。（「昔話覚書」『昔話研究』第二巻第四号、三元社刊、一九三五年）

三　付け焼き刃の昔話教材が生まれる背景

柳田國男の昔話と伝説とについての定義に即して、先程紹介した教科書教材「むかしばなしがいっぱい」に示された個々の昔話を検討すると、全一九話のうち、少なくとも、

①雪女（世間話的、ラフカディオ・ハーン）⑫ぶんぶく茶釜（伝説的）⑮金太郎（伝説）⑰浦島太郎（伝説的）⑱かぐや姫（物語文学）

には注意が必要であろう。簡単にいうと昔話と伝説（あるいは世間話）との区別がつけられていない、伝承と創作との区別がつけられていない。(2)

これは光村図書の教科書だけに問題があるのではない。現在、小学校国語科教科書は五社から刊行されているが、どこも昔話研究者が責任を持って編集に携わっていない。しかも、近年、国語科教科書に昔話教材が掲載さ

れる傾向が強まっている。それは、第一次安倍晋三内閣の下、二〇〇六（平成一八）年改正の教育基本法第二条「教育の目標」の五に「伝統と文化を尊重し、それらをはぐくんできた我が国と郷土を愛するとともに、他国を尊重し、国際社会の平和と発展に寄与する態度を養うこと。」の文言が加わったことに起因する。二〇〇八年告示の小学校学習指導要領（以下、要領）の国語科では、新たに〔伝統的な言語文化と国語の特質に関する事項〕が立項され、そのアに「伝統的な言語文化に関する事項」が立てられた（なお、二〇一七年告示『要領』の国語科においては、この項目は〔知識及び技能〕の「(3) わが国の言語文化に関する事項」の中に「伝統的な言語文化」として含ませられることになった）。そして小学校の第一学年及び第二学年において、「(ア) 昔話や神話・伝承などの本や文章の読み聞かせを聞いたり、発表し合ったりすること。」が示された（二〇一七年『要領』においては、「ア 昔話や神話・伝承などの読み聞かせを聞くなどして、わが国の言語文化に親しむこと。／イ 長く親しまれている言葉遊びを通して、言葉の豊かさに気付くこと。」となった）。要領が変わると、教科書も変わる。小学校国語科教育と昔話との接点が「伝統」という語を鍵として「制度」的に生じた。しかし、その結果は上記に見たようにかなり付け焼き刃に見える。(3)

四 小学校卒業とともに「昔話」からも卒業する／できるか？

さて二〇一七年告示の小中の要領で改訂の基本に据えられたのは、「主体的・対話的で深い学び」であった。じつは、昔話教材等は「主体的・対話的で深い学び」を実践するのに、またとない教材となると考える。特に中学校の生徒が古典・古文に接し始める時期に、改めてかつて小学校の国語科で学習した昔話教材を読み直すのは意味があると考える。ここではそれを「昔話教材のn度読み」と名づけておく[4]。

もちろん昔話教材は中学校の国語科正規の教材ではない。しかし、昔話教材は、いま見たように口承文芸そのものではなく、要領に「読み聞かせ」という語で示された、文字で書かれた口承文芸の、、、、ようなものであった。

それならば、この昔話教材を古典（古文）導入に活用し、口承文芸研究の知見を導入して読み直し、生徒が一人一人主体的に調べていき、学級等で互いに意見を対話的に交わし合い、他者から教わる知識（他から与えられる情報）から自己の知恵（他者からの知識に拠りつつ、充分に咀嚼し鍛え上げられた自己の思想）として深めていけるのではないか。n度読みとは、文字によって記述された文章を何度も読むときに、いつも我々が体験している読み方である。口伝えの昔話は、一回語られるとその言葉（音声言語）は空に放たれ、二度と復元することはできない。一方、文字言語は同じ文字列をいくたびとなく読み返すことができる。だがそれは同じ読みを繰り返すだけではない。一回目の読みと二回目の読みとには違いが生じる。読みを繰り返すことにより読みが改まる。このn度読みによる読み深めを、中学校第一学年の古典（古文）入門時期に昔話教材で行うことを提案したい。

中学校の国語科教科書は二〇一五年文部科学省検定済のものが、学校図書、教育出版、三省堂、東京書籍、光村図書の五社から刊行されている。第一学年の古典（古文）入門では、全ての教科書で『竹取物語』が使われている。そうして、その導入期にはしばしば小学校で学んだ昔話が引き合いに出されている。

たとえば『中学校国語1』（学校図書）では、「姫の物語？　翁の物語？──竹取物語」という題名で、解説の中に物語本文が挿入されている。絵本の写真を示しながら、「えっ、『かぐや姫』じゃないの?」/「そうです。私たちが絵本で親しんできた『かぐや姫』は『竹取物語』のことです。」と解説されている。これを深読みするならば、たとえば光村図書版小学校国語科教科書で昔話教材を学んできた生徒ならば、「えっ、昔話じゃなくて古文なの?」ともなるだろう。そこで、中学校一年生に小学校第一学年の昔話教材を改めて示すことにより、「ジャンル」とは何だろう、どうして「物語文学」が小学校の国語科教材では「昔話」とされていたのだろうと自らが主体的に調べていくきっかけができる。

『現代の国語1』(三省堂)では、『竹取物語』の教材終わりの解説に「作者はわからないが、民間に伝えられていた伝説をもとに平安時代の初め頃に作られたと考えられている。」と「伝説」という言葉で解説されている。これは『国語1』(光村図書)に酷似していて「民間に語り継がれていた伝説をもとに、平安時代の初めごろに作られたと考えられるが、作者はわからない。」と説いている。光村図書版では、写真に『竹取物語』に関連する絵巻物、絵本、切手、映画も掲載されているが、その中の切手には「「昔話シリーズ第四集　かぐや姫」(森田曠平　絵・一九七四年)」とクレジットされていた。つまり「伝説」「昔話」という言葉が両方出てきている。そうすると、「伝説」「昔話」そうして「物語文学」とはどのような関係があるのか、「むかしばなしがいっぱい」に立ち返って確認する作業をすることにより、口承文芸から書かれた文学に加工される伝統文化へという道程への興味を深めることができるだろう。(5)

五　昔話教材から実社会をかいま見る

あるいは昔話教材を、国語科だけでなく、たとえば「総合的な学習の時間」の教材として扱えよう。「総合的な学習の時間」は、二〇一七年告示『中学校学習指導要領』では「探求的な見方・考え方を働かせ、横断的・総合的な学習を行うことを通して、よりよく課題を解決し、自己の生き方を考えていくための資質・能力を次のとおり育成することを目指す。」として、具体的な三項目を掲げている。その二項目に「実社会や実生活の中から問いを見いだし、自分で課題を立て、情報を集め、整理・分析して、まとめ・表現することができるようにする。」としている。「総合的な学習の時間」は各学校において目標及び内容を設定するように求めているが、郷土をよりよく知り、学習成果を表現していく過程の中で、昔話教材が相対化されていくのは充分に意義あることだろう。

昔話教材には必ず作者（実は再話者）がいるけれども、郷土資料の口承文芸（口承資料）には庶民の語り手は出てくるが作者はいない。(6) また、昔話教材と同じ昔話であっても、細かく比較すると語り口が異なる。これらのさまざまな気づきを経て、小学校の昔話教材が「編集」されていることを認識し、自己の今まで学習してきた内容の質について自覚することは、これまでの自己形成過程を反省し、これからの自己形成のあり方を追究する上で意義がある。

柳田國男は子どもが賢くなることを願って、子ども向けの本を何冊も著しているが、その一冊に『日本昔話集

(上)』(アルス刊、一九三〇年)がある。その「はしがき」にはここに説いたことと通底する主張がある。その最後の一文は「どうしてこんなに違つて来たか皆さんは大きくなつてから、もう一度考へて御覧なさい。」と結ばれていた。

注

(1)教材を「教える」意味が強いとして「学習材」という語を用いる場合があるが、民間伝承研究者の柳田國男は「学ぶ」の語源は「真似ぶ」だと説いているし、「習う」は「倣う」、つまり模倣を意味しよう。そう考えると、「学習」を用いることが子ども主体の教育観を表すとは俄かに信じられないので、私は「教材」の語をそのまま用いる。

(2)シンポジウム「現在の学校教育における「伝統文化」教育の位相を問う―教科書教材・授業実践の事例などを通して」(日本口承文芸学会第71回研究例会、二〇一六年一二月)。にて討議。パネリスト及びコメンテーター、高木史人、立石展大、久保華誉、伊藤利明、矢野敬一、蔦尾和宏、生野金三。

(3)伝統には正の価値観を含んでいるが、その伝わっていることが正か負かは、時代や社会によって異なるはずだ。柳田國男は「伝統」を安易に用いることに懐疑的だった。私は、伝統(正)、因襲(負)共に価値観を含み持つ言葉であるが、伝承は価値観から自由になろうとした言葉だったのではないかと考える。なお、稲村務は伝統(正)、伝承(負)と、それぞれ現在の世界的な研究状況から tradition / folklore の対比から準えて説いている(稲村務「伝承/伝統的知識」概念構築のために―民俗、フォークロア、常民―」『人間科学』第三六号、琉球大学刊、二〇一七年)。

（4）三谷邦明の「二回目の読み」「二度読み」等。三谷『物語文学の方法』Ⅰ・Ⅱ（有精堂刊、一九八九年）。

（5）昔話教材全般を扱うことも視野に入れられよう。たとえば、一年の昔話教材「まのいいりょうし」は、昔話でなく世間話の範疇に入る話の再話であり、主人公の百一は本名が明治初頭に生まれ一九五〇年ごろに亡くなった熊谷喜代次という実在の人物にまつわる世間話だった（高木史人「小学校国語・昔話教材の指導法へ　覚書―光村図書版『こくご　一上』所収「おむすび　ころりん」、同『こくご　一下』所収「まの　いい　りょうし」を素材にして―」『名古屋経済大学人文科学論集』第九二号、二〇一三年）。あるいは、三年の昔話教材の韓国の昔話とされる「三年とうげ」（李錦玉作）は、かつて日本にあった三年坂の伝説が朝鮮総督府の日本語教育教材として用いられ、それが再話（加工）されて日本に韓国の昔話として逆輸入されたという（黒川麻実「日韓教科書教材に関する比較研究―民話「三年峠」に着目して―」『広島大学大学院教育学研究科紀要』第一部、学習開発関連領域』第六四号、二〇一五年）。また、五年の昔話教材「スーホの白い馬」はモンゴルの口承文芸そのままではなく中国語に翻訳された文学作品からの再話であり、そこには中国共産党のプロパガンダの要素が色濃く反映されているという（ミンガド・ボラグ『「スーホの白い馬」の真実　モンゴル・中国・日本それぞれの姿』（風響社刊、二〇一六年）。これらの昔話教材についての知見を活用する方策を検討していく必要があろう。なお、このうち黒川、高木の論文はウェブ上に公開されている。授業におけるインターネットの活用も重要な問題となろう。

（6）ただし、ここにいう「口承資料」は、口伝えの昔話、直接に人々から採集した資料をなるべく忠実に記録した話（採話という）を原則として指す。柳田國男『日本昔話名彙』、関敬吾『日本昔話大成』、稲田浩二『日本昔話通観』などに収録されている昔話等が目安となろう。逆に、未來社刊『日本の民話』シリーズや日本標準刊『読みがたり　都道府県のむかし話』シリーズ等は、文飾を加えて作り変えられた話（再話という）や、神話・

昔話・伝説・世間話の区別がついていないものもしばしば見受けられ、昔話研究の立場から見ると扱いの難しい資料群である。こと口承資料に関してロングセラーやベストセラーがよいとは限らない。資料の選択には慎重でありたい。

3 古典の新しい指導法
――『更級日記』「門出」を教材として

山下太郎

はじめに

二〇二二年度より高等学校の新学習指導要領が学年進行の形で実施される。国語編では、二〇二一年度まで実施の指導要領の「国語総合（必修）」は「現代の国語（必修）」と「言語文化（必修）」とに二分された。また、「古典B（選択）」は「古典探究（選択）」に替わった。すなわち、国語の古典分野（古文・漢文）は、「言語文化」と「古典探究」が担うこととなった。

新指導要領では、「主体的・対話的で深い学び」の視点の必要性が説かれ、国語編においても、「言語文化」の「読むことの言語活動例」の項では、「論述・発表」「批評・討論」などが繰り返し求められている。また、「古典探究」の同じ項においても、「発表」「創作」「作文」「朗読」などの語が目立つ。読むことを、インプットとしての内容理解で終えるのではなく、「朗読」「発表」「討論」「批評」「論述」「創作」などのアウトプットの準備段階として位置づけているといえるだろう。

そこで、本稿では、『更級日記』の始発部「門出」の叙述を取り上げて、「主体的・対話的で深い学び」に繋がる、読みの指導法を考えていきたい。

一　教材本文の提示と解説

まず、指導する教材の本文を提示する。なお、その際に、難読語の読みを歴史的仮名遣いで本文中に（　）で示し、内容理解の補助として、必要だと思われる箇所の現代語訳を、本文の右に付記した。また、注目すべき語句を□で囲い、番号を付して後に解説することとした。文法事項については、煩雑をさけて解説において、一部触れるのみにとどめたが、重要性はいうまでもない。

あづま路の道のはてよりもなほ奥つ方に生ひ出でたる人（成長した人）、［解説①］

いかばかりかは（どれほどかは（田舎じみて）みすぼらしかっただろうが）あやしかり**けむ**を、いかに思ひ始め**ける**ことにか（どのようにそう思い始めたことなのか）、

世の中に物語といふもののあんなるを（あるそうなのを）、いかで見ばや（なんとかして見てみたい）、と思ひつつ、［解説②］

つれづれなる昼間（ひるま）、宵居（よひゐ）（特に用事のない昼間や夜のくつろいだ時間）などに、姉・継母などやうの人々の、

その物語、かの物語、光源氏のあるやうなど、ところどころ語る（語るのを聞くと）を聞くに、

〔解説③〕

いとどゆかしさまされど（心ひかれて知りたい思いがつのるけれど）、わが思ふままに（私の思うとおりに）、

そらにいかでかおぼえ語らむ（どのようにして覚えて語ることができるだろうか、いやできはしない）、

〔解説④〕

いみじく心もとなきままに（とてもじれったく思う気持ちのままに）、等身に薬師仏（やくしぼとけ）をつくりて、

〔解説⑤〕

手、洗ひなどして、人間（ひとま）にみそかに入りつつ（人のいない隙にひそかに（仏間に）入っては）、

「京にとくあげ給ひて（（私を）はやくお上げになって）、物語の多くさぶらふなる（多くあるそうな物語を）、あるかぎり見せ給へ。」と、

身をすてて額（ぬか）をつき（床に額をついて）祈り申すほどに、十三になる年、上（のぼ）らむとて、

九月三日、門出して、いまたちといふ所に移る。

〔解説⑥〕

年ごろ遊びなれつる所を、あらはにこぼち散らして（あらわに見えるほどにとり散らかして）、たち騒ぎて、

［解説⑦］

日の入りぎはのいとすごく霧りわたりたるに、車に乗るとて、

（日の入り間近のとてもすごい感じで霧がたちこめている時に）

［解説⑧］

うち見やりたれば、人間（ひとま）には参りつつ、

（(家の中を)見やったところ／人のいない時にはいつもお参りをしては）

額（ぬか）をつきし薬師仏の立ち給へるを、見すて奉る、

（床に額をついてお祈りをした薬師仏がお立ちになっているのを、お見捨てもうしあげることが）

［解説⑨］

悲しくて、人知れずうち泣かれぬ。

（人にわからないようにしてはいたが、自然と泣けてきてしまった）

現代語訳は、できるだけ意訳をさけて原文に即した。原文をそのまま理解できれば、それにこしたことはない。しかし、高校生にはじめからそれを求めるのは、無理がある。そこで、単元の授業の開始時、あるいは終了時に、教材全体の現代語訳をプリント等で配布し、内容の確認もしくは再確認をするのも一つの方法であろう。ただ、現代語訳だけで内容が理解できるわけではない。古文に描かれる世界と現代とは、共通するところもあるが、異なる点が多いのは当然である。現代語訳を読んでなお、よく解らないのはむしろ普通である。配布する際には、予習あるいは復習をかねて、簡単な解説とともに指導者がいっしょに読むほうがよいだろう。

以下、□で囲んだ部分について順に解説していく。

［解説①］

『更級日記』の冒頭部分である。作者（書き手）である菅原孝標女は、京で生まれ少女時代の十歳から十三歳までを、上総介（かずのすけ）であった孝標の任地の上総国（現・千葉県南部）で過ごした。「あづま路の道のはて」は、古代の東海道の東端に位置づけられる常陸国（現・茨城県）を指す。『古今和歌六帖』の紀友則歌「あづま路の道のはてなる常陸帯のかごとばかりもあひ見てしがな」が引用されている。ただ、上総国は常陸国の「奥つ方」とはいえない。なぜ孝標女は、事実と異なる書き方をあえてしたのか。

孝標女は、本作の随所で『源氏物語』の最後のヒロイン浮舟への憧れを語る。浮舟は、光源氏の異母弟の宇治八宮と女房中将の君との間にできた八宮の三女だが、父の認知はなかった。母中将の君は、その後、京で生まれた浮舟を連れて陸奥守の後妻となった。継父は後に常陸守となり、浮舟は「あづま路の道のはてよりもなお奥つ方」の陸奥国（現在の福島県、宮城県、岩手県、青森県など）と東海道の東端の常陸国で成長したことになる。孝標女は、自分を浮舟と同じ生い立ちの女性として、叙述の中で設定したのである。浮舟のようでありたかったからであろう。帰京ののち、孝標女は『源氏物語』全巻を入手して昼夜に耽読しては、「さかりにならば、〈中略〉光の源氏の夕顔、宇治の大将の浮舟の女君のやうにこそあらめ」と思うのである。夕顔も浮舟も、そして、孝標女も中の品の女である。

「生ひ出でたる人」は、日記を書く現在から、かつての自分を回想して、三人称的に対象化する表現である。

『蜻蛉日記』の始発部にも「かくありし時過ぎて、〈中略〉とにもかくにもつかで世に経る人ありけり」とある。

［解説②］

孝標女のいる上総国で、写本の形で流通する物語の書物を手にいれることは困難である。物語は、その存在を人づてに聞くばかりである。「あんなる」の「なる」は伝聞・推定の助動詞「なり」の連体形。

［解説③④］

物語は、書物として流通する以外にそらに語り伝えられていた。孝標女の姉や継母は、様々な物語を暗記して語ったのである。その中に「光の源氏のありやう」を描いた物語、すなわち『源氏物語』もあった。しかし、そのすべてを覚えて語ることはさすがに難しい。姉や継母は、物語をすべて知りたいという孝標女の娘の渇望を呼び起こしたが、それに応えることは不可能だった。

［解説⑤］

薬師仏は、人々を病苦から救う仏であり、広くこの世の願いを叶える現世利益の仏でもある。孝標女の願いは、「早く上京して物語を見たい」というものだった。ところで、この「等身に」造られた仏は、具体的にはどのようなものだったのだろうか。また、実際に造ったのは誰か。

「等身に」は、同じ背丈に、の意味である。孝標女のために造られた仏だとすれば、孝標女の身長と同じ背丈だったということだろう。木像だとすると、十三歳（満十二歳頃）の少女が自分の手でそれを造るのは、おそらく困難だろう。とすれば、例えば、父孝標が娘の無事の成長を願って、仏師などに造らせたものとするのが妥当なところだろう。ただし、木像ではなく画像であった、とする意見もある。であれば、描いたのが孝標女であっても不自然とは必ずしもいえない。ただ、車に乗る場所から屋内を見やるのであれば、画像は、不適切かも知れない。

ところで、『更級日記』の終結部に、天喜三年（一〇五五）十月十三日の夜に、阿弥陀仏来迎の夢を見た、とする記事がある。阿弥陀仏は、現世ではなく来世で人々を救う仏である。『更級日記』は、物語のような人生という現世の夢から阿弥陀仏による来世での救済という夢で終わっている。

［解説⑥］

「門出」は、長途の旅への出立に先駆けて、まず仮の出立をすること、最初の出立場所から場所を替えることをいう。孝標女は、父である上総介菅原孝標の居宅を出て、「いまたち」（地名）に移った。『土左日記』においても、前国司の一行は、帰京の船旅を前にまず「門出」をする。孝標女の旅は、陸路と海路の違いはあるが、国司一行の帰京の旅という点で、『土左日記』の旅と共通する。途上、土地にまつわる物語を想起する点でも似るところがある。『土左日記』では、阿部仲麻呂の物語であり、『伊勢物語』である。また、『更級日記』では、竹芝伝説や富士川伝説などである。

［解説⑦］

門出に際して、上総介の居宅は、ごった返している。まず主人一家が出立をし、家来の何人かが残って、後片付けをするのである。そのため、居宅の内部があらわになっている。孝標女たち先行組は、下総国の「いかだ」

（地名）で、「国に立ちおくれたる人々」を待つことをしている。

［解説⑧］

日没近く、霧の立ちこめる中、孝標女は牛車に乗ろうとしている。どこから乗ったのか、が問題である。『蜻蛉日記』（下巻・天禄三年二月）に、道綱母宅の簀の子から直接牛車に乗り込む兼家の行動が描かれる（補足三の掲出書参照）。『紫式部日記』の十一月十七日の記事では、一条院内裏へ還御する彰子に従う女房たちは、廂から簀の子を通って直接に乗り込むようである。とすれば、孝標女も簀の子から牛車に乗ったと考えられる。屋内の薬師仏を見たのは、牛車に乗る時であった。いわば、建物のいちばん外側から内部を見たのである。であれば、等身の薬師仏は木像ではなく画像であっても支障はないことになる。

［解説⑨］

読むことの指導において、文法事項の重要性はいうまでもない。ここでは、「額をつきし薬師仏」と、いわゆる直接体験の過去の助動詞「き」が使用される。なぜ「けり」ではないのか。

［解説①］に取り上げた「生ひ出でたる人」に続く部分では、日記を書く現在すなわち作品世界の外部から、孝標女の少女時代が、過去推量の助動詞「けむ」および間接体験の過去の助動詞「けり」によって、遠い過去の出来事として叙述される。が、その後は、「けむ」も「けり」も現出していない。回想する書き手の意識が少女時代に進入して、現在のこととして叙述されるのである。「額をつきし」は、作品世界の内部から同じ世界の出来事をふり返る表現である。そこで、助動詞「き」が使用されている。

おわりに

作品を読むことは、作品作者との主体的な対話によって拓かれる、極めて能動的な行為である。作者は作品の作り手であるが、読者に読まれなくては作品は完成しない。いわば、読者は、作品を最終的に完成させる主体である。作者が音楽の作曲者だとすれば、作品本文の表現は楽譜にあたる。それを理解し解釈して演奏するのが、読者なのである。

『更級日記』に限らず、古文作品は正直わかりにくい。その最大の原因は、作品成立当時の読者にとって当たり前でわかりきったことは書かない、という創作態度である。遙かな時間を隔てた現代に生きる我々は、その距離を言語知識と歴史資料を参考に、想像力を全開して超えていく必要がある。それは、簡単ではないが、おもしろい。そのおもしろさを、現代の高校生にも感じてほしい。鍵は、作者との対話である。「なぜこう書いたのか」と問いかけることである。答えは、かならず表現のなかに潜んでいる。

作者と対話しつつ読み進めることは、それ自体が「主体的・対話的な学び」であり、発表・討論・創作などのアウトプットためにも欠くことのできない学びである。

［補足］

一、本文は、犬養廉校注・訳『新編日本古典文学全集二六更級日記』（小学館、一九九四年九月）によったが、表記等私意により改めたところがある。引用他作品の本文も、『新編全集』によった。

二、『更級日記』の注釈書の比較的手に入りやすいものをあげる。参照されたい。

川村裕子編『ビギナーズクラシック　更級日記』（角川ソフィア文庫、二〇〇七年四月）。

原岡文子の角川ソフィア文庫版をもとに本文を抄出し、現代語訳・原文・寸評を付す。参考図書・略年表・系図などの付録も簡潔にして要を得ている。高校生にもお薦めの入門書である。

関根慶子『新版更級日記　全訳注』（講談社学術文庫、二〇一五年十二月）。

一九七七年版の新版。内容は同じ。本文に現代語訳・語釈・参考を付す。参考は、日記を書く孝標女の心の襞に立ち入って興味深い。解説は、作者と作品の同時代的な拡がりに触れる。

原岡文子訳注『更級日記　現代語訳付き』（角川ソフィア文庫、二〇〇三年十二月）。

文庫版の全注釈。注釈は充実し現代語訳も読みやすく、全文を読みとおすには至便である。解説は、「女」が「読む」行為の意味について論じ、学ぶところが多い。

福家俊幸著『更級日記全注釈　全一冊』（角川書店、二〇一五年二月）。

『更級日記』研究の蓄積をふまえて、丁寧な口訳・語釈・解説を施す。現時点での研究の到達点を知ることが出来る。高校生には専門的すぎるが、指導法を検討する上で極めて有益である。

三、京樂真帆子『牛車で行こう！　平安貴族と乗り物文化』（吉川弘文館、二〇一七年七月）は、牛車の機能と社会的位置づけを資料に基づいて論じている。興味の尽きない好著である。

4 『伊勢物語』「筒井筒」の学習指導法
――我が事として理解し、表現させる――

井上次夫

一　はじめに

高等学校国語科（以下、高校国語）の共通必履修科目「国語総合」における古典（古文）の定番教材の一つに『伊勢物語』二三段がある。いわゆる筒井筒章段（以下、「筒井筒」）である。物語は、幼なじみの男女による初恋とその成就から始まる（第一段落）。その後、経済生活の危機が招く夫婦の危機、それに対する夫と妻、双方の思いと行動が描かれ、夫の身を案じる妻の独詠でクライマックスを迎える（第二段落）。最後に、後日談が語られる（第三段落）。学習者である現代の高校生は、「筒井筒」の授業を通して、何をどのように学んできたか。一方、指導者である高等学校国語科教員（以下、教師）は「筒井筒」を通して、何をどのように指導してきたか。

本稿では、「筒井筒」の授業改善に向けて行われてきた近年の学習指導の具体例を分析し、それらに共通する視点を指摘するとともに、新たな視点による言語活動を含む授業実践例を示し、新学習指導要領に向けた高校国語における古典の学習指導法の在り方について述べる。

二　古典を現代に引き寄せて理解する

本節では、近年の「筒井筒」を扱った授業実践及び授業案のうち、今後の古典教育を切り拓くうえで注目される学習指導法を取り上げ、三つに分類して分析する。

第一は、「筒井筒」の登場人物に同化して文章を書く活動を取り入れた学習指導法である。思春期の高校生は、物語の冒頭に登場する幼なじみの男女の初恋に感情移入し、その恋の成就を我が事のように喜び、幸せな気分を味わう。そして、その後、二人に夫婦関係の危機が訪れた際には、未知の世界ながらも想像力を働かせて、夫、または妻に同化して読み進めていく。そこで、その読解過程に焦点を当てて授業を組み立て、文章を書く指導に結び付けることができる。山岡万里子氏は、「物語の登場人物の立場に立って書き、書いたものを交流することによって、本文をもとに想像力を働かせてイメージ豊かに古典を読む姿勢を養うとともに、古典を学ぶ意義を実践させたい」という思いから、現代の高校生が、「筒井筒」の男、女、高安の女のいずれかの立場に立ち、物語の回想文を自身の言葉で書くという授業を実践し成果を挙げている。(1) この「書くこと」の活動を取り入れた指導法では、本文の読解活動が表現活動へと連動して展開している。高校生は古典の登場人物に仮託し、自身の読みを自身の言葉で表現し、内容理解を深めて学習に達成感を覚えているのである。

第二は、「筒井筒」に関する絵画資料を活用した読解指導法である。古典の文字ではなく、絵画を使用することで、物語の内容を理解しやすくしたり（理解補助）、内容を確認したり（内容確認）、内容の理解を深化させたり（内容比較・内容吟味）することができる。[2] これは『伊勢物語』初段「初冠」の例になるが、窪田裕樹氏は、「春日の里」「陸奥のしのぶもぢずり」の二つの場面を描いた『小野家伊勢物語絵巻』の物語絵（場面を絵画化した挿絵）の読解と本文の読解を通じて両者による解釈の食い違いに気付かせるところから、古典の多義的な読みの可能性を拓く授業を提案している。[3]

一方、二三段、「筒井筒」の絵画資料としては、高安の女が手ずから器に飯を盛りつける様子を男が見る場面（第三段落）を描いたものが存在する。それは、男が戸外から室内の様子を垣間見する構図のものだけではなく、庭先または縁先から室内の様子をのぞき見るもの（『異本伊勢物語絵巻』）、男が室内に座って高安の女が目の前で飯を盛りつけるのを目撃しているもの（「伊勢物語扇面書画帖」）などである。そこで、これら絵画資料を用いた「内容比較」の言語活動を取り入れた授業を組み立てることができるだろう。この絵画資料を用いた読解指導法では、時代と言葉の壁を超える映像によって古典の内容が現代の高校生に親しみやすく分かりやすくなる。そして、そこでは、絵画が制作された時代、またはその絵師による場面理解と現代の高校生による場面理解が対照され検証される中で、「筒井筒」の当該場面の理解を深化させることになる。

第三は、「筒井筒」の享受・受容史に着眼した学習指導法である。授業で、古典教材の本文を読んで理解することだけに終始するのではなく、その古典作品がこれまで先人によってどのように読み継がれてきたのか、その有り様を知ることは、現代の高校生が我が国の言語文化の担い手であることを自覚し、生涯にわたって古典に親しみ、尊重していく態度を養うことに結び付く契機となる。[4] この視点から前掲の窪田氏は、「これ［物語絵］を教材として活用することで、古典文学作品がどのように読まれ、親しまれてきたのかという享受史的な授業が展開できるのではなかろうか」と述べ、教科書に掲載されている「筒井筒」冒頭場面の挿絵の多くが嵯峨本『伊勢物語』（国会図書館蔵、一六〇八年）の「水鏡（幼い男女が水面に姿を映して見る仕草）」の構図であることに着目し、物語絵を用いた授業を提案し、実践している。[5] ここでも、窪田氏は教科書に掲載された挿絵を読み取らせ、それと本文の内容を比べて異同や関係性を考えさせている。そして、平安時代の『伊勢物語』「筒井筒」が中世の世阿弥の能「井筒」に影響を与え、さらにその解釈を承けた絵師が「水鏡」の構図の絵を描いたこと、それが現代の教科書に受け継がれていることに気付かせようとするのである。そこでは、古典を後の時代の人々がそれぞれの時代に、それぞれの解釈を加えながら創造、継承し、「新しい古典」として更新されながら現代に至っていることを知るとともに、先人から継承してきた我が国の伝統的な言語文化の流れの中に、自分たち高校生が現代の担い手として位置しているという実感がもたらされることになる。

ここまでみてきた三つの学習指導法は、一見、時代や言葉などが壁となって遠くに思われがちな古典の世界だが、それを現在の我が身に引き寄せて、我が事として理解し、表現させようとしている点で共通している。これまでそうであったように、小学校・中学校を通じて古典の世界に親しんできた生徒が、高等学校での古典は難しいもの、現在の自身とは無関係、現代には無用のものとして遠ざけてしまう結果をもたらすような学習指導、授業であってはならない。新学習指導要領が告示された今こそ、教師は真の授業改善に向けて新たな工夫と効果的な実践を支える深い教材研究を始める必要がある。

三　古典を主体的に読み比べ批評する

前節では今後の高校古典教育の活路を見出すべく、「筒井筒」の読解活動を通過儀礼としながらも、それを学習者の表現活動へと展開させる授業、親しみやすく分かりやすい絵画資料を用いた授業、古典の享受・受容史を現代の高校生へとつなぐ授業における学習指導法について分析した。本節では、歌物語としての『伊勢物語』という視点から「筒井筒」の和歌五首に着眼した言語活動の実践例を授業の流れに即して示す。

まず、「筒井筒」では、次に示すように、大和の男の歌一首、大和の女の歌二首、高安の女の歌二首の計五首が詠まれていることに着目する。

A　筒井筒井筒にかけしまろがたけ過ぎにけらしな妹見ざるまに（大和の男）
B　くらべこし振り分け髪も肩すぎぬ君ならずしてたれかあぐべき（大和の女）
C　風吹けば沖つ白波たつた山夜半にや君がひとり越ゆらむ（大和の女）
D　君があたり見つつを居らむ生駒山雲な隠しそ雨は降るとも（高安の女）
E　君来むといひし夜ごとに過ぎぬれば頼まぬものの恋ひつつぞ経る（高安の女）

単元の指導計画の最初の時間に、「筒井筒」の読解後に「筒井筒」の和歌ランキング審査会を開催する旨を予告する。審査会では学習者一人ひとりが審査員、教師が審査委員長となって五首の優劣を判定し順位付けを行うことを説明する。そして、「審査員の名にふさわしい力量（鑑識眼）を授業で身に付けて役目を果たそう」と目標を提示し、以後の「筒井筒」の学習及び和歌五首の学習を動機付ける。では、実際、この審査会はどのように行われ、ランキングの結果はどうだったか。ここでは、筆者が大学の国語教職課程科目で行った模擬授業（二〇一九年五月実施。対象は四回生六人、時間は五〇分間）の場合を紹介する。

最初に、学生は配布プリントの「和歌ランキング表」に個人の判断による順位（一位～五位）を理由とともに記入する。次に、二班に分かれて協議を行い、班としての順位を決定し理由を整理する。それを全体協議で代表者が発表し、質疑応答を行う。その後、配布プリントの所定欄に全体協議を踏まえた最終的な自身のランキングと理由を記入する。最後に、本時の「振り返り」を所定欄に記述して提出した。和歌ランキングの結果は、最初の個人段階では小さなばらつきがあった。(6) しかし、班協議の後ではC歌が一位で一致した。二位と三位はA歌とB歌に分かれた。四位はD歌、五位はE歌で一致した。理由をみると、「一途な思い」「夫を心配する気持ち」「恋の切なさ」「未練がましさ」など詠手の心情を挙げたもの、「句切れ」「倒置」「掛詞」「序詞」「擬人化」など表現法を挙げたもの、歌が相手の心を射止めたか、引き止めたかといった歌の力、機能（歌徳）を挙げるものにまで及んだ。また、「振り返り」の記述をみると、「本文の内容や歌の技法を振り返る契機となった」「歌の評価について自分とは異なる着眼点や審査基準に触れて視野が広がった」「詠まれた歌を自分で審査するという活動は新鮮で楽しい活動だった」などがあった。こうして、授業を受けた大学生は審査という言語活動を通して、「筒井筒」の本文と五首の歌について意味内容、表現形式、修辞法、作者の思い、歌が担った機能などの観点から振り返った。そして、自身が立てた審査基準の幅を協議の中で広げながら古典文学に親しみ、「筒井筒」の理解を深め、定着させることができたのではないかと思われる。今後、高等学校において実際に高校生を対象にしたこのような授業の実践報告が期待される。

さて、審査委員長である教師は、班で提出された審査結果を総括する役割を担う。その際、和歌ランキングの正解として一つを示す必要はない。あえて正解を一つに絞り込む必要もない。仮に二位と三位がA歌とB歌に分かれても、それはむしろ歓迎すべき結果であり、そこに至るまでの班での協議や理由の発表を重視して評言を与える。このため、最終的な順位は各審査員に一任することにして、個人の最終ランキングと理由、本時での学びを配布プリントに記入後、提出させた。なお、時間の余裕があれば、審査会の最後の講評として、古典の享受・受容史の観点から、C歌が『古今和歌集』(巻第一八雑歌下)九九四番歌にあること、藤原公任の歌論書『新撰髄脳』がC歌を「貫之が歌の本にすべしといひけるなり」と記していること、D歌が『万葉集』巻十二の三〇三二番歌を原歌とすることに加えて、『新古今和歌集』(巻十五、恋歌五、一三六九番歌)に採録され、E歌もまた『新古今和歌集』(巻十五、恋歌三、一二〇七番歌)に採録されていることを紹介する。また、歌物語の成立の観点から、A~Dの歌は大和地方の民謡的な古歌・伝承歌が「筒井筒」に取り込まれ物語中の人物の歌に利用された独立歌謡と考えられること、E歌は「筒井筒」第三段落の書き手が高安の女の歌として作った物語歌である可能性があることなどを補足説明することがあってもよい。

今後、このような複数の歌、または段落、教材、作品を読み比べる古典の授業が増加することが予測される。しかし、「読み比べ」自体は高校国語で既に夏目漱石『こころ』と武者小路実篤『友情』、芥川龍之介「羅生門」

と『今昔物語集』「羅城門登上層見死人盗人語第十八」、中島敦「山月記」と李景亮『人虎伝』、『伊勢物語』二三段と二四段などで行われてきた。そこで、それらの成果を踏まえて「筒井筒」においても「読み比べ」を取り入れたい。例えば、高校生が古典文学賞の審査員になり、班単位で「筒井筒」の内容や形式、構成について批評したり討論したりする活動（「言語文化」B読むこと(2)イ）、あるいは「筒井筒」の書き手集団になって、班単位で『古今和歌集』九九四番歌の作歌事情を物語る左注、並びに『大和物語』一四九段を教材として読み比べて論述したり発表したりする活動（「古典探究」A読むこと(2)イ）を取り入れた授業を構想することができる。後者は、高校一年生の「言語文化」の授業で学んだ「筒井筒」を、二・三年生になってから「古典探究」の授業で再び新たな視点から学び直す、いわば「学年またぎ」の古典学習の一例となる。

四　おわりに

以上、近年の、「筒井筒」の授業改善に向けて注目される学習指導法が、物語の回想文、絵画資料、享受・受容史を活用するなど古典の世界を現代、我が事に引き寄せて理解したり、自身の言葉で表現したりするものであることをみてきた。そして、今後、一つの教材を複数の立場から互いに読み比べたり、複数の歌や教材、作品を読み比べて批評したり、論述したりする言語活動が新たな古典の授業を切り拓く契機になることを述べた。そこでの学習指導法は、奇をてらったり特別なものではなく、実は、国語教育の先達により積み上げられてきた学習指導上の工夫や実践の中に見出すことができるものである。また、それは国語学、古典文学の専門研究を背景とする質の高い教材研究に基づく工夫や実践の中から生み出されてくるものでもある。そして、その学習指導法は、教師の優れた授業構築力、展開力、評価力などと相俟って、我が国の言語文化としての「古典」の教育に名実ともに新たな花を開かせる原動力になる。

注

（1）山岡万里子「イメージ豊かに古典を読む―『伊勢物語』「筒井筒」（高校一年）における言語活動―」（『愛媛国文と教育』四七、二〇一五年）。

（2）井上次夫「国語教材における図版類の活用―理解補助から読解指導へ―」（『高知県立大学紀要 文化学部編』六六、二〇一七年）。

（3）窪田裕樹「挿絵を活用した『伊勢物語』初段の読解指導」（『横浜国大国語研究』三四、二〇一六年）。

（4）有馬義貴「古典の享受・受容から学ぶ文化と伝統―『伊勢物語』を例として―」『全国大学国語教育学会発表要旨集』（一一九、二〇一〇年）。

（5）窪田裕樹「物語絵から読む『伊勢物語』―教材としての可能性」（『教育デザイン研究』七、二〇一六年）。

（6）一位の中にA歌があった。理由は、教科書の教材名が「筒井筒」のためこれを代表歌と考えたという。

Ⅲ　日本文化（民衆・政治・社会）

1　田楽と御霊会からみた民衆文化
――「古典」としての『今昔物語集』――

木村茂光

一　京近郊農村の文化事情

一二世紀前半に成立したといわれる『今昔物語集』に採録されている一説話の紹介から始めよう。それは「近江国矢駆（やばせ）郡司の堂供養の田楽の語（こと）」（巻二八―第七）である。これは、表題からも明らかのように、近江国矢駆郡の郡司が自分で建立した堂のために、以前から帰依していた比叡山延暦寺西塔の僧教円を招いて供養したという話であるが、一方で、平安時代中後期の農村の文化事情が活写されていて興味深い(1)。

矢駆郡司から堂供養の要請を受けた教円は快諾し、供養の準備をするように郡司に次のように伝えた。

然（さ）テハ、功徳勲（くどくねんごろ）ニ為（す）ルニハ、舞楽ヲ以テコソハ供養スレ。此ハ皆（みな）極楽・天上ノ様也。但シ、其レハ、楽人（がくじん）ナド呼ビ下（くだ）スハ大事（だいじ）ナレバ、否呼（え）ビ不給（たまわ）ジ。

堂の供養には舞楽があった方がよいが、楽人を比叡山から呼ぶのは大事（おおごと）なので呼ばなくてよい、といったところ、郡司は「楽人は自分の住む近くの三津にいるので心配ご無用」といって帰って行った。

堂供養の当日、教円が現地に行ってみると白装束で身を包んだ五〇人を超える人々が集まっていた。教円は「迎えの人々だろう」と思っていたところ、矢馳へ行く途中、これらの人々は

此ノ白装束ノ男共ノ馬ニ乗タル、或ハヒタ黒ナル田楽ヲ腹ニ結付テ、袪ヨリ肱ヲ取出シテ、左右ノ手ニ桴ヲ持タリ。或ハ笛ヲ吹キ、高拍子ヲ突キ、□ヲ突キ、杁ヲ差テ、様々ノ田楽ヲ二ツ物・三ツ物ニ儲テ打喤リ、吹キ乙ツ、狂フ事無限シ、

とあるように、田楽の様相をした賑やかな状況であった。それで、教円は自分を迎えにきた人々ではなく、「今日此ノ郷ノ御霊会ニヤ有ラム」、すなわち村の御霊会に参加する人々の集団だ、と思ったのであった。

しかし、この集団は郡司の館まで教円に付き従ってきたので、教円は郡司に「この田楽はなんのためなのでしょう」と尋ねたところ、郡司は次のように答えた。

先に供養をお願いしに西塔へ行った時、供養のためには「楽」が必要だといわれたので「楽」を用意しました。また、ある人に供養の講師は「楽」をもって迎えるべきだといわれたので、「楽」を用意して迎えに参りました。

これを聞いた教円は「此奴ハ田楽ヲ以テ楽トハ知タリケル也ケリ」と心得え、堂の供養をしたというのである。

長い紹介になったが、要するに、堂の供養には「楽(舞楽)」が必要だといわれた郡司は、「楽」を田楽だと思って大勢の田楽衆を揃えて教円を迎え、堂の供養をしたという笑い話であるが、ここには近江国=京近郊の農村における芸能=民衆文化をめぐるある側面がよく表現されている。

すなわち、第一に、舞楽と田楽を間違えたということから京近郊の近江国であっても舞楽は浸透していなかった。第二に、しかし田楽衆はこの近辺だけで五・六〇人以上も集めることができたことは田楽が京近郊の農村に相当普及していた。そして第三は、この田楽衆をみた教円が「この村の御霊会であろうか」と思ったように、農村社会にはすでに御霊会が浸透しており、そこで田楽が催されるのが一般化していた、ことなどである。

二　舞楽と田楽

舞楽とは、いうまでもなく舞を伴った雅楽のことで、唐楽や高麗楽など中国や朝鮮諸国から伝来したものに伝統的な音楽や舞が融合して日本的な芸能になったといわれる。宮中の重要な儀式や東大寺・四天王寺などの寺院の行事などでも挙行された。「太平楽」など勇壮な演目から「迦陵頻」のように子どもの舞人が舞う演目まで多彩である。なかでも有名なのは、天平勝宝四年（七五二）の東大寺大仏開眼供養で催された大規模な舞楽である。しかし、雅楽に使用される面や装束、楽器などは技術的に高度で、かつ高価であったから、民間世界に受け入れられなかったのも当然といえよう。

一方、田楽は、田植えの際に行われた拍子取りの踊りと囃子が神事化し、さらに芸能化したものといわれる。編木や田楽鼓をもった田楽法師たちが華美な服装で身を包み、賑やかな音楽を奏でながら踊り廻る芸能である。

実際、先の記述にも、「ヒタ黒ナル田楽」鼓を「桴」で叩き、「笛ヲ吹キ」、「高拍子」（細長い二枚の板を打ち鳴らす楽器）を突き、「杁」（農具の一種）を突き上げて「吹キ乙ツ、狂フ事無限シ」という状況が描写されていた。

このように、田楽は民衆の農作業のなかから誕生した芸能だったので、あまり記録に残されてはいない。しかし、一〇世紀末の長徳四年（九九八）以前から、毎年四月一〇日の松尾祭（京都西郊の松尾神社の祭礼）に「山崎津人」が田楽を奉納するのが恒例になっていたというし（『日本紀略』長徳四年四月一〇日条）、寛治八年（一〇九四）八月八日には京極寺の祭で田楽が行われている（『中右記』同月日条）から、遅くとも一〇世紀末期から一一世紀前半には寺社の祭礼の際に挙行される芸能の一種となっていたのであろう。

農村の芸能である田楽が政治の舞台にも登場することがあった。それは永長元年（一〇九六）に起こった「大田楽」である（その年代をとって「永長の大田楽」という）。これは永長元年（嘉保三）六月から八月にかけて平安京の各地で催された大規模な田楽で、このときの熱狂振りは大江匡房（まさふさ）の『洛陽田楽記』（『朝野群載』）や藤原宗忠の日記『中右記』に詳しく記されている。匡房はその冒頭に、

永長元年の夏、洛陽（らくよう）大いに田楽の事あり。その起こる所を知らず。閭里（りより）より初めて公卿に及ぶ。高足、一足腰鼓、振鼓、銅鈸（どうばち）、編木、殖女春女の類、日夜絶ゆることなく、喧嘩の甚だしきよく人の耳を驚かす。諸坊諸司諸衛、おのおの一部をなし、或いは諸寺に詣（いた）り、或いは街衢（がいく）に満つ。一城の人、皆狂うが如し。

と記しているのは彼の実見によるものであろう。

この記述から、今回の田楽が「閭里」＝村ざとから起こり公卿まで参加したこと。また諸官衙の下部（しもべ）も参加し、諸寺を巡り京市中にあふれるほどであったことがわかる。さらに七月には、田楽を観ることが好きだった白河上

皇が院御所や内裏で田楽を催し、これに市中の田楽も合流するほどであったというから、匡房が「一城（平安京）の人、皆狂うが如し」と記したのも大げさな表現ということはできまい。

このように、院や御所まで巻き込んで「大田楽」になった要因を特定することは難しいが、当時確立つつあった新しい政治形態である院政や荘園体制にともなう負担の増大や政治的、社会的変動と不安などが入り混じることによって、このような大騒動になったと考えられている。[2]

このことは、もともとは農村の芸能に過ぎなかった田楽が状況によっては精神的にファナティックな状況に陥り、政治的な危機というか緊張まで作り出すことがあったことを示していて興味深い。祭というか集団的な芸能のもう一つの側面を示しているといえよう。

三　御霊会とは

では、堂の供養に招かれた教円が群集する田楽衆をみて「今日は郷の御霊会か」と思った御霊会とは何であろうか。御霊会とは、本来自然界に存在する人間の力では御（ぎょ）すことができない力を「霊＝タマ」と認識し、それを鎮めて生活の安寧を願う祈りやその儀式のことで、民間では日常の生産や生活の場で行われていた。それが記録されたのは貞観五年（八六三）のことであった。

その年の五月、朝廷は内裏南面にあった神泉苑（しんせんえん）で突如御霊会を開催した。それを伝える『日本三代実録』には次のように記されていた。

（五月）廿日壬午、神泉苑に於いて御霊会を修す。（中略）此の日、宣旨して苑の四門を開き、都邑人出入りし縦観するを許す。所謂御霊は、崇道天皇・伊予親王・藤原夫人・及び観察使・橘逸勢・文室宮田麻呂らこれ也。並びに事に坐して誅せられ、冤魂厲病をなす。近代以来、疫病はげしく発り、死亡する者甚だおおし。天下おもえらく、この災（災）いは御霊のなすところなり。京畿よりはじめて、ここに外国（畿外）に及び、夏天秋節に至るごとに御霊会を修す（中略）今この春初、咳逆疫をなし、百姓多く斃る。朝廷祈りをなし、ここに至りてすなわち此の会を修し、以て宿禱に賽いんとするなり。

長い引用になったが、この記事から次のようなことがわかる。

まず、長岡京造宮使藤原種継暗殺事件に関与したとして淡路国に流され死亡した崇道天皇（早良親王）や、藤原仲成の陰謀で親王籍をはずされ服毒自殺した伊予親王、さらに藤原良房の陰謀（承和の変）によって排斥された橘逸勢など、「事に坐して」＝政治的陰謀によって「誅せられ」た人々の「冤魂」（ぬれぎぬによるうらみ）＝御霊（怨霊）が疫病や災いの原因であると「天下」が認識しており、それに報いて御霊を鎮めるために、朝廷が主催して御霊会を修したこと。そして、御霊会は京畿＝京周辺から畿外の農村に至るまで行われており、それは夏から秋の初めにかけて行われていたこと。さらに、今回の朝廷主催の御霊会も、農村の慣行に倣って、今春から流行している「咳逆」（インフルエンザ）によって、多くの民衆が死亡している状況を克服するために開催されたこと、などである。

なかでも、御霊会がすでに民衆の間で行われていたことと、政治的な陰謀によって死に至った者の魂が怨霊となって病気や災害をもらすと考えられていたことは注目に値する。

前者に関していうならば、先に紹介したように、御霊会が近江国矢馳郡の人々によって催されていたことも納得できよう。民衆は自分たちの日常の生活と生産の安寧を祈るために御霊会を修していたのである。

この民衆の間で行われていた御霊会がより展開して一つの行事になったのが、毎年初夏に京都で挙行される「祇園祭」である。祇園祭の本来の名称は「祇園御霊会」といい、大きな鉾や「やま」を京中に引き回し、京中に潜む疫病や災害をもたらす疫神（えきしん）＝御霊を鉾や「やま」に付着させ、その疫神を祇園社（八坂神社）に預けて鎮撫し、京中の安穏を祈る行事であった。自然の驚異を恐れていたのは農村の人々だけではなかったのである。

一方、後者の政治的敗者の怨霊も、当時の貴族や人々を恐怖に陥れていた。その代表が菅原道真の怨霊である。道真が醍醐天皇と藤原時平の陰謀によって大宰府に左遷され、その地で非業の死を遂げたこと。そしてその後、道真の霊魂は怨霊となって貴族社会に恐怖をもたらしたことはよく知られた事実である。

醍醐天皇の皇子で皇太子の保明（やすあきら）親王が早世したのも道真の怨霊のせいと噂され（『日本紀略』延長二年三月二一日条）、延長八年（九三〇）には内裏清涼（せいりょう）殿に落雷があり多くの公卿が死傷したのも、雷神＝道真の霊のせいだといわれた（『同』同年六月二六日条）。そして、その事件にショックを受けた醍醐天皇は落雷からわずか三ヶ月後に死んでしまった。

前節で田楽の芸能としての側面と、それが精神的な緊張と高揚とによって政治的な色彩を帯びることがあったことを指摘したが、御霊会もまさに同じであった。民衆が大自然の驚異から自分たちの生産と生活の安寧を祈るために催していた御霊会も、政治的な「敗者」の霊魂などと結びつくことによって大きな政治的事件に発展する要素を孕んでいたのである。

四　古典としての『今昔物語集』の発見

以上、『今昔物語集』の一説話を素材に、田楽と御霊会に焦点をあてて民衆文化の一端を覗いてみた。平安時代中後期の在地社会では、日常の生活と生産の安寧と安全を祈る民衆的芸能がさまざまな形態をとって誕生していた。ここでは述べられなかったが、それはたぶんに一年間の農業生産の過程＝農事暦に基づいて挙行され、彼らの生活のリズムを作っていたのである。そういう意味では、民衆の芸能・文化は彼らの生産活動と密接に関連して生まれてきたものであった[3]。

しかし、それは疫病の流行や災害の発生など人間の力では御することができない自然の驚異を鎮め慰撫するという曖昧な要因に基づいていたから、そこに人為的な要素が持ち込まれる素地も残していた。すなわち、貞観の神泉苑御霊会のように災害や病気の原因を政治的な「敗者」の霊魂のせいにしたり、永長の大田楽のように芸能＝祭の形態をとりながら政治的な支配に対する不満や抵抗を表明する手段に利用されることもあったのである。民衆文化のもつ多面的な性格をよく現している。

さて、本稿の題材をとった『今昔物語集』は一般に「仏教説話集」と評価されるが、そのなかに分け入ってみると、上記の説話のように多様で豊かな当時の民衆世界が広がっていた。とくに「本朝世俗部」（巻二二～巻三一。

ただし巻二一は欠）に収められた数多くの説話はその宝庫といえよう。現在、多くの研究者が「本朝世俗部」所収の説話に着目し、厖大な研究書・論文を発表しているのもその内容の豊かさに拠るものであろう。

しかし、『今昔物語集』の説話文学としての価値＝古典としての価値が認められるようになったのは、それほど古いことではない。その文学的価値を見いだした嚆矢は芥川龍之介であったという。

もちろん、『今昔物語集』の存在は江戸時代から知られていたが、当時の関心はそこで使用されている語彙が中心であって、文学的な解釈は行われていない。(4) また、明治時代に入ると、説話の一部が初級教科書などに採用されるようになるが、それは初学者の「誦読」のために難解な雅文は捨て軍記や俗物語を採用したといわれているように、(5) あくまで「誦読」＝音読することに目的があった。

このように、教科書に採用されることなどによって『今昔物語集』はそれなりに広まっていたが、その説話の内容を文学までに高めたのが芥川であった。彼が『今昔物語集』に取材した最初の小説を発表したのは一九一五年（大正四）の「羅生門」である（筆名柳川龍之介。主な典拠は巻二九―第一八。以下同じ）。これはそれほど反響を呼ばなかったが、翌年第四次『新思潮』創刊号に発表した「鼻」は夏目漱石から激賞され、芥川は文壇デビューを果たすことになった（巻二八―第二〇）。その後、芥川が『今昔物語集』を素材にした「芋粥」（巻二六―第一七）、「運」（巻一六―第三三）、「藪の中」（巻二九―第二三）など、彼の代表作を次々に発表したことはよく知られている。(6)

ところで、芥川が『今昔物語集』に着目した理由はどこにあるのであろうか。彼の晩年の作といわれる「今昔物語鑑賞」(7) をみてみよう。そこで、芥川はいくつかの説話を紹介しながら『今昔物語集』の描写に「美しい生ま々しさ」を認め、それが作者の「写生的手腕」によるものだとしたうえで、「この生ま々しさは、本朝の部には一層野蛮に輝いてゐる」と評価する。そして、「それは（略）brutality（野性）の美しさである。或は優美とか華奢とかには最も縁の遠い美しさである」という有名な評価を加えている。

さらに、芥川は「作者の写生的筆致は当時の人々の精神的争闘もやはり鮮かに描き出してゐる」と指摘し、『源氏物語』の「優美」な苦しみの描写、『大鏡』の「簡古」な苦しみの描写と比較しつつ、「『今昔物語』は最も野蛮に、——或は殆ど残酷に彼らの苦しみを写してゐる」と評価し、「僕は『今昔物語』をひろげる度に当時の人々の泣き声や笑ひ声の立昇るのを感じた」と述べている。

すなわち、芥川が評価した「野性の美しさ」とは、『源氏物語』にも『大鏡』にもない、『今昔物語集』に描かれた民衆世界の描写についてであったのである。

『今昔物語集』の特徴の一つは、それまでの王朝文学が取り上げることのなかった「下衆（げす）（民衆）」を発見し、彼らの世界を活写したことにあるといわれる(8)。しかしそれは現在からの評価であって、編集されて以来ほぼ八〇〇年ものあいだ見向きもされなかった『今昔物語集』の中に民衆の世界を再発見し、近代人の視線からそれに文学的価値を付与したのは芥川であったということができる。『今昔物語集』は芥川によってようやく「古典」になったのである。

芥川が「羅生門」を発表してから一世紀が過ぎた。ということは、『今昔物語集』が「古典」になってからまだ一〇〇年しか経っていないことでもある。遅れて発見された「古典」としての『今昔物語集』を現在の視点からいかに読み解くか、これこそ私たちに課せられた課題ということができよう。

注

（1）木村茂光「祭と民衆」（『中世の民衆生活史』青木書店、二〇〇〇年）

（2）戸田芳實「荘園体制確立期の宗教的民衆運動―永長大田楽について」（『初期中世社会史の研究』東京大学出版会、一九九一年）

（3）木村茂光「中世農民の四季」（注（1）に同じ）

（4）千本英史「近世の今昔物語集発見　国学者と出版」（小峰和明編『今昔物語集を読む』吉川弘文館、二〇〇八年）

（5）稲垣千穎輯『和文読本』（一八八二年）

（6）竹村信治「今昔物語集と近代のメディア　メディアとしての芥川龍之介」（注（4）に同じ）。

（7）芥川龍之介「今昔物語鑑賞」（『芥川龍之介全集』第一四巻、岩波書店、一九九六年）。

（8）河音能平「『今昔物語集』の民衆像」（『中世封建社会の首都と農村』東京大学出版会、一九八四年）

2 「三千五百万人の末弟」が残したもの
――植木枝盛『民権自由論』（一八七九年）――

ヨース・ジョエル

一 古典

ある著作を「古典」（classic）とみるかは、一定の「古さ」が条件となっているようである。英語でも、classical Chinese（漢文）のように、古から受け継がれた典籍がそれだけでclassic(al)と呼ばれることもある。もう一つには、多くの人に共有されているかが肝心である。

「近代」（modernity）は、容赦なく地球上の全人類を飲み込んでしまい、否応なく全世界の人々に共有されている。その「近代」がもたらした政治的仕組みといえば、国民国家である。国民国家は、文字通り、国家の領土に住む人民を「国民」たらしめようとする。一方、民主的な仕組みの樹立への要求は、抑えがたい傾向である。国家と国民とのあるべき関係をさぐる著作の中で、「古典」とみられる作品が存在する。まさに、近代の古典（modern classic）である。たとえば、差別のない民主制度の確立を要求して、広く世界の人々に感動を与えた点では、一九六三年にキング牧師がワシントンでおこなった演説〈私には夢がある〉を「近代の古典」とみて差し支えないだろう。もちろん、一五〇年ぐらい前から近代化が本格的に軌道にのせられた日本においても、近代の古典が誕生している。

そのなかでも異彩を放つのが『民権自由論』である。一八七九年に出版されたこの本は、庶民に通じるような文体で政治参加の大切さを説いている作品である。以下、『民権自由論』について簡単な紹介と解説をし、その魅力に照明を当てるとしたい。

二　ベストセラー

植木枝盛の作品は時代を経て様々な人に刺激を与えてきた。植木の『東洋大日本国国憲案』（一八八一年）が、鈴木安蔵を介して、日本国憲法に少なからぬ影響を及ぼしたことはよく知られている。ただし、起草当時にほとんど人の目に触れなかった『国憲案』と違って、『民権自由論』は、植木枝盛が執筆した単行本著作のなかで最も多く売れたものであり、数年のうちに複数の海賊版が出回るほど、人気を博した。一八九二年の植木の死後も、この著作への注目が絶えることはなかった。吉野作蔵が監修した一九二七年発行の『明治文化全集』第五巻（自由民権）にも、また、翌年の『大日本史講座』第十巻（雄山閣）にも収められている。戦後、『民権自由論』は、『近代思想大系』や『現代思想大系』（両方：筑摩書房）にも、一九六六年の『近代日本の名著』（徳間書房）にも収録された。明治十二年の読者の心に響くだけでなく、二〇世紀後半の日本人の琴線にも触れたようである。

明治十二年は、二四歳の植木枝盛が全国的に展開される自由民権運動の統率者板垣退助のブレーンとして頭角を現しはじめた時期である。演説家としても確かな実績を築いていた。植木枝盛日記に、二〇〇〇人もの人が演説会場に駆け付け、混乱の中で演説会を中止したというような記述もみられる。少々の誇張があったとしても、象徴的な出来事である。家永三郎は『巨人頭山満翁』を引用して、福岡での演説会について「市民の好奇心をそそり、多数の入場者があった」と伝えている。[1] 真偽はともかくも、植木には人を引き付ける魅力があったようである。

『民権自由論』は、それまでの演説活動と直結する姿勢が貫かれ、あらゆる階級の人民に民権思想を吹き込もうとしている。家永いわく、「売行きはめざましく、福岡で発行された初版本はたちまち売り切れとなり、六月には大阪でさらに二軒の書肆から相前後して発売され、『自伝』によれば、「随て印すれば随て売り、遂には幾万部を売出したるや容易に計ることさへ出来難き程」であった」。[2] それは、言うまでもなく、民権思想を大衆に浸透させる試みであり、売れ行きを見る限り、実に成功を収めたといえる。

三　福岡の向陽社

植木は、福岡滞在（一八七八年十二月〜一八七九年三月）の間に、複数の演説を行う傍ら、『民権自由論』を執筆する。何故に、わざわざ福岡に三ヶ月も過ごす必要があったか。後に（戦前の）右翼のドンとして知られるようになる頭山満が土佐を訪問中、植木に声を掛けたことがきっかけである。植木は即座に承諾したそうだが、高知の立志社からすれば、全国的な展開、いわばネットワーキングのための「派遣」という位置づけだっただろう。

実は、招聘の母体である向陽社は、純粋な民権結社であるより、不平士族の不満をばねに要人の暗殺など武力行使を辞さない、「民権」や「自由」といった理念への関心が希薄な集団であった。向陽社を率いる指導者たちは、幕末の勤皇党、明治10年の西南の役にかかわった人物が多かった。中核となっている人々（頭山満、箱田六輔ら）の輩出団体は、漢学の私塾や、西南戦争で敗退した志士の元気をとりもどすために結ばれた「開墾社」などであった[3]。向陽社から派生し戦前において右翼の総本山ともいわれた玄洋社は、植木の福岡訪問終了後すぐに全国の国権派の泰斗として暗躍をし始める。では、植木枝盛が福岡にいた意味は何だったか。

ポイントはその絶妙なタイミングである。『玄洋社社史』は、一八八一年二月に向陽社が玄洋社へと改名したとし、『福岡県史』[4]は、玄洋社設立については一八八〇年五月にすでに届け出が出されている記録があるとする。植木が福岡にいた時期（一八七八年十二月～一八七九年三月）からわずか一年後の出来事である。一八七九年の春は、その方針がまだ固まっていない時だった。つまり、庶民へ呼びかけるエネルギーと堂々と政府に異議を唱える熱意を共有する、束の間の意気投合であった。植木枝盛は、執筆に専念して部屋に立ちこもることなく、福岡の民権活動家たちと交流し数々の演説を行っている。当の福岡の活動家たちは人民の「元気」や国事への関心などについては植木とある程度目標を共有していたようである。それが肝心である。一八七九年の時点で、植木の主な活動の主眼は国の政治を論じたり「自由」という理念に触れたりする機会がない社会層に直接呼びかけるところにあった。向陽社が与えた機会によって、植木は知名度をさらにあげ、全国的な読者層を獲得することに成功した。ややや文学的な表現を使うなら、玄洋社の誕生した一八八〇年から現代まで続く「右翼」という政治的流れがしばしば攻撃の的にし続けてきているリベラルな思想の産声の一つが、同じ玄洋社の閨であげられた。歴史の狡猾であるといえる。

四 「はしがき」について

『民権自由論』の性質は、「はしがき」の文言によく表れている。一見して、単純な表現の繰り返しが目立ち、深い考察に支えられた文章に見えない。ただし、そのさりげない表現には読者を引き付ける工夫が施してある。しかも、政治参加の経験や近代的概念の内面化という点で、福沢諭吉のような啓蒙家が狙うそれよりいくらか〝下〟の読者層を相手にしようとする。「学問」や「文明(論)」といったような言葉に惹かれ明治の新社会の階段を大股で駆け上がっていく旧士族たちや豪農豪商たちと異なり、それまで政治と無縁で、全国という視野を持つ機会のない人々へのメッセージが込められた文章である。以下で若干の分析を加えたい。

一寸御免を蒙りまして日本の御百姓様、日本のご商売人様、日本の御細工人職人様、其外士族様、御医者様、船頭様、馬かた様、猟師様、飴売様、お乳母様、新平民様共御一統に申上ます る。さてあなた方は皆々御同様に一つの大きなる宝をお持ちでござる。この大きなる宝とは何んでござる歟。打出の小槌か銭のなる樹か、金か銀か珊瑚かだいやもんどか、但しは別品の女房を云ふか才智すぐれたる児子の事か。いやいやこんなものではない、まだ是等よりも一層尊ひ一つの宝がござる。それが即ち自由の権と申すものじや。元来あなた方の自由権利は仲々命よりも重きものにて、自由が無ければ生きても詮ないと申す程の者でござる。いかさま金銀や珠玉の話しではありますまいが。さらば折角生きてあるあなた方、少しも卑屈することなく此民権を張り自由を伸ぶるがなによりの肝心でござろふ。何ぜとならば幸福も安楽も民権を張り自由を伸べずて得らるゝ事ではありません。さらばこそ今此の書中には右の民権を張り自由を伸ぶべしと云ふの一条小子一心を込めて書き述べたれば、あなた方も亦一心を注いで御覧下され。

明治十三年三月十日　三千五百万の末弟　植木枝盛記

「一寸御免を蒙りまして」という呼びかけは、本全体の姿勢を象徴するともいえる。それは、高度な知識をもつ洋学者が蒙昧な群衆に教えを垂れる、という従来の構図とは大きく異なる、庶民層に裾野を広げつつある民権運動にふさわしい切り出しである。その数カ月前に出版された、福沢諭吉著『通俗民権論』の緒言と比べてみるとすぐに分かる。そこでは、「よく高尚なる議論を読て真に民権の旨を解したる者は、上等社会僅々の数のみ。蓋し本編の適とする所は［中略］専ら俗間の人を相手にするの積りなれば、其所論、唯簡易明白を主とするのみ。」とある。愚民観の臭が漂う言葉ではないか。福沢の望むように、真の「俗間の人」が手に取って読む気持ちになるような「簡易」な文体かは疑問である。「簡易明白」という字句自体があまり通俗的といえないところにこそ、一種の矛盾が垣間見える。

一方の植木の「はしがき」は、日常の営みをしばし中断してもらいこちらの話を少しだけ聞いてほしいという、まるで街頭演説でも始めようとする弁士の用いる言葉に聞こえる。そして、それに続く「日本の御百姓様…御一統に申上まする」というくだりが、この書が想定している読者層をいみじくも指し示している。最初の四者は、「百姓―商人―職工―士族」であるが、その順番はけっして偶然と思えない。つまり、本文が執筆される数年前まで、「士農工商」が望ましい社会秩序の型とされていた。ここでは、「士」が四番目にあげられ、しかもその前に「其外」という字句がおかれている。「日本の」という前置きが付されているのは、「百姓」「商売人」「細工人職人」であり、士族ではないのも意味深い。筆頭の「御百姓様」の「御〜様」も、注目を引き付ける慇懃な呼びかけであると同時に、民権運動の活動家たちが提唱する、政府でなく国民こそ国家の基礎であるという新社会の理念を如実に現している。「士族」に続くのは、昔の身分というよりも職業である。もちろん、医者を除いて、けっして地位の高い職業ではない。それでも「〜様」がつけられている。

このなかで特に「新平民」が読者を驚かせただろう。「新平民」は一定の職ではなく、かつて身分制度の外におかれた人たちの戸籍に記された言葉である。植木の政治観では、国の政治にかかわろうとする人々こそ国民と呼ぶのにふさわしい。誰もが、目指すべき民主的な社会の市民となり得る。以前から部落差別の撲滅を訴えた植木が、ここでもその姿勢を貫く。多くの場合、「新平民」を差別するのが「御百姓様」など同じ庶民であるという現実を考えれば、植木がここで呼び掛けているのは、あらゆる社会層の人々の政治参加だけでなく、差別のない社会の実現でもある。

つぎに、植木が「宝」で読者の好奇心をそそる。「金」「銀」「珊瑚」「だいやもんど」という物質的財宝のあと、「女房」「児子」という家庭的恵みがあげられる。両方とも、庶民の感覚に沿ったものである。それに続く展開は、まさに演説にふさわしい。つまり、これらをはるかに超えてしまう「宝」があげられる――「自由の権」である。柳父章の『翻訳語成立事情』にあるように、「自由」も「権利」もあたらしい訳語であった時代に、これらを庶民に受け入れて尊いものとして認識してもらうのには、このぐらいの工夫はむしろ必要であっただろう。それに続く数行の中で、自由と民権という言葉が三度繰り返されるが、その重要性を強調するための重複である。

ここで目立つ、もう一つの工夫は、自由が「生きる」こと、また「幸福」と「安楽」と結びつけられ、その対極に「卑屈」と「死」が置かれていることである。この時期にすでに多くの洋書にふれた植木は、自由か死かという二者択一をアメリカ独立戦争の有名な場面から借用していると思われるが、それだけではない。それは、植木が一八七七年に執筆した『自由は鮮血を以て買わざるべからず』をはじめ、そのほかの多くの著書に通じる基本的な信条である。一歩間違えれば命を落としてしまう投獄という経験が植木に「死」をきわめて現実的な可能性として意識させたはずである。借用ではなく、投獄経験を経て獲得した、安易な妥協を許さない政治的意気地の表れにほかならない。

はしがきの最後の言葉にも強い意気込みが感じられる。一見して自己卑下の常套句のようにも取れるが、「三千五百万」は当時の日本の人口であり、身分も性別の区別もなく語りかけていることを強く印象付ける。また、自らをその「末弟」と呼ぶのは、親しみを演出するのと同時に、運命共同体的統一性、つまり一国の住民として同一なる目標にむかって邁進しているというナラティヴを完成させる一語であるともいえる。

五　比喩と事例

『民権自由論』は、五つの章からなる。第一章では、人民が国の政治に関心を示す必要性、第二章では、人民が自らの自由を犠牲にして強い指導者に国の政治を一任するべきではないこと、第三章から第五章までは、国家権力が人民の自由への努力と憲法の制定によって制約されなければいけないことがそれぞれ論じられている。その論述は理論の展開が一貫しており、活字にして二五頁もない、コンパクトな文章になっている。[5]

言うまでもないが、『民権自由論』に関しては、すでにいくつかの研究がなされてきている。たとえば、松尾章一は植木の革命性と共和主義的思考に着目し、小畑隆資は植木の自由論に照明を当てている。牧原憲夫の『客分と国民の間』も植木に触れている。[6] ここでは、字数の制限の関係で、三つの特徴だけを取り上げ、植木が多くの読者をとらえ、今日においてそうし続けているかについて少し明らかにしたい。

まずは、比喩の使用である。全文を通して、高い頻度で、読者に分かりやすい譬えが用いられている。ここでその代表的なものだけを陳列しておこう。

第一章　無関心＝盲、聾、死―従来の国事への無関心＝対岸の火事・虻が目の前を通るのを見るようである―その無関心＝文明の食いつぶし、世の中の大きな泥棒

第二章　才力を発揮できない不自由＝籠にいる鳥―不自由な国の人民＝牛や馬や（猿使いに使われる）猿

第三章　強い国＝人民が元気である→川＝源泉が清い、木＝根が強い、家＝資材がしっかりしている―君主だけが強い国＝頭だけが大きな体―専制の行方＝天気のように不安定―国事を一人の君主に任せる＝大きな博奕

第四章　良い国づくり→人民の自由な気質＋良い法律＝体の健康＋養生の仕方、柱がしっかりとした家＋建築方法―人民が卑屈な国＝「木か土かもて拵えたる人形のごとく」―専制君主＝火山の上に座っている

――「政府圧政に対して憲法と自主が第一の薬じゃ」

第五章　人民と政体の関係＝鎖／一環、織物／糸――専制の政府＝細い糸からぶら下がっている・根なき草のように浮いている・氷の上に立っている――政府の監視をしない＝泥棒に家の鍵を渡す

どれをとっても、明治初期中期の庶民だけでなく、二一世紀の多くの国と地域の人々に通じるのではなかろうか。

二つ目の特徴は、西洋の歴史、または中国の古典などから多くの事例を引き合いに出していることである。それは、読者たちに世界史という視野を提供する工夫であるが、その引用の仕方は、庶民に訴える書にふさわしく、短くて劇的な効果をもたらす。尚書や孟子からの引用もあるが、読み下しになっていて、けっしてくどくない。具体的にどのような人物や事件が引き合いに出されるかを列記する。

秦の始皇帝、ネロ、カリグラ、ジョン、アメリカの独立戦争、マグナカルタ、ローマのシーザール、ルイ十六世、チャールズ一世、志那の皇帝、尚書・帝範・孟子、ロシア皇帝、メッテルニヒ、無敵艦隊、リンカーン

これらの多用は、明治の「藩閥政府」に対する批判を列ねれば検閲の対象になるという現実的な理由もあるかも知れないが、福岡をはじめ日本での出来事が普遍的な意味を持つことへ読者の注意を引き付ける工夫でもある。

三つ目の特徴として、「自由」と「不自由」が常に鮮やかな対照をなして対置させられているところがあげられる。最初から最後まで、自由と「幸福」「安楽」は結び付けられ、その反対側にある、不自由は惨めな生活と同一視される。それを避ける選択肢は、自由のための努力か、死である。第一章だけでも、自由のために必要な活動を表す動詞を探してみると、次のようなものが出てくる。「欲・論・望・適・張・伸・開・助・（心を）用・

勉強・励・保」。網羅的ではないが、普段から並大抵でない努力が必要であることを強く論じていることが十分伝わる。それに対して、同じ章で、国事に関心がなく不自由にあえぐ人民の行動を表す言葉として次のようなものが見つかる。「一身一家のみ・用いず・気を付けず・関わらず・独立の気象なく・依頼・恐怖・従・言ひもせず・論じもせず・怒らず・怨まず」。この点でも、大変わかりやすく現代人をも引き付ける工夫が感じられ、古さを感じさせないといえる。確かに、二一世紀が用意してくれている情報通信の手段は、常時、「国事」への関りを可能にするどころか、強いているという見方もできる。だが、ここで使わる「従」「論じもせず」は、「付度」などのような古めかしい言葉が流行語になっている現在、期限が切れているとはいえない。日本のみならず、全世界で政治参加が喫緊な課題として議論し続けられている。災害や温暖化などに関しても、「怒らず」がまさに問題となっている。そのなか、植木の記述は、現代語訳だけでなく外国語訳にすれば十分理解され、多くの人に色褪せないメッセージが伝わるはずである。

六　むすび

植木は、『民権自由論』を執筆する少し前に、高知で発行される『海南新誌』の創刊号に「自由は土佐の山間より」と記した。この発想はキング牧師の「～の山から自由の鐘を響かせよう[7]」という、一九六三年の演説の発想と通底していると思えてならない。『民権自由論』もそうである。公民運動も自由民権運動も、現に香港で沸き起こっている抗議運動も同じ舞台で繰り広げられるドラマである。植木枝盛の「近代の古典」に目に通しながら、その結末を見届けたい。

注

（1）家永三郎、『植木枝盛研究』（岩波書店、一九六〇年）、一八二頁。

（2）同右、一八三～四頁。

（3）新谷恭明、「近代日本における中学校教育成立に関する研究：中学校教育の地方的形成と統合」（一九九五年、九州大学・博士論文）、二三四頁。

（4）『福岡県史』（一九九五年、西日本文化協会、近代史料編・自由民権運動）

（5）『植木枝盛集』、第一巻、五～二九頁。ほかに、福井純子著「筑前民権運動についての一考察」、『立命館史学』一九八〇年、七四～一二九頁。

（6）松尾章一、『自由民権思想の研究』（日本経済評論社、一九九〇年）。小畑隆資、「植木枝盛著『民権自由論』（明治十二年）考―〈天賦自由〉と〈民権自由〉」、『岡山大学法学会雑誌』五十六（三・四）二〇〇七年、四七一～五二五頁。牧原憲夫、『客分と国民のあいだ』（吉川弘文館、一九九八年）

（7）https://americancenterjapan.com/aboutusa/translations/2368/（最終閲覧日　二〇一九年九月三〇日）

3「昔話」から「昔語り」へ
――昔語りを「聴く」姿勢を幼小接続に活用する――

高木史人

一「昔語り」を聴く教育＝相槌を打って「聴く」

『小学校学習指導要領』国語科の「昔話や神話・伝承」教材において、私が腑に落ちないのは、「昔話や神話・伝承などの本や文章の読み聞かせを聞いたり、発表し合ったりする」（要領、二〇〇八年）、「昔話や神話・伝承などの読み聞かせを聞くなどして」（要領、二〇一七年）と見えるように、昔話を「読み聞かせ」るものだと捉えていることである。しかし、昔話は「読み聞かせ」るものでない。柳田國男は昔話は文字を媒介するのではなく、音声言語を媒介すると説いていた。(1) それゆえ柳田はこれらの文芸を「口承文芸」に含ませた。昔話は「読む」ものではなく、「聴く」ものであった。それも「読み聞かせ」などという「文字」を媒介しつつ「聞かせ」るなどという中途半端で曖昧な言葉に逃げるものでなかった。(2) 柳田國男は口承文芸の昔話を教育に活用するならば「聴き方」教育こそが重要だと説いていた。(3)

さて、以下では「昔話」でなく「昔語り」という語を用いて、聴く作法について考察し、「昔語り」の可能性を考えていこうと思う。

柳田國男は昔話という術語を用いて昔話を定義した。しかしその昔話という言葉について、野村純一は、「話」よりも「語り」に傾斜しているのは明らかだと説いていた。(4) たしかに私が昔話を聴き歩き始めた一九七〇年代においても、昔話という言葉は、桃太郎や舌切雀を指さない場合が多かった。言葉の使い方に地域差があった。そうして桃太郎の類を「語る」と言う地域では、「昔話」という言葉自体がそれには使われず、「ムカシ」「ムカシガタリ」等と方言で呼んでいた。「ムカシ」や「ムカシガタリ」は「語る」ものであって、「話す」ものでないと語り手たちは力説していた。(5) しかし、おそらく、最近の学生には、この違いがほとんど分からなくなっているようである。

「語る」は古代から認められる古い言葉である。折口信夫は、「語る」について、相槌を打たずにただ荘重に承る話法（モノローグ）だったと見ていた。これに対して、三谷榮一は「語る」は相槌を打つ話法（ディアローグ）だと言った。しかし折口や三谷や臼田甚五郎らは「語る」には特有の力があり、その力は言霊に由来すると捉えていた点で三人は共通する。折口の考えは、神がかり状態にある巫覡（ふげき）が日常の人称を超えた言説で一身に語る状況を指す。一方、三谷の考えは、神がかった巫覡の分かりにくい語りを審神者（さにわ）が分かりやすく精霊や人々の反応（相槌）を受けながら語る状況を指す。(6)

これに対して「話す」は中世末期以後に現れた新しい話法であり、それは漢字「咄」に日本だけの「ハナシ」の意味を付け加え、また「噺」という国字を与えていた。三谷は、「話す」は相槌を打たずに自由に「放す」（＝

咄）新しい話法（＝噺）だったと説いた[7]。柳田國男が「昔話」という言葉に注目したのは、この新しい名詞が、人々が思いの丈を自由に述べられるように育つために必要だと期待したからだった。

二　「一次的ことば」から「二次的ことば」への説と「聴く」姿勢としての「相槌」

三谷、臼田、野村等にとって昔語りの形式は重要な研究課題だった。昔語りには、語り始めの語句、語り収めの語句、語りのまとまりの終わり（書き言葉風に言えば、文の終わり）ごとの句が決まっていた。語る日や時間、語る場所、最初の昔語り、最後の昔語り等も決まっている場合があった[8]。一方、柳田國男は語りの形式を桎梏と捉えて警戒していた（注（3）論文）。

しかし、いまここの日本人が自在に自分の思いの丈を「話し」ているだろうか。もし、いまここの人々のコミュニケーション状況において、互いが互いの話に耳を貸さず、相手に思いを伝えられず、人々の気持ちがささくれ立つことがあるのならば、ここにもう一度、「語る」という古風な物言いにまで遡って、コミュニケーションのあり方を考えた方がよいのではないか。そこに「昔語り」の相槌をもう一度考える契機があると考えた。

特に幼稚園・保育園等の幼児から小学校児童に移り行くころに、「昔話の読み聞かせ」を中心に教育するか、「昔語りを聴く姿勢」を中心に教育をするかが重要だと考える。それというのも、発達心理学者の岡本夏木は、今日、小一プロブレムという言葉が使われる以前に、小学校入学を音声の「ことば」が激変する子どもの危機の問題として早くに論じていた[9]。

岡本は「一次的ことば」と「二次的ことば」というコミュニケーションの分水嶺を仮説した。一次的ことばとは、子どもが生まれてから接する最初の親や身近な人々とのコミュニケーション言語である。これに対して小学校入学後に接するコミュニケーション言語が二次的ことばである。注（9）文献から図を引用する。

コミュニケーションの形態	一次的ことば	二次的ことば
（状況）	具体的現実的場面	現実を離れた場面
（成立の文脈）	ことばプラス状況文脈	ことばの文脈
（対象）	少数の親しい特定者	不特定の一般者
（展開）	会話式の相互交渉	一方向的自己設計
（媒体）	話しことば	話しことば 書きことば

幼稚園や保育所等から小学校に入学したとき、国語科で一番変わるのは「書くこと」「読むこと」つまり文字教育が始まることだと捉えがちだが、岡本はそのような音声言語／文字言語による分水嶺観を斥け、一次的ことばから二次的ことばへの推移を説いた。

たとえば昼食時に家族が行う「何にする？」「いつものあれ。」のような状況文脈に依存して相互に話す一次的ことばに対して、二次的ことばは、いつ、どこで、誰が、誰に、何を、どうした、それはなぜ……とことばの文脈だけによって成り立たせるコミュニケーションであった。自分の周りの具体的現実的場面を離れて行う、子どもが初めて接する新しいコミュニケーションであった。これについていけないと子どもは孤立する。小一プロブレムで話を聞かずに授業が崩壊するのは、子どもが聞かないのではなく二次的ことばを「聴く」姿勢を教わっていないことが大きいのでないか。[10]

ここでの「聴く」姿勢とは、聴きながら、常に「聴く」力を発揮している姿勢を指す。

昔ある所にお爺さんとお婆さんがあったとさ（へんとこさ）。お爺さんが山へ柴刈りに行ったとさ（へんとこさ）。お婆さんが張り物をするんで糊を煮たとさ（へんとこさ）。その糊をかわいがっていた雀の小女郎がなめたとさ（へんとこさ）。お婆さんが怒って舌を切って逃がしたとさ（へんとこさ・以下略）。

（入間郡植木村東本宿　長沢きよ〔四年〕）

これは一九三六年夏期休暇に埼玉県立川越高等女学校の女学生が昔話採集を課せられ、提出された課題の一つ（「舌切雀」の冒頭）である。[11] この資料には報告者の女学生が打っていただろう相槌が記録されているのが貴重である。

昔語りの相槌は、全国各地に特色がある。フィールドワークの経験から思いつくままに挙げても、山形県西村山郡西川町大井沢では「オットー」という相槌を打っていた。「とんとむがすあったけどハー（オットー）。……」という具合である。福島県東白川郡鮫川村では「ざっとむがしあったーど（オード）」、福島県岩瀬郡天栄村湯本では「あったどなー（ヘーント）」、新潟県弥彦村では、「あったてんがのー（サーンスケ）」等々。昔話等は絵本の中だけの書物だと思っている人々には、相槌を打つ、つまり「聴く」姿勢を実践することへの理会は行き届かないだろう。

日本全体でもっともたくさん伝わっていた昔語りの相槌は、「ウン」「ウンウン」「フン」「フンフン」であったろう。オットーやオードという相槌は「おお尊い」に由来し、サーンスケは「さ候ひけり」に由来すると、かつて三谷榮一、野村純一等が説いていた。それならば、「ウン」や「フン」も、かつてはそのような恭しく聴く相槌であったのだろうとの推測がつこう。いまでも深刻な相談にはウーンと深く頷き、印象深い話にはフゥーンと深い同情を示す。卑しい相槌ではなかった。小笠原謙吉著『岩手県紫波郡昔話集』（三省堂刊、一九四三年）収載「二歳胡麻と三歳胡麻」譚ではその主人公の昔話好きなお婆さんが「口にえぼしはあ」と相槌を打っていた。三谷榮一はこれを口に烏帽子をつけたくらい「神聖な心で」はあと相槌を打っているのだと説いた。

しかし、聴き手の「聴く」姿勢は神聖な昔語りに従順に打つ相槌だけに現れるものではなく、もっとラディカルだった。[12]「聴く」という言葉は、「就職の口をキイテやる」「この薬はキク」「ぼくは左キキだ」等の積極的な意味合いを示す語と同根なのではなかろうか。

この昔語りを「聴く」姿勢を、幼児のうちからしっかりと身に付けておくことは、小学校に入学して二次的ことばに接したときに有効であろう。なぜならば、聴く昔語りは二次的ことばへの入口だからだ。

三　昔語りの語り口の特色——二次的ことばへの入口として

先程の川越高等女学校の昔語り資料から、昔語りが幼い子どもに用意された二次的ことばへの入門教材だったと了解される。

　あの「舌切雀」では、「昔ある所にお爺さんとお婆さんがあったとさ（へんとこさ）」と始まった。子どもの聴き手は一次的ことばの使われる状況（具体的現実的場面）すなわち「いまここ」とは異なる状況（現実を離れた場面）、つまり「昔あるところ」という語りの言葉を聴いて最初の相槌を打つ。就学前の幼児が「今」でない「昔」という言葉を理会するのはとても難しい。「昔」は「向か-し」であり、「向く」のは何も時間的な過去でなく、空間的な方向でもよい（日-向か-し→東…等）と臼田甚五郎は説いていた。それからして、臼田は昔語りの昔は、「いまここ」とは異なる昔語り独自の世界だと説いたのであった[13]。次に「あるところに」という言葉も、幼児にとっては難解であろう。小さな頃には自分の周りの世界を歩くのがやっとであり、「あるところ」に身を置くのはとても緊張する。昔語りでは、冒頭にいきなり幼児にとり困難な「昔あるところ」が出てくる。現実を離れた場面に遭遇する。

　昔話採集家の岩倉市郎は鹿児島県の喜界島で、ある人が「天道さん金の綱」を語り始めたところ、語り手の兄が「待つたい」と口を挟み、「昔話は要領が大事ぢや。打ち出しは、例へて言へば浦原（身近な地名―高木注）に……とやらなければいかん」と言って語りをやり直させたと記録していた[14]。この語り方は一次的ことば（聴き手にも分かる具体的地名）と二次的ことば（あるところ）とを対比して共に使用することで、聴き手の幼児が一次的ことばから二次的ことばへの推移していくのを容易にしていよう。そうすると、二次的ことばの「昔」にも一次的ことばの「今」が寄り添っている事例はなかろうかという疑問がわく。説話文学に「今は昔」という語り始めがある。これを「この話の中では、聴き手のみなさんはこの昔をいまここのこととして聴いてくださいね、今は昔」、という意味と捉えられるのでなかろうか。[15] 聴き手が二次的ことばの場面ではなく、一次的ことばの場面のままに話中に飛び込んでいるような気分を作り上げる言葉だと考える。説話が説教等で活用されるときに話の世界にのめり込むための方便でもあろうが、子どもにとって理会が得やすいことでもあっただろう。

昔語りでは続けてお爺さんとお婆さんとが出て来る。昔語りは一々登場人物が対になり、行く場所が対になり、行動が対になる。これを言葉の獲得という観点から見ると、かなりきちんと体系的に言葉をしつけていく道具として昔語りが機能しているといえる。冒頭を整理すると、（今）／昔、あるところ／（ここ）、お爺さん（男）／お婆さん（女）、山／川、柴刈り（山仕事）／洗濯（川仕事）、……と言葉が与えられていく。[16]

二次的ことばの昔語りに相槌をしっかりと打つことによって、聴き手は語りの生成に参画できる。昔語りは人と人とのコミュニケーションであり、しかもそれは家族が家で日常的に話している会話（一次的ことば）でなく、家に居ながらも非日常的に語る（小学校に入学した子どもが当惑する）二次的ことばである。ところがその二次的ことばをそれと気づかせないで、一方向的自己設計の語り手に対して、双方向、相互交渉的な、対等な力を発揮できる状況を用意し、一方向的な言葉の流れが生み出しがちな権力関係を相対化するための道具立てとなり得る。それこそが相槌の機能であろう。

幼小接続が、二〇一七年の幼稚園教育要領で説かれているが、これを領域「言葉」から国語科へという流れで捉えるならば、昔語りを「聴く」姿勢を育てる児童文化財としてもっと活用すればよい。昔語りが「昔話」と呼ばれ、書物の「読み聞かせ」を専らとする現在の状況は、大変に不幸である。

注

（1）柳田國男「口承文芸大意」（『岩波講座日本文学』岩波書店刊、一九三四年）。
（2）ここでは子ども主体の聴く姿勢への注意を喚起するために、「聞かせ」ではなく「読み–聴き」「語り–聴き」の言葉を使用する。また、注意してキクことを強調して「聞」でなく「聴」の漢字を用いる。
（3）柳田國男「昔の国語教育」（『岩波講座国語教育』岩波書店刊、一九三六年）。
（4）野村純一「昔話の伝承形態」（『昔話伝承の研究』同朋舎出版、一九八四年刊所収、初出は一九七一年）。
（5）ハナスのほぼ初出時期に近い日葡辞書においてもカタルとハナスとを混同しているが、これは日本人がspeak、tell、talk、say等の微妙な使い分けが難しいのと同じ事情だと思われる。しかし、手元の小学生向け国語辞典五種（①『小学国語新辞典　第四版』旺文社刊、②『新レインボー小学国語辞典　改訂第五版』学研刊、③『例解小学国語辞典　第六版』三省堂刊、④『学習例解国語辞典　第十版』小学館刊、⑤『チャレンジ小学国語辞典　第六版、ベネッセ刊）のいずれもが「語る」を引くと「話す」と説明し、「話す」を引くと「語る」と説明しているのは、昔話／昔語りの観点からすると正確を欠いている。
（6）折口信夫「お伽及び咄」（『折口信夫全集』第一五巻、中央公論社刊、一九九六年、初出は一九三七年）。三谷榮一「物語る形式」（『日本文学の民俗学的研究』有精堂刊、一九六〇年）。臼田甚五郎「口承文芸の世界」（『臼田甚五郎全集』おうふう刊、一九九五年）。
（7）三谷榮一「咄の発生」『日本文学の民俗学的研究』。なお、ハナシの発生については、山内洋一郎「動詞「話す」の成立―「（心の憂いを）放す」から「話す」へ」「話す行為と表すことばの変遷」（『野飼ひの駒　語史論集』

和泉書院刊、一九九六年）では語源を「放す」からと説いていた。
（8）野村純一「第一部　非日常の言語伝承―ハレの日の昔話」（『昔話伝承の研究』同朋舎出版刊、一九八四年）。
（9）岡本夏木『ことばと発達』（岩波書店刊、一九八五年）。
（10）小一プロブレムについては、ウェブ上の「コトバンク」の解説を参考にした。
（11）鈴木棠三編『武蔵川越昔話集』（岩崎美術出版刊、一九七五年）。藤久真菜「口承と叙述」（日本口承文芸学会編『こえとことばの現在　口承文芸の歩みと展望』三弥井書店刊、二〇一七年参照）。
（12）高木史人「昔話の〈場〉と〈時〉」（久保田淳他編『岩波講座　日本文学史』第一七巻、岩波書店刊、一九九五年）。村山道宣「耳のイメージ論―〈聴き耳〉考序説」（川田順造他編『口頭伝承の比較研究』第二巻、弘文堂刊、一九八五年）。
（13）臼田甚五郎「民話の生誕」（『臼田甚五郎著作集』第五巻、おうふう刊、一九九五年）。
（14）岩倉市郎「昔話採集の経験」（『昔話研究』第一巻第二号、三元社刊、一九三五年）。藤久真菜「記述への模索と「態」への気づき―岩倉市郎の聴き書きを考える―」（『口承文芸研究』第三〇号、日本口承文芸学会刊、二〇〇七年）。
（15）高木史人「昔と今」（永井均他編『事典　哲学の木』講談社刊、二〇〇二年）。
（16）高木史人「昔話を語るということ」（『教育保育研究紀要』第一号、名古屋経済大学教育保育研究会刊、二〇一五年）。

アナログの復権と新しい古典——おわりにかえて

令和二年の年明け一月四日のネット記事に、「アナログレコード売上、初の一〇〇万枚を突破。過去最高記録を更新する「売れる」レコード事情」という驚くべき見出しを発見した。「アメリカでは一二月二〇日から二六日の週にかけて一二四万三千万枚のアナログレコードが購入された。これは一九九一年以降、過去二九年で最高の売上記録となった」という。なんという「アナクロニズム」かと思うのは早計で、むしろ、「アナログニズム」＝「アナログの復権」なのかもしれない。CDはまったく売れず、音楽はネット配信でダウンロード購入の現状に、このニュースである。干天に慈雨、当然レコードプレーヤーも復活・販売されている。さらに一月一〇日の記事には、「デジタルにはない〝人の温もりを〟」という見出しで、「一九五九年創業、国内最大手のアナログレコードプレスメーカー・東洋化成とWAVEのコラボレーションアイテムが一月一一日(土)よりWAVE渋谷PARCO、THECONTEMPORARY FIX京都店のWAVEコーナーにて発売される」とあり、もはやアメリカだけの出来事ではないことは明白である。昭和的な「レトロ趣味」と見做すべきではない。これだけ売れているということは、業界が若い世代の「感性」を見越しているのは間違いないからである。真空管のアンプも復活しているという。しかし、なぜレコードが復活し、CDは売れなくなってしまったのか? CDのクリアな音を、非人間的で冷たく感じてしまうせいだろうか。いまの若い世代は本を買わずに何でもインターネットで済ませてしまうが、ここにも

ＣＤと同じ現象が起こり得えないだろうか。作品を教科書で読んだことが読書体験のデビューだとすれば、次にはそれらが載る文庫や新書を購入させ読ませること、背中を押すことは手段を講じれば可能ではないのか。本の持つ紙の質感、インクの匂い、装丁・挿絵などＭ・プルーストではないが、その時の読者の記憶を喚起しその作品を読んだ思い出を蘇えらせてくれる体験は、私自身もしたことであった。つまり、本という媒体には記憶が宿る。

さて私自身はこの本『次世代に伝えたい新しい古典――「令和」の言語文化の享受と継承に向けて』の活用方法として、収録されている三篇くらいを学生に選択させ、全文書き取りの宿題を課し自学自習の教材としてみたいと考えている。書くことで、読むことの意味が深まるに違いない。『「頭がいい」の正体は読解力』（幻冬舎新書、二〇一九年）の著者樋口裕一も、「書けない人は読むこともできない」と言い、「書くことは思考を明確にすること」と断言する。「書くとは、自分の漠然とした考えに形を与えて、他人にわかるようにする行為なのだ。したがって、書くことによって考えに筋道が生まれる。頭の中にある連続的な思考を整理し、分析的にとらえなおし、思考の塊を言葉に改め、それを文にして論理的につなげて、一つのまとまりのある文章にしていく」。樋口は文章を書くことを「頭の中にある連続的な思考を整理」することとして、とらえている。つまり、「連続的な思考」とは、アナロジカル・シンキング（analogical thinking）、アナログの復権にほかならないのである。

最後に、この本の趣旨に賛同し刊行を快諾し煩瑣な作業につき合ってくださった武蔵野書院の前田智彦氏に、編者を代表して御礼申しあげる。

令和二年三月吉日

東原伸明

執筆者一覧

（目次の配列順。＊は本書編者）

津田博幸（つだ・ひろゆき）

和光大学表現学部教授

ローレン・ウォーラー

イェール大学大学院生・元高知県立大学文化学部准教授

＊東原伸明（ひがしはら・のぶあき）

高知県立大学文化学部教授

鹿島　徹（かしま・とおる）

早稲田大学文学学術院教授

津島知明（つしま・ともあき）

國學院大學ほか兼任講師

＊山下太郎（やました・たろう）

元大阪府立高等学校教諭

吉澤小夏（よしざわ・こなつ）

上智大学博士前期課程修了

本宮洋幸（ほんぐう・ひろゆき）

北海道武蔵女子短期大学准教授

横溝　博（よこみぞ・ひろし）

東北大学大学院文学研究科・文学部教授

伊達　舞（だて・まい）
日本女子大学文学研究科日本文学専攻博士課程後期

蔦尾和宏（つたお・かずひろ）
専修大学文学部教授

田村美由紀（たむら・みゆき）
総合研究大学院大学文化科学研究科博士後期課程
池坊短期大学非常勤講師

塩村　耕（しおむら・こう）
名古屋大学大学院人文学研究科教授

永井聖剛（ながい・きよたけ）
愛知淑徳大学教授

*井上次夫（いのうえ・つぎお）
高知県立大学文化学部教授

*高木史人（たかぎ・ふみと）
関西福祉科学大学教育学部教授

木村茂光（きむら・しげみつ）
東京学芸大学名誉教授

ヨース・ジョエル
高知県立大学文化学部教授

英文タイトル

I　古典文学（上代・中古・中世・近世・近代）・古典漢文

1 Tsuda Hiroyuki, *Kojiki* as a New Classic

2 Waller Loren, Hermeneutic Possibilities when Viewing Classical Literature a Book: Considering the Historical Changes of Komorinu From the Man'yōshū

3 Higashihara Nobuaki, The Refusal of "Reproductive Sex" – the Thought of Kaguya-hime in the *Taketori monogatari*: Exposing the Logic of "This World" to Outsiders

4 Kashima Tōru, How *Tosa nikki* Can "Come into Its Own"

5 Higashihara Nobuaki, The Poems of *Ise monogatari* and the Narrative of *Yamato monogatari* – Focusing on a Discourse Analysis of the Narrative and a Reassessment of the Prosaic Function of *Yamato monogatari*

6 Tsushima Tomoaki, Overcoming the Spell of the "Smug Face" in *Makura no sōshi* – The "Jellyfish Bone" and the "Snow on Mount Kōro"

7 Yamashita Tarō, Diary Literature as New Classics – From *Tosa nikki* to *Sarashina nikki*

8 Higashihara Nobuaki, What is "Hikaru Genji" – Portrait of an Ancient Tale's Hero Who Was Not a "Playboy"

9 Yoshizawa Konatsu, *Mashikaba in Genji monogatari*, Part II – How I Wish to Transmit to a Next Generation The Tale That Makes One Self-Reflect

10 Hongū Hiroyuki, How Japan's First Long Tale Was Created: Tracking the *Utsubo monogatari*

11 Yokomizo Hiroshi, The Teachings of "The Princess Who Loved Insects" in the *Tsutsumi Chūnagon monogatari*

12 Date Mai, *Torikaebaya*: A Tale of Ladies Dressing as Men, and Gentlemen Dressing as Women

13 Tsutao Kazuhiro, *Kojidan*: The Literary Art of the Excerpt

14 Tamura Miyuki, Opening the *Tsurezuregusa*: For Readers with a "Frail and

Soft Heart"

15 Shiomura Kō, Saikaku as a New Classic

16 Nagai Kiyotake, Reading Nagazuka Takashi's *Tsuchi* In Our Time: The National Territory in the Year 1910

17 Inoue Tsugio, The Reception and Enjoyment of Chinese Ancient Events and Present-Day Japanese: Towards a New Perspective Through the Uncovering of Basic Knowledge of Classical Chinese

Ⅱ 国語教育（小学校・中学校・高等学校）

1 Inoue Tsugio, Old and New Problems When Teaching the Classics: Positioning the "Classics" and Perspectives Needed in Classics Education

2 Takagi Fumito, Towards a Basic Teaching Method For Ancient Japanese Using Old Tales: Multiple Reading of Teaching Aimed at "Subjective, Dialectic and Deep Learning" in the Context of Aligning Elementary and Junior High School Education

3 Yamashita Tarō, A New Method for Teaching Classics: Using "Kadode" (*Sarashina nikki*) as Teaching Material

4 Inoue Tsugio, Teaching Methodology for *Ise monogatari* "Tsutsuizutsu": Making Students Understand and Express it as a Personal Experience

Ⅲ 日本文化（民衆・政治・社会）

1 Kimura Shigemitsu, Popular Culture as Seen from Dengaku and Goryō-e: The *Konjaku monogatari* as a "Classic"

2 Joos Joël, The Legacy of the "Younger Brother to 35 Million People": Ueki Emori's *Minken jiyū-ron* (1879)

3 Takagi Fumito, From "Old Tales" to "Old Story Telling": Making Efficient Use of "Attentive Listening" to Old Story-Telling in the Context of Aligning Pre-school and Elementary Education

次世代に伝えたい新しい古典
――「令和」の言語文化の享受と継承に向けて

2020年3月10日 初版第1刷発行

編　者：井上次夫
高木史人
東原伸明
山下太郎

発行者：前田智彦
装　幀：武蔵野書院装幀室
発行所：武蔵野書院
〒101-0054
東京都千代田区神田錦町3-11 電話03-3291-4859　FAX 03-3291-4839

印刷製本：三美印刷㈱

定価はカバーに表示してあります。
落丁・乱丁はお取り替えいたしますので発行所までご連絡ください。

ISBN 978-4-8386-0655-9 Printed in Japan